Wild wild Siberia

Josh Haven

WILD WILD SIBERIA

Traduit de l'anglais (États-Unis)
par Carole Delporte

BUCHET • CHASTEL

Titre original :
THE SIBERIA JOB

Éditeur original :

ISBN : 978-2-283-03829-1

Avant-propos

C'est un luxe douteux pour un roman fondé sur des faits réels que de voir les événements dont il traite continuer à se dérouler au moment où ce livre est sous presse. L'écriture de ce livre a été motivée par la mort prématurée d'un homme impliqué dans la privatisation d'une société énergétique russe parmi les plus puissantes et les plus rentables du monde après la chute de l'URSS. Comme l'intrigue s'appuie sur des faits réels, la première version utilisait le vrai nom de l'entreprise. Malheureusement, plusieurs personnes en lien avec cette affaire ont été récemment assassinées (au moins cinq au cours des six derniers mois), ce qui rend la publication d'un livre sur le sujet particulièrement délicate. Cela dit, il ne s'agit pas d'un travail de journalisme, mais d'une fiction, de sorte que certains éléments concernant la société, comme son nom, ont été modifiés.

Presque toutes les entreprises énergétiques russes ont pour convention d'utiliser un nom comprenant les mots « gaz » ou « neft » – pétrole –, ou les deux. Rosneft, Gazprom, Transneft, Northgaz et Rusneftegaz, pour n'en citer que quelques-uns. Par souci de neutralité, notre société s'appellera Gazneft.

Ce que je peux dire de Gazneft sans dévoiler son identité, c'est qu'il s'agit de l'une des plus grandes entreprises énergétiques cotées en Bourse du monde, et de l'une des plus grandes entreprises de Russie tous domaines confondus. Elle est l'un des principaux fournisseurs d'énergie des pays de l'OTAN. Les exportations d'énergie russe contribuent à financer l'invasion de l'Ukraine par la Russie, ce qui signifie que tout en aidant l'Ukraine à repousser la Russie, l'Europe aide aussi la Russie à financer cette guerre. Dès lors, le reste du monde s'interroge : qui contrôle quoi ? Qui contrôle qui ? Une série de sanctions sans précédent a frappé la Russie. La Suisse a violé sa propre neutralité pour entrer dans la danse. Et pourtant, à part la perte de quelques yachts, les oligarques russes semblent plutôt bien résister à la déferlante.

Les gens ont compris qu'il existait des liens profonds entre les infrastructures énergétiques russes et l'élite politique occidentale. Une ancienne ministre autrichienne des Affaires étrangères a travaillé pour Rosneft et un ancien chancelier allemand pour Gazprom. Un ancien chancelier autrichien et un ancien secrétaire d'État adjoint américain ont travaillé pour Lukoil, et un ancien Premier ministre français était employé simultanément par deux entreprises énergétiques russes, Zarubezhneft et Sibur. « Oligarque » était le mot du jour, et dire que la situation géopolitique était complexe et délicate serait un euphémisme.

L'histoire véritablement folle qui suit ne va rien arranger. Les sanctions ont fait chuter le cours de l'action de Gazneft à des niveaux jamais vus depuis son introduction en Bourse et, au moment où j'écris ces lignes, les actions Gazneft ne sont plus négociées du tout. L'étrange introduction en Bourse de la société, et la manière dont les oligarques se sont approprié une énorme part du gâteau, est l'histoire de ce roman.

(Et si Gazneft représente une société spécifique, son histoire peut sans doute être généralisée à de nombreuses entreprises dénationalisées dont l'acquisition corrompue et meurtrière par un petit nombre d'hommes a créé l'oligarchie russe).

Un dernier avertissement, sur le fait que ce récit est une fiction basée sur une histoire vraie. Pour les raisons que j'ai déjà données, et pour d'autres qui seront évidentes quand vous aurez refermé ce livre, je ne veux pas être trop précis sur ce qui est réel et ce qui ne l'est pas. N'allez pas croire que les parties les plus fantasques – la sortie de pêche en mer Caspienne, par exemple, ou la tentative de kidnapping devant la boîte de nuit – sont le fruit de mon imagination. Ce sont plutôt les détails techniques qui risquaient d'ennuyer les lecteurs. Ces deux épisodes à la limite de l'absurde, et bien d'autres, ont réellement eu lieu. La Russie post-soviétique était le Far West des pays de l'Est.

Josh HAVEN

CHAPITRE 1

2 juin 1994

Londres compte plus de bars – des pubs où l'on peut s'enquiller de vrais alcools – que n'importe quelle ville dans le monde. On y trouve une variété infinie d'établissements pittoresques, anciens, victoriens, churchilliens, branchés, modernes. Tous les hôtels et restaurants possèdent aussi leur propre bar. Certains sont même célèbres. Ils servent les clients qui veulent un apéritif, un digestif, ou une excuse pour enfiler leur smoking. Ce ne sont pas des lieux de « débauche ». La seule raison de boire dans un bar d'hôtel à Londres, c'est que vous avez déjà vidé le minibar.

John Mills en avait ras le bol de la capitale anglaise – la foule, les banques, les affaires, son boulot – *ex*-boulot –, sans parler de vivre loin des États-Unis, de sa femme et de leur maison au Texas. Alors il avait lâché un excellent job – et son salaire mirobolant – dans une grande banque d'investissement et acheté un billet d'avion pour Dallas-Fort Worth. Son vol partait en fin de matinée. Après avoir empaqueté tout le bazar qu'il avait accumulé pendant trois ans – du Texas à Londres, en passant par le Japon et l'Inde –, il avait le temps de se soûler, d'envoyer paître le monde de la finance internationale, de dessoûler, et d'arriver à Heathrow à temps pour dormir dix heures dans l'avion.

À 1 heure du matin, les seules personnes présentes dans la salle à manger de l'hôtel Göring étaient le barman et une bande d'hommes d'affaires particulièrement bruyants – des traders en chemise rayée et col blanc – qui fêtaient apparemment quelque chose d'important. John était d'une humeur de dogue, du genre où les gens qui s'amusent vous donnent envie de leur jeter des bouteilles vides à la figure. John n'avait pas de bouteille sous la main, juste un verre vide. Il fit signe au barman, qui le remplit à nouveau – un whisky irlandais au prix obscène. Pouvait-il encore s'offrir un tel luxe maintenant qu'il avait claqué la porte de sa boîte ?

John remercia le barman et lui lança :

– Je peux vous poser une question ?

– Bien sûr, monsieur.

– Comment peut-on nommer un putain d'hôtel londonien *Göring* ? C'est comme si on baptisait un hôtel de Pearl Harbor *Amiral Yamamoto*[1].

Comme le barman s'éloignait, John l'interpella :

– Pourquoi ne pas juste l'appeler Wernher von Braun[2] et arrêter de tourner autour du pot ?

Le barman l'ignora. Il servait une nouvelle tournée aux traders. La dernière, apparemment. Leur chef, qui parlait l'anglais avec un léger accent, avait réclamé de la slivovitz – un alcool traditionnel tchèque – car quoi de mieux pour un dernier toast ? John se demanda si une fois l'addition réglée, le barman sans humour du Göring allait annoncer la fermeture du bar. L'hôtel *Yamamoto* – comment ne pas rire à cette blague ? C'était à se plier en deux.

John n'était pas assez sobre pour suivre leur conversation, aussi ne capta-t-il que des bribes du long discours de l'homme à la slivovitz : le groupe pouvait se féliciter d'avoir réussi un joli coup. Les collaborateurs – au nombre de six, tous trentenaires – avalèrent leur eau-de-vie de prune cul sec et, après plusieurs poignées de main et solides accolades, quittèrent le restaurant.

1. Amiral de la Marine impériale japonaise, Isoruku Yamamoto a dirigé l'attaque surprise des forces aéronavales japonaises sur la base navale américaine de Pearl Harbor, dans l'archipel d'Hawaï, le 7 décembre 1941. (Toutes les notes sont de la traductrice.)

2. Sous le Troisième Reich, Wernher von Braun, un ingénieur allemand, fut l'un des principaux concepteurs des missiles V2, qui ont fait des milliers de victimes pendant la seconde guerre mondiale, notamment à Londres.

John fit signe au barman.

– Vous auriez un paquet de Camel avec filtres ?

– Non, désolé, monsieur.

Le chef de la troupe se dirigea vers le bar en comptant ses billets. Sûrement pour régler sa tournée d'alcool tchèque. John rit sous cape.

– Vous avez quoi comme clopes ?

– Rien, monsieur. Je n'en ai plus, désolé. Nous serons réapprovisionnés demain matin.

– Super, maugréa John. Un final parfait pour la journée.

Il vida son verre d'un trait.

– Je peux vous en offrir une ? suggéra l'homme à la slivovitz.

– Sympa, merci, répondit John. Vous fumez quoi ?

L'homme sortit un paquet de sa poche de poitrine.

– Des Laika, précisa-t-il en donnant une pichenette sous le paquet pour en faire dépasser une.

– Euh, je ne connais pas. Une marque de chez vous ?

– Non. On ne trouve pas de Laika en République tchèque. Seulement en Russie. Et à Londres, apparemment. Je les ai trouvées chez un marchand de journaux. Ça m'a intrigué.

– Elles sont comment ? interrogea John en allumant sa cigarette à la flamme du Zippo chromé de son interlocuteur.

– Pas mal. Pas excellentes, mais elles font l'affaire.

John en aspira une bouffée et hocha la tête.

– N'importe quelle cigarette est un délice quand on est en manque. Merci.

– Je ne vous le fais pas dire. Monsieur… ?

– Mills, se présenta John en lui tendant la main. John Mills.

– Petr Kovac.

Ils échangèrent une poignée de main, puis John héla le barman.

– Puis-je vous offrir un verre, monsieur Kovac ?

L'homme consulta sa montre et haussa les épaules.

– Oui, volontiers. Appelez-moi Petr.

John leva deux doigts à l'intention du barman, et lança à Petr :

– Slivovitz ?

– Parfait.

Une heure plus tard, ils avaient délaissé le comptoir pour s'installer à une table, la bouteille d'eau-de-vie ronde entre eux, et se racontaient leur vie – les deux faces d'une même médaille. John, pur produit du capitalisme, investisseur pour des multinationales, ne supportait plus son travail ; Petr, pur produit du socialisme, avait récemment fait le grand saut dans la nouvelle économie de marché de son pays d'origine – et venait d'empocher son premier million de dollars.

Depuis la chute du communisme, la Tchécoslovaquie progressait sur la voie du libéralisme et le nouveau gouvernement dit « transitoire » voulait privatiser les entreprises détenues par l'État ; tout le pays était en cours de restructuration.

Avec l'aide du Fonds monétaire international, le gouvernement tchécoslovaque avait émis des bons d'achat d'actions pour chaque Tchèque et chaque Slovaque. Ces bons étaient négociables – transmissibles – et donnaient droit à un pourcentage d'une entreprise spécifique, s'ils étaient présentés lors de la vente aux enchères dédiée. Voici un exemple simple : si cent personnes se présentaient à la vente avec chacune un bon, elles recevaient 1 % des actions nouvellement émises par la société.

Dans l'ère post-communiste, personne ne savait si les industries socialistes tchèques survivraient à la privatisation, sans parler de la scission de la Tchécoslovaquie en deux pays indépendants.

Petr, quant à lui, pensait que si des devises fortes affluaient dans le pays, tout se passerait bien. Contrairement à beaucoup de gens, il ne craignait pas que son pays sombre dans une guerre civile sanglante, comme la Yougoslavie. Les guerres des Balkans faisaient rage à seulement trois cents kilomètres au sud. Petr était prêt à parier (littéralement tout ce qu'il possédait) que les Tchèques et les Slovaques ne se détestaient pas vraiment – ils voulaient l'indépendance mais se quitteraient bons amis. Deux pays désireux de prospérer trouvaient toujours une solution pacifique.

Après avoir rassemblé tout son capital, il s'était rendu à Londres et avait convaincu des hommes d'affaires de la City de l'intérêt de son projet : acheter des bons en masse. Il affichait une grande assurance et s'avérait très compétent dans son domaine.

Comme cinq investisseurs avaient accepté de mettre un demi-million de livres sterling sur la table, il était rentré en République tchèque avec une valise bourrée d'argent liquide, des dollars américains. Il avait acheté une voiture et fait le tour de Prague, Pilson, Brno, Ostrava et des campagnes environnantes, où il avait acquis les bons de tous ceux qui voulaient bien les lui vendre.

La plupart des gens pensaient qu'il était fou, qu'il échangeait des devises fortes – de l'argent qui ne perdrait pas 80 % de sa valeur du jour au lendemain – contre des bouts de papier émis par des entreprises communistes bidon. Petr et son petit fonds d'investissement avaient fini par posséder des parts importantes – 5, 10, 20 % – de centaines d'industries tchèques, des sociétés de bus aux verreries. À présent, il avait liquidé une partie de ses avoirs. L'investissement de deux millions et demi de livres s'était transformé, en environ deux ans, en actions évaluées à près de un milliard de couronnes tchèques, soit environ vingt millions de livres sterling. De sorte que Petr était aujourd'hui l'un des hommes les plus riches de son pays.

John avait eu une journée très différente. Une journée ordinaire, jusqu'au milieu de l'après-midi, où il avait lu les journaux américains en déjeunant. Un article évoquait un de ses camarades de la Harvard Business School qui venait de lancer son propre fonds d'investissement. Désormais, ce type était son propre patron et gérait un demi-milliard de dollars. C'était une bonne nouvelle – John ne jalousait pas la réussite des autres, financière ou personnelle. Ce qui le turlupinait, c'était que ce gars était un idiot. Un parfait idiot. Les mottes de terre des terrains vagues de Boston avaient un QI plus élevé que lui. Et voilà qu'il gérait son propre fonds et n'avait à rendre de comptes à personne, en dehors de ses futurs investisseurs. C'était exaspérant.

John avait posé le journal et ruminé un long moment son désarroi. Si cet homme de Cro-Magnon dirigeait sa propre vie, prenait ses propres décisions, pourquoi pas John ? Pourquoi stagnait-il sur l'échelle sociale ? Cet imbécile avait-il plus de jugeote que John ? Plus de confiance en sa capacité à nager en eaux troubles quand les autres coulaient à pic ?

John avait pressenti les affres d'une crise existentielle. Trop jeune pour une crise de la quarantaine, hein ? Il avait trente ans. Déjà ! Pourtant il n'avait jamais escaladé une montagne, combattu un taureau ni participé à une course automobile. Il avait pratiqué la boxe à la fac et appartenu aux Eagle Scout, mais il n'avait pas connu de champ de bataille, ni tiré sur quelqu'un, ni ne s'était fait tirer dessus. Il avait passé sa vie dans un bureau, à trimer pour les autres. Il était temps de se réinventer.

John s'était renversé dans son fauteuil, avait allumé une cigarette et contemplé le plafond. Plusieurs mégots plus tard, son patron, le responsable des investissements européens, avait frappé à la porte vitrée, et passé la tête.

– Désolé, John, tu ne peux pas fumer ici.

– Vraiment ? avait-il répliqué en soufflant une grande bouffée de fumée bleue.

– Vraiment.

– Oh et puis merde, avait lâché John en jetant sa clope dans une tasse de café à moitié remplie. Je démissionne.

– … quoi ?!

– Je te présente cordialement ma démission, Alan. Fais passer le mot.

John s'était aussitôt mis à vider les tiroirs de son bureau. Quelques minutes plus tard, le chef de la branche londonienne lui proposait d'installer une vitre opacifiée et un système de ventilation autonome pour qu'il puisse fumer en toute tranquillité. John avait poliment refusé, serré la main de son patron et quitté le bâtiment avec, sous le bras, une boîte en carton contenant ses effets personnels. Une photo de sa femme, son carnet d'adresses, quelques livres – rien d'autre.

Il était retourné à l'hôtel où il vivait, avait demandé au concierge de lui réserver un vol pour les États-Unis, et appelé sa femme pour lui annoncer la nouvelle. Bien sûr, elle était ravie : elle avait été obligée de retourner au Texas pour s'occuper de ses parents et en avait assez d'habiter à huit mille kilomètres de lui. Après quoi, John avait fait ses bagages et s'était rendu au bar.

– Bon sang ! s'écria Petr. Sacrée journée !

– Ouaip, répondit John en acceptant une autre Laika.

– Mais félicitations ! Tu as ce qu'on appelle à Prague de la *chutzpah*.

John rit.

– Qu'est-ce que tu vas faire maintenant ? demanda Petr en allumant une autre cigarette.

– Lancer mon propre fonds, j'imagine. Je travaillais dans le bureau de Tokyo il y a deux ans. Là-bas, j'ai connu un type qui a débuté avec une usine de machines à coudre et terminé avec un empire manufacturier. On est devenus bons amis. Il était dans la marine impériale japonaise pendant la guerre – il a même participé à la bataille de Midway – et peut te raconter une foule d'anecdotes. C'est rare d'entendre ce genre de témoignages de première main. Surtout le versant japonais de la guerre. On n'en parle pas beaucoup là-bas, à part les controverses sur le sanctuaire Yasukuni. Quoi qu'il en soit, il m'a assuré que si je me mettais à mon compte, il me confierait un million. J'ai d'autres contacts. Beaucoup, en fait. Je peux réunir des capitaux – je dois juste décider quoi en faire.

Petr acquiesça.

– D'autres privatisations par coupons en cours ?

Il secoua la tête.

– Seulement en Russie.

John souffla un rond de fumée.

– C'est quoi le problème avec la Russie ?

– Eh bien, réfléchis… quand le communisme s'est effondré en Europe, tous ces pays ont pris un nouveau départ – nous, la Hongrie, la Pologne, la Lituanie, et ainsi de suite. Ils étaient les grands gagnants de l'histoire. Ils avaient vaincu le spectre de l'URSS. Ils ont pu aller de l'avant avec ce sentiment d'unité nationale et de fraternité que leur conférait la victoire.

« En Russie, ils détestaient le communisme, mais mieux valait être des vainqueurs communistes que des perdants capitalistes... tu vois un peu le topo ? Ils sont contents que Gorbatchev et Eltsine aient mis fin au goulag, mais ils détestent Gorbatchev et Eltsine pour leur avoir coupé les couilles. Je ne te fais pas un dessin. Ils n'ont pas un Váslav Havel ou un Lech Wałęsa. Ils ne respectent pas leur gouvernement, ils n'ont pas d'autorité claire, ni de sentiment d'unité pour se reconstruire ensemble. Ils ont l'impression d'avoir été... baisés. Par l'Occident, par les pays satellites, par leurs dirigeants, par leurs propres compatriotes.

« Et tu sais, la Russie n'est pas un État-nation comme la République tchèque, la Slovaquie ou la Pologne. « Russe » est une nationalité, mais aussi une ethnie, et tous les Russes ne sont pas russes, tu vois ? Tu as aussi des Biélorusses, des Tatars, des Bashkirs, des Tchouvaches, des Avars, des Tchétchènes, des Mordves, des Darguines, des Kazakhs, des Arméniens, des Oudmourtes, des Ossètes, des Ingouches, des Touvains, des Ouzbeks, des Laks, des Kalmouks, des Juifs, des Géorgiens, des Caréliens – et des Coréens, en Extrême-Orient. Tu imagines ? Je pourrais continuer pendant une demi-heure. Surtout, ils se détestent tous cordialement. Certains sont partis dans leurs propres États-nations – les Biélorusses en Biélorussie, les Ouzbeks en Ouzbékistan, les Juifs en Israël, etc. Mais la plupart d'entre eux sont toujours là, et cela donne au pays les caractéristiques d'une Yougoslavie géante.

« Ajoute à ça une gigantesque armée, généralement non rémunérée, une puissante police secrète – elle aussi largement sous-payée – et le plus grand marché noir du monde. Investir là-bas, ce n'est pas comme mettre des billes en Estonie. Imagine une de ces villes minières sans foi ni loi du Far West américain. Comme dans ce film avec Humphrey Bogart, tu te souviens ? Mais au lieu d'une ville, c'est le plus grand pays du monde.

Tu parles de libre marché, eh bien, c'est le marché le plus libre du monde. Si quelqu'un te baise, tu ne peux appeler personne à l'aide.

John acquiesça. Il savait tout cela. Petr avait raison. C'est pourquoi il n'avait jamais investi l'argent de sa société en Russie... Mais cette histoire de bons... La Russie possédait certaines des entreprises les plus rentables dans le monde. Et l'économie russe – le peuple russe – avait besoin de devises fortes, bien plus que les Tchèques.

– Tu as passé beaucoup de temps en Russie ? interrogea John au bout d'un moment.

– Pas tant que ça, mais suffisamment. Avant les bons d'achat, je vendais des fournitures de bureau tchèques dans toute l'URSS occidentale.

– Tu parles russe ?

– Oui.

– Couramment ?

– Oui.

John hocha pensivement la tête. Au bout d'un moment, il remplit son verre, puis celui de Petr, en but une gorgée et la savoura.

– Petr... je voulais te demander. Quand tu étais petit et que tu entendais ces histoires de Far West et de ruée vers l'or, est-ce que tu te disais : *Mec, je suis content de ne pas avoir vécu à cette époque, ça avait l'air sacrément dangereux* ?

Petr fit tournoyer le liquide ambré dans son verre, attendant la suite.

– Ou bien, reprit John, est-ce que tu pensais : *Bon sang, j'aurais aimé aller là-bas avec un six-coups, un chapeau de cow-boy et une mine d'or...*

Petr regarda son verre d'un air songeur, le but d'un trait.

CHAPITRE 2

Le concierge de nuit échangea le vol de John pour Dallas contre un billet pour Moscou. John expliqua à sa femme qu'il avait besoin de quelques jours avant de rentrer. Il esquissa les grandes lignes de son projet et ajouta qu'il souhaitait prendre la température du marché russe, flairer d'éventuelles opportunités.

Sa réponse fut pleine d'amour : il devait se montrer prudent pour rentrer sain et sauf – et John eut vraiment l'impression d'être un chercheur d'or en route pour le Far West. À dire vrai, c'était en partie ce qui le motivait. Il se sentait héroïque, ou du moins courageux. Lui aussi il l'aimait, répondit-il, et il serait prudent, promis. Puis il courut à la porte d'embarquement, où Petr l'attendait en pointant sa montre du doigt avec insistance. Tous les autres passagers avaient déjà embarqué.

Les deux hommes parlèrent peu pendant le vol ; une grosse migraine. Cela aurait pu être pire. Petr se frottait les tempes depuis environ une demi-heure, la tête renversée, les paupières closes, quand il rouvrit les yeux et sortit son portefeuille. En regardant les billets de banque, il se tourna vers John.

– Je n'ai que des livres sterling… Tu peux me donner le change sur un billet de vingt livres ?

– Euh, bien sûr, pourquoi ?

John donna un billet de vingt dollars américains à Petr.

– J'ai une idée, répondit son complice.

Ils volaient sur Aeroflot, la compagnie aérienne russe qui, grâce à ses activités internationales, s'en sortait plutôt bien malgré l'effondrement de l'URSS. Suffisamment bien pour que l'avion ne semble pas trop décati, même si John se demandait s'il avait réellement fait l'objet d'une inspection en règle. Le bouton d'appel du personnel ne fonctionnait pas – ce n'était pas de bon augure – aussi Petr fit-il signe à une hôtesse, qui s'approcha, en robe à fleurs et blazer bleu impeccable, et lui adressa un sourire commercial poli.

Petr lui posa une question en russe, mais elle secoua la tête. Après un bref échange, elle réfléchit un moment, et fit une proposition à Petr. Ce dernier lui montra les vingt dollars de John. Elle hocha la tête et gagna l'arrière de l'avion.

– Qu'est-ce que tu lui as dit ? interrogea John.

– Je lui ai demandé s'ils avaient de l'oxygène de secours à bord.

Quelques minutes plus tard, l'hôtesse revint avec une bouteille jaune vif, qui faisait penser à une petite bouteille de plongée. La valve était reliée à un masque en caoutchouc brun qui ressemblait à une relique des années 1950. Elle lui tendit la bouteille en échange des vingt dollars et s'éloigna.

Petr loucha sur les instructions en cyrillique, puis régla le masque sur sa bouche et son nez, ouvrit la valve et prit une profonde inspiration. Il répéta l'opération cinq ou six fois, puis renversa la tête et inspira une bouffée d'air normal (de la cabine).

– C'est miraculeux, dit-il en faisant rouler sa tête vers John. Plus de mal de tête. À ton tour.

John s'exécuta. L'effet fut immédiat. À peine Petr eut-il pris sa dose qu'il s'endormit. John sombra dans les bras de Morphée une minute après.

Ils se réveillèrent quand l'avion rebondit sur la piste de l'aéroport de Moscou.

L'appareil eut un dernier soubresaut, puis roula en vibrant comme un mixeur avant de s'immobiliser sur la piste – qui avait un besoin urgent d'être regoudronnée. Puis ils patientèrent vingt minutes, le temps de trouver un escalier roulant pour débarquer les passagers.

Le terminal de l'aéroport international de Moscou était tout en néons, linoléum et bois, datant de l'époque où le bois était moins cher que le plastique. Sans oublier les sculptures abstraites brutalistes des années 1970. John et Petr présentèrent les visas que Petr avait obtenus le matin même à l'ambassade de Russie à Londres (avec une généreuse gratification pour accélérer le processus). L'agent des douanes, le visage terne et inexpressif, en vague uniforme militaire, observa attentivement les deux hommes, puis tamponna leurs passeports, avant de les glisser par la petite ouverture au bas de la vitre.

Ils récupérèrent leurs bagages et se mirent en quête d'un taxi. C'était une chaude journée ensoleillée, avec un ciel légèrement nuageux. Les taxis étaient tous des Lada et, leur tour venu, Petr indiqua sa destination : l'hôtel Metropol. Ne parlant pas russe, John décrypta de son mieux l'échange qui s'ensuivit.

Le chauffeur annonça un prix que Petr déclara ridiculement élevé. Dans ce cas, répliqua le chauffeur, ils pouvaient tous les deux descendre. Petr fit mine de s'en aller. L'homme proposa alors un nouveau montant. Petr secoua la tête et fit une contre-proposition. Ce petit jeu continua encore quelques minutes. Au bout du compte, ils se mirent d'accord sur cinq livres, et le chauffeur accepta cinq dollars. John tendit un billet de cinq à Petr, lequel le brandit en déclarant au chauffeur qu'il serait payé à l'arrivée. Le conducteur insista pour être réglé d'avance. Petr ouvrit de nouveau la portière. Mais l'homme démarra brusquement, la portière encore ouverte. Petr la referma précipitamment, et John secoua la tête, stupéfait par la scène.

L'aéroport de Moscou-Cheremetievo était à environ vingt minutes au nord du périphérique géant de Moscou. Contrairement à tous les grands aéroports internationaux que John connaissait, la route traversait une forêt. Comme si Cheremetievo était une datcha à la campagne. La banlieue était aussi morne et désolée que dans les films d'espionnage.

Entre le périphérique et le centre-ville – où se trouvait le célèbre hôtel Metropol, à deux pas de la place Rouge et du Kremlin – la ville opérait une transformation magique.

Les Lada disparaissaient au profit des Mercedes. Du moins, la moitié des voitures semblaient dater des années 1950, l'autre moitié se partageait entre les Mercedes et les BMW – et une Lamborghini Diablo. La plupart, avec leur carrosserie lisse et brillante, paraissaient neuves. Partout, on découvrait des immeubles en construction, dont certains à moitié terminés, les travaux interrompus. Les blocs de béton et de plâtre côtoyaient les immeubles de verre éclairés de lumières brillantes, comme un petit Times Square. Des publicités étaient affichées partout. Les trottoirs grouillaient de gens qui achetaient et vendaient des objets divers. Cela rappela à John les bouquinistes sur les quais de Seine à Paris.

Des *baboushkas* mal fagotées et des anciens aux vêtements élimés se mêlaient aux hommes arborant costumes blancs et chaînes en or et aux femmes en jupes courtes et jambes interminables qui auraient pu défiler sur les podiums de Milan.

Au Metropol, la Lada s'arrêta sur un tapis rouge. Petr remit le billet de cinq dollars à John :

– Ne le paie pas tant que je n'ai pas retiré nos sacs du coffre.

Quand Petr et le valet aux gants blancs eurent déchargé les bagages, John régla le chauffeur. Ce dernier fit signe à John de sortir, puis se réinséra dans la circulation dense de Moscou.

Le hall du Metropol était en effervescence – un ballet d'étrangers, que l'on reconnaissait facilement à leurs tenues, de nouveaux riches russes, encore plus faciles à identifier, et de femmes d'une beauté stupéfiante – certaines d'entre elles au bras d'un client, d'autres manifestement disponibles.

Dans l'entrée, un large escalier en marbre et un plafond à caissons soutenu par des colonnes en bois brillant. Le tapis rouge était un peu défraîchi.

Le valet déposa leurs bagages à la réception, où un employé vêtu d'un costume mal taillé, d'apparence tout de même coûteuse, les accueillit dans la langue de Shakespeare. Il les surclassa dans la suite Hermitage. C'était la première personne en Russie que John voyait sourire.

Petr paya d'avance pour deux semaines avec deux billets de cinquante livres, et le réceptionniste appuya alors sur la sonnette de son bureau. Comme personne ne répondait, il aboya « Slava ! » à un homme d'une vingtaine d'années en grande conversation avec l'une des femmes. Slava poussa un chariot, chargea les sacs, prit les deux clés que lui tendit le réceptionniste, et les entraîna vers l'ascenseur. Slava s'adressa au liftier assis sur un petit tabouret, et l'ascenseur entama son ascension. Non sans secousses.

Ils émergèrent au dernier étage, face à un couloir qui semblait sans fin. Le liftier, un gamin d'environ seize ans, tendit la main pour obtenir un pourboire. Slava lui gifla la main et conduisit John et Petr vers les grandes portes doubles au bout du corridor. Elles s'ouvraient sur une somptueuse suite avec deux chambres à coucher de part et d'autre d'un grand salon. Le mobilier paraissait dater d'avant la Révolution russe.

John et Petr observèrent les lieux et Slava demanda, avec un fort accent anglais :

– La suite vous convient ?

John se tourna vers Petr, qui acquiesça.

– C'est parfait, merci, répondit John en donnant à l'employé un pourboire de cinq dollars.

– Avez-vous besoin d'autre chose ? Nourriture, boisson, réservation pour dîner dans notre restaurant ?

– Est-il nécessaire de réserver ? interrogea John.

– Non, répliqua Slava.

– Alors je pense que c'est tout pour le moment.

– Voulez-vous parler à l'une des filles de la réception ?

– Euh, non, répliqua John, un peu décontenancé par la question.

– Quel est leur tarif ? s'enquit Petr.

– Eh bien, c'est sûrement négociable, mais je dirais environ cinquante dollars la nuit.

– Merci, dit Petr. Pas pour le moment, mais on vous fera signe en cas de besoin.

Slava acquiesça, posa les deux clés sur le guéridon de l'entrée, et se retira.

– Tu as l'air inquiet, fit remarquer Petr après son départ. Je n'ai pas l'intention de faire venir une prostituée.

– Tu es célibataire. Ça ne me regarde pas.

– En fait, c'est un très bon indicateur de l'économie locale, expliqua son associé en allumant une cigarette avant de lancer le paquet à John. La dernière fois que je suis venu ici, tu pouvais avoir le top du top pour dix dollars.

– Ah. (John alluma sa propre cigarette.) On devrait peut-être lancer un commerce de prostituées.

Petr éclata de rire.

CHAPITRE 3

Petr fit office de guide. Leur première visite : un club appelé le Hungry Duck, en passe de devenir aussi célèbre à Moscou que le Studio 54 à New York. C'était le lieu idéal pour obtenir les derniers tuyaux sur les émissions de bons et, de surcroît, Petr connaissait le propriétaire, un Canadien du nom de Doug Steele. Les deux hommes s'étaient rencontrés à Prague, alors que Doug et un ami à lui cherchaient des visas pour la Russie. C'était peu après qu'Eltsine eut échappé à un coup d'État. Doug avait été bloqué à Prague un bon moment, le temps qu'un diplomate canadien lui donne le nom de l'employé de l'ambassade russe à qui graisser la patte.

Après avoir bourlingué un temps à Moscou, l'ami de Doug était rentré chez lui, tandis que Doug était tombé amoureux de la ville et avait décidé de rester. Il avait ouvert un bar – le Moosehead – avec trois partenaires originaires du Caucase – un Kalmouk et deux Tchétchènes. Un jour, le Kalmouk s'était fait la malle avec la caisse. Les Tchétchènes considéraient le Canadien comme responsable, car c'était lui qui les avait présentés au Kalmouk. Doug s'en était tiré en donnant son tiers du club aux Tchétchènes avant de se retirer de l'affaire – et il avait ouvert le Duck. Mais maintenant, les Tchétchènes réclamaient la moitié de son nouveau bar.

Du moins, c'est ce que Doug avait raconté à Petr au téléphone, quand ce dernier l'avait appelé pour l'inviter à dîner au Metropol. Doug avait ri :

– Écoute, je vais faire profil bas un petit moment. Il y a un contrat sur ma tête.

John, qui suivait la conversation sur haut-parleur, crut que Doug plaisantait. Apparemment, ce n'était pas le cas. Le Canadien leur proposa de venir au Duck, où il passait toutes ses soirées. Comme Petr ne connaissait pas l'endroit, Doug lui avait indiqué comment s'y rendre – une précaution inutile car le taxi qu'ils prirent devant le Metropol (une autre Lada) savait où se trouvait la boîte de nuit. Le taxi les déposa devant une arche ouvrant sur une cour remplie d'hommes en rangs serrés, qui fumaient, buvaient, et consultaient régulièrement leurs montres. Au fond, une porte étroite était gardée par quatre armoires à glace. Petr et John fendirent la foule pour s'approcher des vigiles.

Les quatre gorilles semblaient tout droit sortis d'un film de Schwarzenegger des années 1980 : blousons en cuir ajustés, cheveux gominés et muscles gonflés aux stéroïdes. Avant que Petr n'ouvre la bouche, l'homme à droite de la porte lança avec une rudesse mêlée de dédain – et en anglais (était-il si évident qu'ils étaient occidentaux ?) :

– Pas d'hommes.

– Nous venons voir…

– Pas d'hommes. Revenez dans une heure.

– Nous venons voir Doug Steele.

Le gars costaud fit un pas vers eux.

– Vous le verrez quand vous serez autorisés à entrer. Dans une heure.

– Il nous attend. Allez le prévenir, ajouta John en insérant une cigarette dans sa bouche. Vous avez un briquet, des allumettes ?

L'homme jeta un coup d'œil par-dessus son épaule et parla à l'un de ses acolytes, qui poussa la porte. John le vit descendre un escalier exigu vers un sous-sol. Il dut pousser une porte insonorisée, car un bref instant, une musique sourde se déversa dans la cour.

– Vous avez du feu ? insista John en mimant l'action d'allumer un briquet avec son pouce.

L'air mutique, le Schwarzenegger de service sortit un Zippo, l'alluma et le présenta à John, qui plongea sa cigarette dans la flamme et inspira une bouffée.

– Merci. Vous voulez une cigarette ? Des Laika.

– Vous n'avez pas d'américaines ?

– Non, mais celles-ci sont bonnes.

– Ah, d'accord. Je vais en prendre une.

John lui présenta le paquet. Quand l'homme ficha la clope dans sa bouche, John sortit son propre briquet et alluma la cigarette du gros costaud. L'homme lui jeta un drôle de regard. Son comparse réapparut, lui dit un mot en russe, et Schwarzy s'écarta.

– Vous pouvez descendre, grogna-t-il. M. Steele vous attend à sa table dans le fond.

– Merci, répondit John.

– *Spasiba*, dit Petr.

Les deux hommes passèrent devant les vigiles, descendirent l'escalier et ouvrirent une lourde porte rembourrée, comme dans un studio d'enregistrement.

De l'autre côté, la musique assourdissante était de retour, mais la scène ne correspondait pas du tout à ce que John avait imaginé. Il pensait que « pas d'hommes » signifiait que la proportion de mecs était trop grande, et qu'il fallait attendre que quelques-uns partent. En fait, c'était tout le contraire – il n'y avait aucun homme dans le club ! Juste des hordes de filles russes, la plupart très séduisantes, en train de danser, de boire, de rire – et de reluquer un strip-teaseur.

Interloqués, John et Petr se regardèrent, puis se tournèrent vers la scène centrale, où le Chippendale fit monter une fille et lui enleva sa chemise.

À part John et Petr, le strip-teaseur semblait le seul sujet masculin dans la salle. Les barmans étaient des femmes, tout comme les serveuses. Petr tapa sur l'épaule de John et lui indiqua une alcôve, où un homme plutôt discret lisait un journal en fumant.

Petr se pencha à l'oreille de John et cria – pour être entendu par-dessus le vacarme – « C'EST DOUG ». John hocha la tête, et tous deux se faufilèrent dans la foule des filles surexcitées pour gagner le fond de la salle. Quelques-unes poussèrent des cris aigus lorsqu'elles virent les deux hommes passer parmi elles. John était presque sûr de s'être fait tripoter deux ou trois fois avant d'arriver à la table de Doug.

Les deux complices s'installèrent de part et d'autre du propriétaire, à une table ronde entourée d'une banquette. Ils se rapprochèrent le plus possible pour pouvoir s'entendre. Doug serra la main de Petr.

– Petr ! Ça fait plaisir de te voir, mon gars, depuis le temps ! Qu'est-ce qui t'amène à Moscou ? Et vous devez être John... (Il donna une poignée de main à John.) Vous voulez boire quoi ? On a des Pilsner fantastiques, si tu veux un goût de chez toi.

Petr hocha la tête.

– Ce serait génial.

Doug fit signe à une superbe serveuse, leva trois doigts et cria :

– Pils !

– Mais c'est quoi ce délire ? demanda Petr avec un grand sourire en désignant la marée de filles.

– Ceci, mes amis, est l'idée marketing la plus géniale depuis Barnum et son cirque. *Ladies night* : seules les femmes sont admises jusqu'à 22 heures, avec entrée et bière gratuites, et spectacle de strip-tease. Elles font la fête sans avoir à impressionner les mecs – et à 22 heures, les gars entrent en scène. À ce moment-là, certaines filles s'en vont, tandis que les autres restent sur le terrain de chasse, ravies et survoltées. On pourrait faire payer aux hommes un mois de salaire pour entrer ici et ils feraient toujours la queue jusqu'au bout de la rue.

John éclata de rire. Barnum-esque en effet. Sur la scène, la fille et le strip-teaseur étaient tous les deux nus, l'homme avait juste conservé sa veste en cuir. Les jambes de la fille étaient enroulées autour de sa taille, et ils faisaient l'amour en public, ou du moins c'en était une excellente imitation.

La serveuse leur servit trois bières pression.

– Alors, qu'est-ce qui vous amène chez moi, les gars ? interrogea Doug en buvant une gorgée de sa Pils.

Il portait un costume noir chic sans cravate, et John se sentit immédiatement à l'aise avec cet homme à l'accent canadien et à l'attitude décontractée.

– Le gouvernement russe a émis des bons pour la vente aux enchères d'entreprises publiques. Tu en as entendu parler ?

Doug rigola.

– Bien sûr, il y en a partout. Je parie que la moitié des filles de la salle en ont dans leur sac à main.

– On voudrait en acheter, dit Petr. En grande quantité, si c'est possible.

– C'est tout à fait possible. Ce n'est pas mon domaine, mais ces bons sont sûrement négociables. J'ai vu des gens qui en vendaient au coin des rues et dans des kiosques. Il faut savoir où chercher mais, honnêtement, on en trouve un peu partout.

Les filles poussèrent un cri digne de « Mesdames… les Beatles ! » lorsqu'un strip-teaseur noir en costume à paillettes dorées monta sur le podium.

– Et la banque ? interrogea John. Vous connaissez une banque fiable, où on pourrait transférer nos capitaux ?

– Hmm… (Doug hocha pensivement la tête.) Eh bien… ah, attendez une seconde !

Il leva un doigt pour leur demander de se taire. Au même moment, le strip-teaseur noir réclama le silence. Puis Doug mit sa main sur son front dans un parfait salut militaire… et l'hymne national russe s'éleva.

Les femmes se mirent à fredonner. Certaines avec sérieux, tandis que d'autres riaient. Lorsqu'on en arriva au refrain, le chœur des voix se brisa – des femmes chantaient « *partia leninna* » alors que d'autres disaient autre chose. John connaissait cet hymne, qu'il avait notamment entendu aux Jeux olympiques, mais il n'avait pas songé qu'il fallait modifier les paroles, les *décommuniser*.

L'hymne se termina et la musique fit une gracieuse transition vers Pat Benatar avec la chanson « Heartbreaker ».

– Je connais un type à la banque, reprit Doug. Je ne deale pas personnellement avec lui, parce que je ne fais pas entrer et sortir des capitaux du pays, mais je lui fais confiance. C'est un type intéressant, un vrai personnage, du nom de Benny Sheldon. Un jour, il a déboulé à Moscou avec son sac à dos, c'était après la chute du Mur, et il a cherché une soupe populaire où faire du bénévolat. Il n'en a pas trouvé une seule – à ma connaissance, il n'y en a aucune à Moscou. À l'époque, il vivait dans un hôtel équipé d'une salle de sport miteuse, alors il a décidé de créer un club de gym à l'américaine pour avoir un endroit où s'entraîner – le Moscow Beach Club, qui est devenu très populaire. Comme la cuisine américaine lui manquait, il a ouvert un restaurant à l'occidentale, ainsi que le seul bar de la ville intéressant que je ne possède pas – Uncle Guilly's. Et il a commencé à engranger beaucoup d'argent – il vient du monde de la finance, Goldman Sachs peut-être ? Quoi qu'il en soit, il avait besoin d'une banque de confiance, alors il en a fondé une avec deux jeunes Russes débordant d'ambition, mais qui ne connaissaient rien à ce domaine. Ils ont fini par entrer dans le groupe financier Dialogue – Troika Dialogue, vous connaissez ?

Petr hocha la tête.

– Il ne s'arrête jamais, ton gars, hein ?

– On peut le dire… Mais c'est le gars qu'il vous faut. Je vous emmènerais bien là-bas moi-même, et je tuerais pour une entrecôte saignante – Guilly's a les seules acceptables de la ville –, mais vous savez, il y a toujours cette histoire de contrat sur ma tête.

– Ce serait gênant pour nous si tu te faisais tuer, plaisanta Petr en avalant une gorgée de sa bière.

– Ouais, pas la peine de prendre des risques, renchérit John. Vous nous avez déjà bien aidés. À charge de revanche.

Doug regarda sa montre, puis pianota sur la table.

– Vous savez que je ne suis pas sorti d'ici depuis près d'une semaine ? Et puis merde ! Je viens avec vous ! Par contre, ne parlez à personne dans la rue, ha ha !

John voulait dissuader Doug de venir, par crainte pour son ami, et pour lui-même – il n'avait pas particulièrement envie d'être pris dans des tirs croisés – mais quand un homme est prêt à risquer sa vie pour une entrecôte, aucun Américain digne de ce nom n'a le droit, en son âme et conscience, de l'arrêter.

Les hommes massés devant le Duck étaient encore plus nombreux. Tous comptaient les minutes jusqu'à 22 heures, où ils seraient enfin autorisés à entrer dans le saint des saints. Doug dit un mot en russe à l'un des vigiles, puis fit signe à John et Petr de le suivre dans la cour. Il fendit à grandes enjambées la foule des hommes en train de fumer abondamment. Tous trois passèrent sous l'arche pour gagner la rue. Aucun d'eux ne vit les deux types qui s'étaient écartés du groupe.

John sentit une main sur sa nuque et un coup de pied faucha sa jambe droite, le faisant tomber à la renverse ; à côté de lui, Petr chuta aussi. John heurta lourdement le sol en se demandant ce qui lui arrivait, quand un homme l'enjamba et empoigna Doug. Un autre passa par-dessus Petr et ouvrit la portière d'une voiture. Doug flanqua son poing droit dans la figure de son agresseur. Ce dernier se défendit d'un crochet à l'estomac, puis, avec une sorte de prise de judo, il flanqua Doug par terre, et le poussa vers la portière. À l'intérieur du véhicule, un comparse l'attrapa et le tira de toutes ses forces.

John et Petr assistaient, éberlués, à la scène, quand un homme basané de petite taille déboula en courant et se jeta sur l'assaillant de Doug. Les deux hommes roulèrent par terre. John entendit le crâne de l'agresseur craquer sur le trottoir pavé. Doug avait réussi à s'écarter du gars qui voulait l'entraîner dans la voiture, et à lui agripper la main gauche. Il saisit la portière de sa main droite et la claqua de toutes ses forces sur le bras de son assaillant. Ce dernier poussa un hurlement. Doug rouvrit la portière et la claqua de nouveau. La voiture démarra en trombe, tourna au coin de la rue et disparut.

À présent, Doug étreignait chaleureusement le type basané qui l'avait sauvé. Petr s'adossa à un mur pour reprendre son souffle pendant que John s'agenouillait pour vérifier si le type au crâne fêlé était vivant.

– Il a un pouls, dit John. Il faut appeler une ambulance.

– Ils vont revenir le chercher dans une minute, répliqua Doug. Les gars, je vous présente un de mes barmans, Asdrubal.

– *Holà !* lança Asdrubal.

– Il est cubain, précisa Doug.

– Mon service va commencer, dit Asdrubal avec un léger accent anglais.

– Merci, dit Doug. Vous devriez partir avant qu'on appelle les secours. Tenez… (Il sortit un stylo et une carte de visite et écrivit une adresse au dos.) Montrez ça à un chauffeur de taxi et il vous emmènera chez Guilly's. Passez le bonjour à Benny de ma part.

– Merci, renchérit Petr. Désolé de t'avoir causé des ennuis.

– Désolé ? Ne sois pas désolé. Il est grand temps que j'embauche un garde du corps. Bon, allez-y. Si les flics vous arrêtent pour vous interroger, cela vous coûtera une fortune pour éviter de passer la nuit en prison.

– Merci encore, dit John.

Petr hélait déjà un taxi.

CHAPITRE 4

Uncle Guilly's ne pouvait guère être plus différent du Hungry Duck. Au lieu de la foule bigarrée de filles surexcitées sur la piste de danse, de strip-teaseurs et de paillettes, Guilly's aurait pu figurer dans un guide de pubs londoniens. L'édition de 1938. En entrant, John eut l'impression d'avoir remonté le temps – une semaine plus tôt, il était à Londres et fréquentait les pubs *old school*. L'endroit était chaleureux et la clientèle principalement composée d'hommes, assis par deux aux tables ou au bar. Tous buvaient de la bière. Plusieurs mangeaient des entrecôtes énormes. Un homme d'une trentaine d'années en costume soigné jouait aux fléchettes avec un autre en chemise hawaïenne.

Petr le désigna du doigt.

– Tu penses que c'est Benny ?

Ils se dirigèrent vers lui en louvoyant entre les tables.

– Monsieur Sheldon ?

L'homme à la chemise hawaïenne, qui s'apprêtait à tirer, suspendit son geste pour se tourner vers Petr. Puis il lança sa fléchette, frappa un double seize, et lança à son adversaire :

– C'est un seize fermé – la partie est terminée, je pense. (Puis à Petr :) Oui, je suis Benny Sheldon.

Il serra la main de Petr, puis celle de John, et leur demanda ce qu'il pouvait faire pour eux.

*

John et Petr prirent place dans une alcôve, en face de Benny. Ce dernier croisa les mains derrière sa tête et contempla le plafond, tout à ses réflexions.

– Eh bien, dit-il au bout d'un moment, je ne vois aucun problème à gérer de tels montants. On dispose de pas mal de liquidités – en dollars – et on bénéficie d'une solide réputation. Depuis le début, on s'est débrouillés pour éviter la corruption, les pots-de-vin et les affaires louches en tous genres. Et apparemment, même les investisseurs les plus véreux pensent qu'avoir une banque de confiance est bon pour tout le monde. C'est bon pour le pays, et c'est bon pour eux – ils ne sont pas franchement altruistes, mais on ouvre la porte aux investissements étrangers. Il y a déjà d'importantes quantités de devises en Russie – des dollars, des livres, des yens, etc. – mais les gens les apportent dans des sacs de voyage, vous voyez le topo ? On ne peut pas bâtir une économie florissante de cette manière. L'afflux de capitaux étrangers est une aubaine pour notre pays. En fait, on essaie d'aider la Russie à dégager un excédent commercial.

« En ce qui concerne les bons, on est déjà très actifs – il s'agit surtout de les enregistrer, d'emmener les gens aux enchères et ensuite aux émissions d'actions officielles, mais aussi de les acheter. À mon avis, la moitié – peut-être plus – de mes employés s'occupent de la paperasserie une grande partie de la journée, tous les jours, car ils doivent gérer par exemple dix mille bons venant de Kiev, et pour chaque bon, il faut remplir un formulaire individuel à la main. Chacun a un numéro à neuf chiffres. C'est comme si avant de déposer de l'argent à la banque, vous deviez écrire à la main le numéro de série de chaque billet.

John et Petr hochèrent la tête. Un serveur dans le fond de la salle fit signe à Benny.

– Désolé de monologuer, les gars, mais je dois retourner à l'arrière pour vérifier une cargaison. U.S. Prime de Chicago.

– U.S. Prime ? interrogea Petr. Vous achetez des hypothèques ?

Benny éclata de rire.

– Non, du bœuf. (Il lança une carte de visite sur la table en se levant.) Si vous voulez faire des affaires avec nous, appelez-moi, ici ou au bureau. Et faites-moi savoir si vous voulez acheter un club de gym.

– Le Moscow Beach Club ? interrogea John. Doug l'a mentionné. Vous vendez ?

– Oui, répondit Benny. Ça devient trop dangereux. J'en ai marre des mafieux avec leurs colts plaqués or.

– J'imagine.

Puis après un dernier « À plus tard, les gars », Benny se dirigea vers les cuisines.

John se tourna vers son comparse.

– Alors, tu en penses quoi ?

– Je ne crois pas que j'aie envie d'un club de vacances à Moscou.

– Mmm. Mais tu lui ferais confiance pour la banque ?

Petr alluma une cigarette.

– Tu le trouves comment ? demanda-t-il en exhalant une bouffée de fumée.

– Je l'aime bien. Et Doug l'apprécie.

Petr hocha la tête.

– Eh bien… on fait un transfert et on voit comment ça se passe. Mais avant que tu lèves des fonds, on a besoin d'un capital de départ… Combien à ton avis, cinquante mille chacun ?

– Combien il nous faut pour mettre en place un bureau ?

– Aucune idée… Les prix de l'immobilier à Moscou sont délirants, paraît-il.

– Ouais, dit John en se grattant la nuque. Alors on fait un virement à Benny, ensuite je nous trouve un bureau pendant que tu contactes tes relations pour avoir des tuyaux. Je t'avoue que ça m'inquiète un peu, tout ce monde déjà sur le coup.

Petr secoua la tête.

– Ce sont des locaux. On peut facilement battre leurs retours sur investissement si… (Il pointa l'index sur sa tempe pour mimer un flingue.) … si on ne se fait pas éliminer avant. Mais, oui, demain j'appelle mes amis d'ici. On va fouiner un peu.

– Bonne idée. Fouiner. Décrocher les contrats. Ça me paraît un bon plan.

– Tu arriveras à trouver un bureau sans parler russe ?

– Ne t'inquiète pas, je vais embaucher un traducteur, ça ne devrait pas être trop compliqué. On est dans un marché d'acheteurs.

– C'est vrai. Bon… il est encore tôt, non ?

– Pas pour moi. Je suis rincé. Je vais retourner à l'hôtel et appeler ma femme, lui faire savoir que la situation est prometteuse ici.

– Si j'étais toi, je ne lui parlerais pas du kidnapping au Hungry Duck.

John sourit de toutes ses dents.

– Sage conseil. Tu vas rester ?

– Encore un peu, oui. Peut-être retourner au Hungry Duck, prendre des nouvelles de Doug. Lui dire qu'on va tenter le coup avec Benny.

– D'accord. Ça ne te dérange pas si je t'abandonne ?

Petr sourit.

– Ne t'inquiète pas. Je sais comment m'amuser.

John hocha la tête.

– On se retrouve au Metropol.

CHAPITRE 5

Le lendemain matin, dans le salon de la suite, John buvait un café et mangeait une viennoiserie danoise en lisant le journal – le tout procuré par l'infatigable Slava pour une somme modique – quand la porte de Petr s'ouvrit et qu'une brune sculpturale aux yeux clairs et aux jambes interminables sortit de la chambre. John avait sans doute l'air halluciné, car elle sourit avec malice.

– Désolée de vous interrompre… vous n'auriez pas vu ma robe ?

Elle avait un talon aiguille dans chaque main. En dehors de sa culotte, elle était nue.

– J'ai bien peur que non, bredouilla John.

– Bah, pas grave, dit la fille en ouvrant la porte-fenêtre. Ah, la voilà !

Elle sortit sur le balcon et revint plus ou moins vêtue d'une robe bustier satinée très courte. Au même moment, Petr sortit de sa chambre en souriant.

– John, dit-il avec une ironie jubilatoire. Devine quoi ? Je t'ai trouvé une traductrice !

John observa la fille qui s'était penchée pour mettre ses escarpins.

– Je l'ai engagée pour vingt-quatre heures, alors… il t'en reste dix-huit pour nous trouver une base opérationnelle, d'accord ?

Petr se versa une tasse de café du pot de Slava. John rit et hocha la tête.

– Eh bien, ça me semble parfait.

Il but une gorgée de café et regarda la fille.

– Vous voulez mettre une tenue moins… formelle avant qu'on parte ?

– Pas la peine, j'ai un imperméable. Et peut-être… (Elle désigna sa tenue suggestive) que ce sera utile.

– D'accord.

*

Qualifier le marché immobilier de Moscou de « délirant » était un euphémisme.

Après plusieurs heures de conversations par haut-parleur, traduites par la jeune Yekaterina, John réussit enfin à trouver une agence qui louait des espaces de bureaux et dont les prix n'étaient pas astronomiques. C'était étrange : à trente kilomètres plus au sud, John et Petr auraient probablement pu acheter une ville entière pour quelques centaines de dollars américains, mais à Moscou, le marché immobilier était dysfonctionnel.

La Russie avait beau être complètement en roue libre, tant qu'elle possédait le plus grand arsenal nucléaire, tout le monde était prêt à lui cirer les pompes. Et apparemment, les ONG, les groupes de pression et les multinationales de toute la planète – même ceux qui ne se risquaient pas à investir un centime dans les entreprises –, tous voulaient un bureau près du Kremlin. Histoire de mettre un pied dans la porte.

À en croire le propriétaire, qui montra à John et Yekaterina l'espace à louer, la plupart des bureaux de Moscou étaient vides, car tous attendaient que la Russie soit suffisamment stable pour installer des fax et des terminaux Bloomberg.

Ils se trouvaient à vingt bonnes minutes du centre-ville, dans une rue délabrée. Un grand et morne bâtiment d'allure soviétique occupait une partie du pâté de maisons. Qu'abritait-il avant ? John avait lu tellement de romans d'espionnage qu'il s'imaginait une prison secrète en sous-sol, comme la Loubianka[1]. C'était sans

1. La Loubianka a abrité à Moscou le quartier général des polices politiques soviétiques, ainsi que la prison où furent enfermés, torturés et exécutés des centaines de prisonniers.

doute l'une des innombrables cellules administratives de l'Union soviétique qui s'étaient retrouvées sans argent, sans employés et sans but après la chute du communisme.

– Qui étaient les précédents locataires ? demanda John à Yekaterina.

– Les locataires ?

– Qui travaillait ici ?

Yekaterina traduisit la question à l'agent immobilier.

– Une compagnie de téléphone, transmit la jeune fille.

John hocha la tête.

– L'endroit est-il fonctionnel ? Je veux dire, avec l'électricité, l'eau, le chauffage, le téléphone ?

Yekaterina fit la traduction, puis lui donna la réponse du propriétaire.

– Il dit, l'eau, oui, le reste, non. Mais il connaît quelqu'un qui peut les mettre en route et installer le téléphone pour un prix raisonnable.

Ils étaient dans le hall d'entrée, au plafond bas et terne. Les murs étaient recouverts de contreplaqué dont la peinture verte s'écaillait. John dépassa le comptoir d'accueil, emprunta un couloir et passa la tête dans la première pièce. Même décor déprimant, avec quelques meubles qui évoquaient un lycée américain des années 1950. En revanche, il n'y avait pas de courant d'air, pas de fuite – bref, cela semblait habitable.

– Quels bureaux loue-t-il ? s'enquit John.

– Tous, répondit Yekatarina.

– Combien pour celui-ci, pour commencer ?

Yekaterina posa la question à l'agent immobilier, qui se mit à faire des calculs à voix haute en regardant le plafond, puis déclara en anglais :

– Mille dollars américains.

– Pour combien de temps ?

– Un mois, précisa Yekaterina.

– Vous plaisantez ?

– Non, il ne plaisante pas. Il affirme que c'est une bonne affaire aussi près de Moscou.

– Est-ce que le prix inclut l'eau, l'électricité et le chauffage une fois qu'ils seront en place ?

– Non.

– Combien avec les charges ?

– Deux mille par mois avec l'électricité, l'eau et le chauffage. Mais pas le téléphone. Il ne s'en occupe pas.

– Dis-lui que je lui propose cinq cents dollars pour le bureau charges comprises.

– Il n'est pas d'accord.

John haussa les épaules et se dirigea vers la sortie.

– Il explique que vous ne trouverez pas mieux, mais après réflexion, les mille dollars comprennent l'électricité, l'eau et le chauffage.

– Dis-lui que je le prends pour deux mois renouvelables, mais je ne verse pas d'acompte tant que l'installation n'est pas opérationnelle. Y compris l'intervention de son gars du téléphone.

– Il est d'accord. Si vous attendez ici, il vous envoie son homme, et demain, il récupère l'acompte. Il prétend que ne pas payer la caution est un crime très grave en Russie, mais il accepte d'être payé demain.

– Eh bien, marché conclu.

Elle répéta ses paroles à l'agent immobilier, puis tous deux eurent une brève conversation en russe.

– Qu'est-ce qui se passe ? demanda John.

– Je dois partir, répondit-elle. Il vient de m'offrir un emploi.

– *Quoi ?!*

– Il m'a proposé un travail. Secrétaire. À plein temps.

– Et comment je vais trouver un traducteur en pleine cambrousse ?

– En pleine cambrousse ?

– Loin du centre-ville.

– L'employé du téléphone parle anglais. Il sera là dans une heure.

*

Le gars du téléphone parlait anglais, en un sens, mais il ne fit son apparition que six heures plus tard. Quand il arriva, John dormait, allongé sur le bureau d'accueil, sa veste roulée en boule en guise d'oreiller. L'opérateur le secoua pour le réveiller.

– Dans quelle pièce le téléphone ?

John avait besoin d'une minute. Il se ressaisit avant de descendre du bureau.

– Par ici, dit-il en l'entraînant dans le couloir.

John s'assit à la table pendant que l'homme s'affairait à dévisser les capuchons des prises et à faire passer ses câbles. Au bout de quelques minutes, il demanda, par politesse et pour rompre le silence :

– Comment vous vous appelez, monsieur ?

– Andrei.

– Moi, c'est John.

Andrei le regarda et hocha la tête.

– Merci.

Ce qui signifiait, songea John, « Ravi de vous rencontrer ».

– Vous faisiez déjà ce métier avant la fin de l'Union soviétique ?

– Je faisais tout.

Andrei avait une vingtaine d'années, cheveux bruns, assez grand et bien bâti.

– Où avez-vous appris l'anglais ?

– *Cheers*, répondit Andrei.

– Euh… *Cheers ?*

– *Cheers*, *Cheers*, vous savez, Boston, Bean Town, où tout le monde se connaît. Sam et Diane et Frasier.

– Oh, la série télé américaine ! C'est génial. Elle était diffusée en Russie ?

– À la radio, depuis la Finlande.

– La radio ?

– Oui, juste le son, pas d'image. C'est bien, on est obligés de se concentrer sur les mots.

– Ah, en effet. Très impressionnant.

– Oui.

Andrei sortit un téléphone à cadran en plastique beige de sa boîte à outils et le posa sur le bureau.

– Andrei, vous vous y connaissez en bons d'achat d'actions ? La privatisation des entreprises ?

– Oui.

– Vous savez quoi ?

– Tout.

– Vous savez où je peux en acheter ?

– Au marché des bons.

– Il y a un marché pour ça ?

– Oui. Au Palais des expositions, près du magasin GUM.

John ne comprenait pas.

– Près d'un magasin de chewing-gum ?

– Près *du* magasin GUM, reprit Andrei, en insistant sur l'article défini comme pour montrer qu'il savait l'utiliser correctement. De l'autre côté de la place Rouge. GUM, c'est pour *Glavny Universalny Magazin*. Ça veut dire « magasin universel de première nécessité ». Derrière, il y a le Palais des expositions qui abrite le marché des bons.

– Vous pouvez me montrer ?

Andrei haussa les épaules.

– D'accord.

– Super, merci. Attendez-moi, le temps que j'appelle mon associé. Est-ce que le téléphone fonctionne ?

– Oui.

– Super, répéta John.

Un opérateur le connecta au Metropol, mais sa suite ne répondait pas. Il laissa un message pour Petr à la réception, lui donnant rendez-vous à l'hôtel pour dîner. Puis il monta dans la voiture d'Andrei, une Lada. En chemin, il demanda à Andrei s'il voulait travailler pour lui, en qualité de traducteur et de guide. Andrei réfléchit un moment puis accepta. John lui proposa de doubler son salaire actuel ou de fixer un taux horaire.

Andrei demanda cinquante dollars américains par semaine. Ils se serrèrent la main.

Le Palais des expositions était gris et délabré, mais il vibrait de l'énergie de la Bourse de New York. Là encore, un curieux mélange d'hommes en costumes impeccables et de *babouchkas* aux vêtements miteux. Aussi, des types à l'air très sérieux dans des costumes sévères et élégants, entourés de policiers et de soldats en uniforme – John ne savait pas s'ils étaient en service ou non.

Les gens entraient avec des liasses de bons dans des sacs en toile de jute. Des hommes étaient escortés d'une phalange d'agents de sécurité armés de mitrailleuses légères qui portaient, devinait John, des mallettes remplies de billets. En progressant dans la salle, John comprit que les transactions étaient organisées de manière concentrique. En bas de l'échelle, dans l'anneau périphérique, des ouvriers et des paysans moscovites échangeaient des poignées de coupons contre des boîtes de conserves, des denrées non périssables, des bouteilles de vodka et des articles de toilette. C'était une sorte d'épicerie de coupons d'alimentation, sauf qu'ici, on troquait des bons d'achat.

Après avoir récupéré des bons en échange de vodka ou d'autres produits, les types assis aux tables se rendaient au « niveau » supérieur, où des centaines étaient assemblés en paquets de mille. Ils étaient ensuite vendus à des spéculateurs privés – principalement, semblait-il, des jeunes hommes en tenue chic – qui marchandaient leur butin dans le cercle restreint des gros bonnets. Ces derniers achetaient des centaines de milliers, voire des millions de coupons, qu'ils classaient selon le genre et l'activité (d'après les explications d'Andrei).

Ces hommes sérieux en costumes élégants négociaient d'énormes contrats, avec à leur bras des filles en talons hauts aux allures de mannequins. C'était là que les mallettes d'argent atterrissaient. Comme John et Andrei se tenaient assez près pour suivre l'une des transactions, John demanda à son traducteur de lui raconter l'échange.

– Le gars en chemise vend des bons pour des entreprises qui fabriquent des machines. Le client en costume n'est pas d'accord sur le prix. Le type en chemise demande dix dollars par bon. L'autre dit qu'il ne dépassera pas neuf dollars quatre-vingt-dix.

– Quel genre de machines ?

– Non, pas des machines, des *mashinas* – ça veut dire *automobiles*. L'entreprise en question fabrique des ressorts, pour les roues.

John acquiesça. Andrei reprit :

– Ils se sont mis d'accord sur neuf dollars quatre-vingt-quinze, et l'acheteur en prend deux cents de plus.

Les deux parties échangèrent une poignée de main, et le type en costume se tourna pour dire un mot à l'agent de sécurité à côté de lui. Puis il posa une mallette sur la table, l'ouvrit et en retira des liasses de billets américains.

– Combien il en achète ?

– Quarante mille deux cent un.

John regarda l'homme sortir quarante liasses de dix mille dollars, en billets de cent. Les deux hommes se mirent à compter – le vendeur comptait les bons et l'acquéreur les billets.

– Ils cherchent des faux, fit remarquer Andrei. Tous les deux.

John sortit de sa poche un stylo et une feuille de papier froissé qu'il portait toujours sur lui. Il prit des notes sur la transaction et les tarifs, et demanda à Andrei :

– Andrei, je voudrais le nom de toutes les entreprises dont les bons sont vendus ici, et qui se vendent par milliers. Demande à quel prix ils sont. Tu peux faire ça ?

– Bien sûr que je peux, répondit Andrei, et après un moment d'hésitation, il ajouta... patron.

– Appelle-moi John.

CHAPITRE 6

De retour au Metropol, après une franche rigolade quand John raconta à Petr comment il s'était fait piquer sa traductrice/prostituée, les deux partenaires firent le point. John avait dressé une liste de sociétés que l'on pouvait acheter, et Petr – après avoir passé en revue ses relations d'affaires russes – une liste d'entreprises dont les actifs n'avaient manifestement pas été déclarés, et dont les actions étaient en conséquence sous-évaluées, si bien qu'elles constituaient un investissement intéressant. Ils comparèrent leurs listes et trouvèrent une demi-douzaine de sociétés en commun. Dès lors, ils élaborèrent une stratégie.

Il fallait procéder dans l'ordre. D'abord, acheter autant de bons de sociétés sous-cotées que possible. Ensuite, Petr chercherait des bons de sociétés sous-évaluées qui n'étaient pas sur la liste de John. Pendant ce temps, John s'emploierait à collecter des fonds.

John apprit à Petr qu'il avait embauché Andrei comme homme à tout faire – conduire, traduire et réparer ce qui en avait besoin. Petr trouva l'idée excellente. Il appela Benny pour ouvrir un compte bancaire et John contacta l'aéroport de Cheremetievo pour lancer la première étape de son tour du monde de collecte de fonds. Son avion décollait le lendemain à 9 heures.

Dernière chose avant d'aller au lit, John demanda à Andrei de le déposer le lendemain à l'aéroport puis d'emmener Petr à leur nouveau bureau. Petr suggéra de retourner au Hungry Duck pour fêter la création de leur fonds d'investissement. John déclina sa proposition en bâillant et lui demanda de ne pas se faire kidnapper.

*

John fut réveillé par des coups à la porte de leur suite. Il sortit de sa chambre en même temps que Petr de la sienne. Ce dernier avait l'air passablement énervé – et d'avoir une bonne gueule de bois.

– Dis au type à la porte que dès qu'on aura les fonds, j'embaucherai les amis tchétchènes de Doug pour l'éliminer.

– Bah, c'est juste Andrei, répondit John. Il doit m'emmener à l'aéroport.

– Ah, c'est vrai, bougonna Petr. Je m'en souviens maintenant. (Il retourna dans sa chambre.) Mais si tu vas à Cheremetievo, je te suggère de mettre un futal.

John gloussa et ouvrit la porte. Ce n'était pas Andrei.

– Bonjour, je suis George Menshikov. J'aimerais vous parler de votre fonds d'investissement.

– ... Quoi ?

– J'ai appris hier par une connaissance que Petr Kovac et son partenaire John Mills lançaient un fonds d'investissement de bons d'achat. Pouvons-nous en discuter ?

– Vous êtes américain ? interrogea John.

– Oui, j'ai la double nationalité. Je parie que vous êtes John Mills.

John hocha la tête.

– Et vous, qui êtes-vous ?

– George Menshikov.

– Oui, j'ai compris votre nom – mais *qui* êtes-vous ? Un investisseur ? Désolé, je n'ai pas les idées claires, je viens de me réveiller. Quand vous avez frappé à la porte.

– Je travaille pour le magazine *Forbes*. Je suis journaliste.

Petr était resté sur le seuil de sa chambre. À ces mots, il rejoignit John.

– Journaliste ?

– Oui, répondit le visiteur.

– On est débordés, déclara Petr en lui fermant la porte au nez. Une autre fois peut-être ! ajouta-t-il, suffisamment fort pour que Menshikov l'entende depuis le couloir.

– Euh… d'accord, répondit le journaliste.

– Avoir de la presse nous aiderait à lancer notre affaire, dit John à voix basse – au cas où Menshikov aurait l'oreille collée à la porte.

– Pas en Russie, rétorqua Petr avant de retourner dans sa chambre.

CHAPITRE 7

Au milieu des années 1990, Tokyo était l'une des villes les plus riches et les plus cosmopolites du monde, et se poser de nuit, c'était un peu comme atterrir à côté d'un Times Square de la taille de Rhode Island. John arriva à l'aéroport international de Narita un peu avant 23 heures, heure locale. C'était le dernier vol avant la fermeture de l'aéroport pour la nuit, sorte de compromis pour diminuer la pollution sonore qui avait mis fin à des décennies d'actions pseudo-terroristes de la part de groupes d'étudiants gauchistes. Ainsi, l'aéroport était endormi, tout comme John, qui se retrouva à minuit à son hôtel, l'Imperial. Cet établissement conçu par Frank Lloyd Wright – autrefois le summum du luxe – n'était plus que l'ombre de lui-même.

John appela sa femme pour la prévenir qu'il était bien arrivé, puis dormit jusqu'à la sonnerie de son réveil à 6 heures du matin. À 6 h 30, il hélait un taxi, son café à la main, et à 8 heures, il roulait dans l'allée bordée de cerisiers de son vieil ami, l'industriel Soichiro Yamamura.

John ne connaissait pas de plus bel endroit au monde que la propriété de Yamamura – créée de toutes pièces par Soichiro en personne – ni de plus paisible. Ce lieu était la quintessence du vieux Japon, avec ses maisons pittoresques en bois, ses murs en papier aux panneaux coulissants, ses rocailles parfaitement entretenues, ses arbres en fleurs, ses ruisseaux de carpes, ses ponts lunes et, bien sûr, le mont Fuji en arrière-plan.

Soichiro, éternel lève-tôt, prenait son petit-déjeuner en lisant le *Wall Street Journal* sur une pelouse bordée de cerisiers. Assis en tailleur sur un tapis de sol, il était vêtu d'un treillis et d'une chemise aux manches retroussées. La table était garnie d'aliments américains et, comme souvent lorsqu'il était seul ou avec des proches, le Japonais se servait d'une fourchette.

C'était un curieux mélange d'Orient et d'Occident. En particulier les couverts. John n'avait jamais vu un autre membre de l'élite japonaise manger avec une fourchette au Japon. Un jour, John s'était décidé à demander à Soichiro pourquoi il n'utilisait pas de baguettes. L'industriel avait répondu que le Japon était le pays le plus hygiéniste du monde dans bien des domaines, sauf pour ce qui concernait les ustensiles en bois. Alors pourquoi ne pas se servir de baguettes jetables ? C'était mauvais pour les forêts, avait rétorqué Soichiro. John avait ensuite suggéré des baguettes en métal, et Soichiro lui avait demandé s'il menait une enquête sur les coutumes japonaises. Ne savait-il donc pas que seuls les Coréens utilisaient des baguettes en métal ? John en était resté là.

– John ! s'écria Soichiro, quand un domestique le conduisit à lui. Quel plaisir de te voir ! J'ai été surpris pas ton appel. Assieds-toi, je t'en prie.

– Soichiro, content de te voir aussi. J'avais oublié combien c'était beau ici.

– Eh bien, tu devrais venir plus souvent, répondit le Japonais en lui servant un verre de jus d'orange.

– C'est vrai. Peut-être que je comprendrais comment tu fais pour ne pas vieillir. (Soichiro avait soixante-dix ans, mais en faisait cinquante avec l'énergie d'un trentenaire.) Je mettrais bien ça sur le compte de la saine alimentation japonaise, mais j'ai l'impression que tu manges plus de bacon que moi.

– Bain chaud, bain froid, nager longtemps et vivre au grand air, mon jeune John !

– Et ne pas arrêter de fumer, de boire et de manger des aliments frits ?

– Tu sais ce que le fils de Freud, le peintre, en disait... Si tu arrêtes de fumer, cela ne rendra pas ton existence plus longue, cela te donnera juste l'impression qu'elle l'est.

John rit.

– Ton vol s'est bien passé ? s'enquit Soichiro.

– Très bien.

– Pas de problèmes à Narita ?

– Aucun.

– Bien. Avant, c'était Haneda, le principal aéroport international, jusque dans les années 1970. Ils insistent pour utiliser Narita pour les vols internationaux, par pure bêtise, à mon sens. Le gouvernement ne cède pas à ces imbéciles d'étudiants, et c'est une bonne chose, je suppose. Mais parfois, je me demande si cela en vaut la peine. Et ce qui s'est passé à Tel-Aviv pourrait se produire ici, tu sais, avec l'Armée rouge japonaise.

Il faisait référence au massacre de l'aéroport de Lod : après avoir pris un vol pour Israël, trois terroristes japonais d'extrême gauche avaient tué vingt-six personnes au hasard et en avaient blessé quatre-vingts autres. L'idée était de porter un coup dur au capitalisme international ou quelque chose de ce genre.

– C'est une abomination, continua Soichiro. Dans les deux camps. Les marxistes veulent gazer une banlieue de Tokyo et les néo-samouraïs impérialistes assassinent des politiciens en direct à la télévision et tentent des coups d'État. Je regretterais presque les jours simples et paisibles de la Seconde Guerre mondiale.

Il sourit de sa propre boutade, et John gloussa.

– Ouais, j'imagine.

– Bon, assez bavardé ! Si Tokyo doit devenir Belfast, essayons de profiter un peu de la vie tant que c'est encore possible. Je suppose que tu lances ton propre fonds ?

– Exactement. Tu as entendu parler des bons de privatisation des entreprises émis dans les anciens pays du bloc de l'Est ?

– Oui. Vaguement.

– Je me suis associé à un gars – Petr Kovac – qui a fait un carton avec des titres sous-évalués en Tchécoslovaquie. On va reproduire son modèle économique en Russie, à une bien plus grande échelle.

– Quels sont les termes ?

– On est à cinquante-cinquante.

Soichiro posa sa fourchette et s'essuya la bouche avec sa serviette. Il garda le silence pendant environ vingt secondes, puis replaça sa serviette sur ses genoux.

– Je mets cinq millions.

– Juste comme ça ?

– Oui, juste comme ça. Maintenant, mangeons.

*

Le lendemain matin, vers 5 heures, John atterrit à l'aéroport international de Los Angeles. Deux ans s'étaient écoulés depuis les émeutes suite au passage à tabac de Rodney King par des policiers, mais à voir l'aéroport, la ville était toujours en ébullition. Curieusement, le sol de Narita lui sembla plus propre que les plateaux des services de restauration de l'aéroport.

En sortant dans le smog, John s'en voulut d'avoir une si bonne opinion de Tokyo en regard de Los Angeles, comme s'il reniait ses racines américaines. Mais Los Angeles était une ville à l'atmosphère très particulière, dont il n'avait jamais été très fan. Il avait surtout un bon copain ici, un type à qui il avait fait gagner un pactole quand il travaillait chez Merrill Lynch, et qui, grâce à cette manne exceptionnelle, avait créé un studio de cinéma indépendant. Aujourd'hui, son ami était un gros bonnet d'Hollywood, extrêmement riche et respecté dans le « milieu artistique ».

Après quelques heures de repos au luxueux Château Marmont, John se rendit sur les hauteurs d'Hollywood, dans une de ces impressionnantes maisons sur pilotis qui dominaient Los Angeles comme les dieux de l'Olympe la Grèce antique. « Dominaient » au sens littéral. Cela dit, malgré l'influence néfaste de l'argent et du pouvoir – sans parler d'Hollywood – Donny Dietrich était un type bien.

Le taxi le déposa devant l'entrée de Donny. John pressa le bouton de l'interphone et une voix crachotante lui demanda de le retrouver à la piscine, qui se nichait au centre de la propriété circulaire, comme le jaune d'un œuf au plat. Donny l'attendait étendu sur un transat, pieds nus, en short et maillot de l'équipe de hockey sur glace des Devils du New Jersey. Par terre à côté de lui, un petit boîtier d'interphone servait aussi de radio, et diffusait une chanson des Beach Boys.

– John ! lança Donny en glissant ses pieds dans une paire de tongs des Devils. Bon sang, comment tu vas, mon vieux ?

– Oh, bien, très bien, répondit John en enlevant sa veste pour se rapprocher du style vestimentaire de Donny. Et comment se porte l'industrie du cinéma ?

– Super ! C'est le pied, répondit le producteur en lui serrant la main.

Puis il pointa du doigt une table entourée de chaises en plastique transparent aux couleurs vives, qui lui firent penser à des vitraux miniatures particulièrement hideux. Le chic ultime.

Donny suivit John en poussant une desserte roulante.

– Tu as entendu parler de Quentin Tarentino ? demanda-t-il en lui servant un breuvage fruité.

– Euh... non, répondit John en s'asseyant sur une chaise jaune fluo.

– C'est un jeune scénariste et réalisateur qui fait un malheur. Enfin, peu importe. Je viens de découvrir le nouveau Tarentino. Il va faire un malheur lui aussi.

– C'est un nom de scène ?

– Quentin Tarentino ?

– Ouais.

– Non, je suis presque sûr que c'est son vrai nom.

– Je crois que c'est la première fois que j'entends ce prénom, en dehors de Quent McHale.

– Qui ?

– Dans la série télé *McHale Navy* ?

– Ah, oui.

– Et Captain Quent[1], évidemment.

---

1. En référence à Quentin Roosevelt, petit-fils de l'ancien président des États-Unis Theodore Roosevelt, capitaine d'infanterie qui participa à la première vague du débarquement sur Omaha Beach le 6 juin 1944.

– Évidemment, dit Donny en lui tendant un verre.
– Qu'est-ce que c'est ? demanda John en en buvant une gorgée.
– Une boisson alcoolisée.
– Y a quoi dedans ?
– Un tiers d'alcool, deux tiers de jus de fruits.
– C'est bon.
– Eh bien, profites-en parce que je serais incapable de le refaire. Je ne sais même pas ce qu'il y a dans certaines de ces bouteilles... Le jus, c'est peut-être du raisin, de la pêche, du melon ? On dirait un punch hawaïen. À mon avis, l'alcool, c'est de la grappa – je ne bois pas beaucoup. Je ne les sors que pour les invités.
– Oh, eh bien, ne bois pas pour moi.
– Oh, non, j'aime l'alcool, mais si les gens de cette ville te voient avec une canette de bière, ils pensent que tu n'es plus dans le coup et ne prennent plus tes appels.
John éclata de rire.
– Alors, qu'est-ce que je peux faire pour toi, John ? Ce n'est pas une simple visite de courtoisie ?
– Non, c'est pour affaires.
– Tu veux me vendre un scénario ? Parce que j'ai ce qu'il me faut pour le moment, mais tu veux peut-être devenir le prochain Quentin Tarentino ?
– Je suis là parce que quand tu as repris ton capital chez Merrill Lynch, tu m'as dit de te contacter le jour où je monterais ma boîte.
– Tu lances ton propre fonds ?
– Oui.
– Génial.
– Tu veux en être ?
– Absolument. J'ai trop de liquidités en ce moment, ce qui n'est jamais une bonne chose à Hollywood – je finirais par financer des projets de ma poche. Les films d'action sont de bons investissements, mais si tu savais ! J'étais à deux doigts de remporter le deal pour un film sur « la reine Victoria, femme fatale »...
Donny réprima un frisson.
– *Femme fatale* ? Tu sais à quoi ressemblait la reine Victoria ?

– Ouaip. Mais c'est la nana qui a donné son nom à Victoria's Secret.

– Tu plaisantes ?

– Pas du tout. Mais tu veux parler lingerie ou business ?

– Ça me rappelle qu'il faut que j'achète un cadeau pour ma femme avant de retourner à l'aéroport.

– Tu crois qu'elle aimerait un squelette complet de Tyrannosaurus rex ?

– Euh… non.

– Dommage. Je crois que Nicolas Cage en vend un.

*

John pensait passer plus de temps avec Donny avant de reprendre l'avion, mais le producteur avait accepté d'investir si rapidement que John avait filé – ce n'était pas son comportement habituel avec un client, mais… eh bien, il adorait Donny, mais il n'avait pas vu sa femme depuis deux mois – elle avait dû retourner aux États-Unis pour s'occuper de son père malade. Donny avait rigolé et lui avait demandé ce qu'il fichait encore là.

Le producteur avait ramené John au Château Mormont pour récupérer ses bagages, puis l'avait conduit à l'aéroport. John avait pris un vol un peu après 21 heures. Il aurait pu partir une heure plus tôt, mais Donny et lui avaient mis un certain temps à faire rentrer son sac avec lui sur le siège passager de la Lamborghini Countach 25e anniversaire, apparemment conçue pour accueillir au maximum un seul Oompa-loompa sans valises.

À l'aéroport, John avait appelé sa femme pour la prévenir qu'il atterrirait vers minuit et que ce n'était pas la peine de venir le chercher. Elle s'épuisait à s'occuper de ses parents et il ne voulait pas qu'elle fasse deux heures de route en pleine nuit.

Pourtant, quand il pénétra dans le terminal, elle se tenait là, avec un petit panneau « J. MILLS ». Ils eurent une étreinte digne de *Casablanca* – pour des retrouvailles, cette fois. John la gronda d'être une épouse si têtue, si incontrôlable, si intrépide, puis ils gagnèrent la voiture main dans la main.

Originaire de l'Oregon, John ne se lasserait jamais de l'accent de Marsha. En l'écoutant lui donner les nouvelles, il était très heureux d'être de retour au Texas. Elle voulut tout savoir sur ses projets en Russie, et ce n'est qu'une fois sur la Route 35, en direction de la maison, qu'elle déclara qu'elle aussi avait une nouvelle. Laquelle ?

– Nous allons avoir un bébé.

John se tourna vers elle si brusquement qu'il faillit faire une sortie de route. Il emprunta la première sortie et s'arrêta sur l'accotement pour l'embrasser. Un poids lourd les klaxonna.

Ce fut une journée idyllique avec Marsha, de retour chez eux, au Texas. John ne fit rien d'autre que rester tranquillement à la maison, manger de la vraie nourriture (enfin) et admirer sa femme. Mais une journée idyllique, il ne pouvait s'offrir davantage – le lendemain, il reprenait déjà la route pour Dallas Fort Worth, la prochaine étape de sa tournée de collecte de fonds. Trois heures de vol jusqu'à Washington, un passage rapide à l'hôtel Hay-Adams pour déposer ses bagages, puis direction K Street, pour rencontrer Jim Schultz à son bureau, dans l'un des cabinets d'avocats les plus influents du monde.

*

Jim Schultz était très bien introduit à Washington. Peu de gens en dehors du sérail avaient entendu parler de lui, mais il était impliqué dans nombre d'événements géopolitiques majeurs. Il avait été embauché par le FBI dès sa sortie de l'université du Texas et avait travaillé pour contre-espionnage pendant toute la Seconde Guerre mondiale. Schultz était à Dallas le jour où JFK avait été abattu et, au cœur du maelström qui avait suivi, il avait été recruté comme conseiller par Lyndon B. Johnson, le nouveau président. Ce fut le début d'une longue carrière à travers toutes les administrations suivantes, démocrates comme républicaines. Son bon sens et son pragmatisme étaient précieux à Washington.

À la fin des années 1970, Carter avait fait de Schultz son principal représentant financier et l'avait envoyé dans le Japon industriel en plein essor. C'était la première étape de deux décennies de prospection commerciale dans le pays du Soleil-Levant, au cours desquelles il avait rencontré un jeune investisseur et compatriote texan du nom de John Mills. Schultz était beaucoup plus âgé que lui, mais il s'était immédiatement entiché de John, lequel s'était bâti une réputation en faisant rapidement fructifier l'argent de ses clients. Les deux hommes étaient restés en contact et, comme Soichiro et Donny, Shultz avait demandé à John de venir le trouver le jour où il monterait son affaire. C'est pourquoi John se rendait au bureau de Schultz aujourd'hui.

Après le Japon, Schultz avait continué à jouer les conseillers sur diverses scènes internationales, pour finir par devenir l'ambassadeur commercial de l'Union soviétique. Lorsque Eltsine avait repoussé un coup d'État communiste au début de l'ère postsoviétique, Schultz était à ses côtés. Littéralement à ses côtés, sur le char avec lequel Eltsine avait affronté les conspirateurs communistes.

Ainsi, lorsque John se dirigea vers le bureau de Schultz sur K Street – le cabinet d'avocats qu'il avait rejoint après le départ du premier président Bush – c'était avec la certitude que son interlocuteur comprendrait l'immense potentiel du marché russe.

– Tu investis en Russie ? interrogea Schultz en serrant la main de John. Tu veux boire quelque chose ? Café ? Thé ? Vodka ?

– Rien, merci. Je sais que tu es très occupé, je ne veux pas te retenir trop longtemps. Oui, on investit en Russie. Tu veux en être ?

Schultz éclata de rire et prit place sur un canapé, en faisant signe à John de s'asseoir en face de lui.

– Hors de question ! lança l'avocat.

– Quoi ?

– Tu sais comment c'est là-bas ? Je veux dire, ils ont fait de gros progrès par rapport au communisme, mais le démarrage est laborieux. Le temps qu'ils s'habituent à l'économie de marché, tout l'argent que vous investirez là-bas partira en fumée. Je vous le déconseille.

– Trop risqué ?

– Beaucoup trop risqué. Vous allez mettre des billes dans des boîtes privatisées par un système de bons supervisé par le FMI. Ces bons seront vendus à des Russes pour une infime partie de leur valeur. Tout l'argent que vous mettrez sera englouti dans le transfert.

– En effet, c'est pourquoi on n'investit pas dans des entreprises, mais dans les bons.

Soudain, Schultz sembla intrigué.

– Attends, tu veux dire que vous n'investissez pas dans les sociétés russes, mais *en* Russie Vous allez ouvrir un bureau sur place ? Vous ne pouvez pas acheter des bons à l'international.

– Je sais, oui.

– Hmm...

John lui laissa le temps de la réflexion.

– Ça risque d'être dangereux, commenta Schultz.

– Je sais.

-- Je ne parle pas que de la dimension financière. Ça peut être très dangereux pour vous... *personnellement*. On pourrait s'en prendre physiquement à vous.

– Ouaip.

Schultz se fit de nouveau songeur.

– Mais une fois que les actions seront cessibles au niveau international, vous pourriez tirer votre épingle du jeu.

– C'est l'idée.

– Eh bien, je vais te dire, Mills, tu as du cran, mon vieux. Un sacré cran.

– Bah, il en faut, c'est vrai.

– Bon. Si tu es prêt à risquer ta vie, je peux bien risquer un peu d'argent. *Qui audet adipiscitur*. Je signe où ?

John sortit des documents de sa mallette.

– *Qui audet adipiscitur ?*

– La devise des SAS britanniques : « La chance sourit aux audacieux ».

*

De retour à l'hôtel, John avait à peine fermé les yeux que le téléphone le réveillait. Sa chambre était plongée dans l'obscurité. Il n'avait aucune idée de l'heure. Il tendit la main vers la sonnerie insistante et, à sa troisième tentative, parvint à saisir le combiné.

– Allô ? dit-il avec un énorme bâillement. Qui est à l'appareil ? Et vous savez quelle heure il est ? Ce n'est pas une question rhétorique. Cet hôtel n'est pas équipé de réveil à cadran lumineux…

À l'autre bout du fil, Petr se mit à crier – pas à cause d'une mauvaise connexion, mais en proie à une pure euphorie :

– On détient 60 % de Kursk Tobacco ! Soixante pour cent ! La participation majoritaire de la troisième plus grande compagnie de tabac de l'ex-Union soviétique.

John se redressa d'un bond.

– Kursk Tobacco… c'était sur ta liste, hein ? Largement sous-évalué ?

– Oui ! C'est le plus gros distributeur de Russie, des ex-pays soviétiques et des pays du Caucase. Une putain de poule aux œufs d'or !

– Bon Dieu !

John avait sauté de son lit et se battait avec le drap dans lequel il s'était empêtré.

– Il faut capitaliser Benny – tu as reçu le virement du Japon ?

– Non ! Enfin, si, l'argent de Yamamura est déjà sur le compte, mais Benny avait de quoi couvrir la transaction, alors je n'y ai pas touché. J'avais acheté quinze mille bons dans une sorte d'entrepôt pour soixante mille dollars. Un gars s'est pointé aux enchères avec dix mille bons, alors il a obtenu 40 % et nous 60.

– Doux Jésus ! Et le portefeuille de Kursk Tobacco est estimé à… ?

– Trente millions de dollars, *grosso modo.*

– Alors on vient de dépenser soixante mille dollars pour des actions d'une valeur de… *dix-huit millions* ?

– Un peu oui – dès que les titres seront négociables.

– Bon Dieu de bon Dieu ! Je n'en reviens pas. Quand peut-on rencontrer les directeurs de la société ?

– Rendez-vous est pris lundi prochain. Tu peux revenir à temps ?

– Je serai là, ne t'inquiète pas. J'ai encore deux étapes prévues. Cela dit…

– Ouais, laisse tomber, John. Entre ce contrat et les investisseurs de Tokyo et Los Angeles, on est parés. On pourrait monter un fonds de un milliard de dollars sans avoir à mettre un centime de notre poche.

– Bon Dieu ! (Après un bref silence, pendant lequel il réfléchit aux conséquences de cette transaction, il reprit :) Tu veux une *vraie* bonne nouvelle ?

– Hein ?

– Je vais être papa !

CHAPITRE 8

La salle du conseil d'administration de Kursk Tobacco ressemblait à tous les autres bureaux « confortables » que John avait vus en Russie – murs en contreplaqué et horloge murale de style soviétique. C'était un immeuble de bureaux « plaisant », non loin du Kremlin. John et Petr étaient assis côte à côte à une longue table. Face à eux, un Russe à l'expression solennelle, doté d'un léger embonpoint.

– Messieurs, déclara-t-il en anglais, j'ai cru comprendre que vous désiriez exercer un certain contrôle sur les opérations de la société.

– En effet, répondit Petr.

– Eh bien, c'est votre droit, en tant qu'actionnaires majoritaires, une fois que vous aurez signé les documents. Mais au préalable, les actionnaires minoritaires aimeraient faire une petite mise au point.

– Qui sont les actionnaires minoritaires ? interrogea Petr.

– Ils souhaitent rester anonymes. Mais vous pouvez les considérer comme la *Bratya*.

– La *Bratya* ? s'enquit John.

– Littéralement, ça signifie « frères », répondit Petr, l'air soudain mal à l'aise.

– Et non littéralement ?

– C'est la mafia.

John hocha la tête et, pendant un temps, plus personne ne parla. Puis John reprit :

– Est-ce qu'ils aimeraient qu'on renonce à nos parts dans la société ?

– Non. Pour tout vous dire, ils voient comme un avantage le fait que vous déteniez la majorité de Kursk. Mais ils veulent que vous compreniez bien à quoi vous vous engagez.

– À savoir ? interrogea John.

– Kursk a un *business model* inhabituel. Et vous en porterez la responsabilité légale. Même si cela ne devrait pas vous inquiéter.

– Quel est leur *business model* ?

– Il est communément admis que Kursk fabrique et distribue des cigarettes, expliqua leur interlocuteur.

Il marqua une pause.

– Mais ? l'encouragea Petr.

– Mais l'entreprise ne fabrique pas que des cigarettes Kursk.

– Je ne vous suis pas, intervint John.

– Elle fabrique aussi… euh… des Marlboro, des Camel, des Lucky Strike, des Parliament, des Pall Mall, des Newport, des Winston. Environ un tiers des cigarettes vendues sur le marché de la Russie orientale et de l'Asie centrale sont manufacturées par Kursk.

– Vous faites des *fausses* cigarettes ? interrogea John, éberlué.

– Et vous aussi désormais, répondit l'employé de Kursk.

– Bon Dieu !

– Et c'est comme ça que vous dégagez des bénéfices ? Avec des fausses marques de cigarettes ?

– Non. Pas du tout. L'activité légale de Kursk est rentable. Mais son activité illégale l'est encore plus. Voilà le problème : vos nouveaux associés ne souhaitent pas changer de système. Avec des Occidentaux… si la Tchécoslovaquie peut être considérée comme un pays occidental… euh… nominalement ? … oui, nominalement à la tête de l'entreprise, vos associés souhaiteraient étendre ces opérations à de nouveaux marchés. Tout le monde y gagnerait, voyez-vous. Mais voilà, vous seriez légalement responsables devant les tribunaux russes. Si vous ne souhaitez pas participer à ce modèle économique, vos partenaires sont prêts à vous racheter vos parts. À vous de choisir.

John et Petr se regardèrent, désemparés. Petr se tourna vers l'employé de Kursk :

– Combien rachèteraient-ils nos parts ?

L'homme ouvrit son portefeuille et en tira un chèque de banque, qu'il fit glisser sur la table. Petr le saisit.

– Mille dollars ?!

– Oui. Je vous l'ai expliqué, vos associés se satisferont de l'une ou l'autre situation, mais si vous ne désirez pas poursuivre l'aventure, ils ne voient aucune raison de vous faire une offre trop élevée.

– Euh... Et si nous vendons nos titres à une tierce personne ? avança John.

– En tant qu'avocat de Kursk, je dois vous prévenir que ces transactions sont strictement encadrées par la loi russe. Les titres ne peuvent faire l'objet de négociations publiques. Alors si vous tentez de les céder à une tierce personne, elles reviendront purement et simplement à l'entreprise.

– Ah !

– Alors, messieurs, quelle est votre réponse ? demanda l'avocat en levant les mains. Bienvenue ? Ou adieu ?

John et Petr se regardèrent, puis John se tourna vers l'intermédiaire de Kursk.

– Eh bien, nous avons besoin d'un peu de temps pour réfléchir.

– Bien sûr. Vous avez vingt-quatre heures.

CHAPITRE 9

John avait suggéré d'aller chez Guilly's pour faire le point autour d'une entrecôte. Ils jouèrent à pile ou face et finirent au Hungry Duck qui avait la préférence de Petr. Si tôt dans la journée, le club était pratiquement vide et, sur la suggestion de Doug, les deux associés avaient engagé des « masseuses » au bar – lesquelles effectuaient vraiment des massages.

Assis à califourchon sur une chaise, John se faisait masser les épaules par une fille frêle, aux allures d'Audrey Hepburn, qui pétrissait ses muscles avec une poigne digne de Hulk. À côté de lui, Peter s'était allongé à plat ventre sur deux tables rapprochées, sa tête dépassant du bord, tandis que deux superbes prostituées s'attaquaient aux nœuds de son dos et de ses jambes. Il saisit son verre de scotch par terre sous son nez, en aspira une gorgée à la paille, et le reposa. Puis il poussa un gros soupir.

– Au risque d'énoncer une évidence, ce serait une très très mauvaise idée de dealer avec la mafia russe.

– Tout à fait d'accord, répondit John d'une voix pâteuse.

Ses yeux étaient clos, ses épaules comme des marshmallows.

– Tu es avec moi, là ? demanda Petr en aspirant une autre lampée de whisky.

– Oui.

– Vraiment ?

– Oui.

– On ne dirait pas.

– Non.

– On dirait plutôt que tu as avalé une poignée de cachets de Valium.

– Comme tu dis.

– Donne-moi une preuve que tu m'écoutes.

John bâilla et répondit :

– Tu es né par césarienne, n'est-ce pas ?

– Ouais. Comment tu le sais ?

– Les gens nés par césarienne ont des têtes plus rondes et plus symétriques que les autres parce que leur crâne mou de bébé n'est pas passé par le canal utérin.

– Je n'en savais rien. C'est vrai, j'ai un crâne superbement dessiné, hein ?

– Mouais. Et tu es un patriote.

– Je ne vois pas le rapport.

– Non, je veux dire, un vrai patriote. Tu étais prêt à mourir pour ta patrie.

Petr rigola.

– Qu'est-ce qui te fait croire ça ?

– Tu voulais être soldat.

– On ne *veut* pas être soldat en République tchèque ou en Slovaquie. C'est la conscription. On n'a pas le choix, John.

– Oui, mais même si tu tiens ton stylo de la main droite, quand un serveur pose un verre au-dessus de ton couteau, tu le déplaces sur le côté gauche de l'assiette. J'en déduis que tu es naturellement gaucher, mais que tu t'es entraîné à être droitier. Comme les fusils soviétiques sont conçus pour les droitiers, le moyen le plus sûr d'échapper au feu de l'action est d'être gaucher – mais au lieu d'opter pour la facilité, tu étais déterminé à te battre. Tu méprises le communisme, tu ne voulais sûrement pas être en première ligne pour un gouvernement soviétique fantoche. J'en conclus que tu croyais à un autre printemps de Prague.

Petr rit.

– Mes parents étaient peut-être juste superstitieux et pensaient que la main gauche était la main du diable.

– Pas si tu es allé à la crèche publique.

– Comment sais-tu que je suis allé à la crèche publique ?

– Tu me l'as dit.

Petr éclata de rire.

– D'accord, tu es très observateur.

– Je suis très observateur, confirma John en entrouvrant les yeux. De quoi on parlait ?

– Devenir actionnaires majoritaires de Kursk Tobacco : avantages et inconvénients.

– Eh bien, les inconvénients sont... mmmm. (John perdit le fil plusieurs secondes, le temps que la masseuse dénoue un nœud dans son épaule.) ... les inconvénients sont assez évidents. Quels sont les avantages ?

– Hé ! Vous avez l'air en forme tous les deux ! lança Doug en s'approchant. Je devrais peut-être transformer cet endroit en salon de massage en début de soirée.

– Je n'ai rien à redire à ça, commenta John.

– Qui est ton ami ? interrogea Petr en levant les yeux sur Doug.

À côté de Doug se tenait un homme de grande taille, aux tempes grisonnantes, qui faisait penser à un rugbyman en costume sombre.

– Mon nouvel agent de sécurité. On était en train de conclure le contrat.

– Est-ce qu'il parle anglais ? interrogea Petr.

– Pas un mot.

– Il ressemble à la version russe de Don Corleone.

Doug sourit et secoua sa tête.

– Non, pas la mafia. Il était colonel pour le KGB et il a des contacts au sein du FSB – le nouveau KGB. Après la petite tentative d'enlèvement de l'autre soir, j'ai reçu un appel de mon ancien associé tchétchène. Le gars était furax. En gros, il m'a dit : « Écoute-moi bien, un jour ou l'autre, on aura ta peau. Rentre-toi bien ça dans le crâne. Et on ne te lâchera jamais. Si j'arrive pas à te buter, mon fils prendra le relais. Et son fils après lui. Tu nous échapperas pas »... Alors, je me suis dit qu'il était temps d'appeler des renforts.

– Sage décision, approuva John.

Il ouvrit les yeux pour regarder Doug et son colonel, puis les referma pour se concentrer sur le massage.

– On devrait peut-être embaucher ce gars.

– Ah oui ? renchérit Doug. C'est quoi votre problème, les gars ?

– On vient d'acheter des parts dans une société – d'une valeur de dix-huit millions de dollars américains. Mais dans les faits, si on signe... on accepte de diriger un énorme marché noir de cigarettes, avec des mafieux russes pour associés.

– Ouch !

– Ouais.

– Bien sûr, on devrait se retirer, reprit Petr, mais c'est plus facile à dire qu'à faire, renoncer à dix-huit millions de dollars américains.

– Pourquoi ne pas vendre vos parts à une tierce personne ?

– Les titres ne sont pas cessibles. Apparemment, si on essaie de les vendre à une autre partie, ils retourneront automatiquement dans le portefeuille des propriétaires actuels.

– Ce ne sera pas un problème, intervint le colonel du KGB, si vous les cédez à l'un des directeurs de l'entreprise.

Petr regarda Doug.

– Je croyais qu'il ne parlait pas anglais.

Doug se tourna vers le gars du KGB.

– Vous m'aviez dit que vous ne parliez pas un mot d'anglais.

– J'ai un peu exagéré.

– Vous avez *un peu exagéré* ?

– Je parle anglais.

– À quel niveau ?

– Couramment.

– Très drôle.

– Voilà pourquoi je suis si bon dans mon travail. Je suis un homme extrêmement discret.

Doug roula des yeux.

– Vous parlez bien de Kursk Tobacco ? reprit l'ex-colonel.

John acquiesça.

– Ne me dites pas que vous faites partie de leur conseil d'administration ?

– Non. Mais c'est une possibilité. Je serais un partenaire précieux pour eux. Peut-être même plus que vous.

– Alors vous voulez nous acheter les titres ? interrogea Petr.

– Oui.

– Combien ?

– Zéro dollar. Mais en échange, je vous donnerai des informations d'une valeur de plusieurs milliards.

– Merci, on nous a déjà proposé « rien » pour nos parts.

– Peut-on en discuter en privé ? Je pense que vous serez intéressés par mon offre.

Petr regarda Doug, qui leva discrètement son pouce.

– D'accord, dit Petr en jetant un coup d'œil à John, qui hocha la tête. On peut utiliser ton bureau, Doug ?

– Bien sûr. Mais n'oubliez pas de plonger à terre si vous avez un point rouge sur le front !

*

– Alors..., commença l'ex-agent du KGB.

– Quel est votre nom ? coupa John.

– Colonel Semyon Sergeyevich Krylenko.

– C'est un titre honorifique, ou vous appartenez encore au FSB ?

Krylenko ne répondit pas. Au bout d'une minute, John capitula.

– D'accord, on vous écoute.

– Bien. Je suis un fonctionnaire pauvre. Je n'ai aucune liquidité. Depuis la chute du bloc de l'Est, je travaille comme agent de sécurité. Je suis le meilleur dans mon domaine. En partie parce que j'ai une vision globale des choses. La plupart du temps, on me rémunère en actions. Un jour, elles seront négociables. Mais en attendant, quand je vois une formidable opportunité d'investissement, je suis obligé de trouver une tierce partie pour avancer le capital. M. Steele a mentionné que des amis venaient de créer un fonds d'investissement en Russie. C'est pourquoi je voulais faire votre connaissance.

– Cette rencontre n'était pas une coïncidence ? s'étonna John, perché sur le bureau de Doug.

– Les coïncidences n'existent pas.

– Vous ne pouviez pas savoir que nous venions ici aujourd'hui, objecta Petr.

– En effet, cette rencontre est une coïncidence, mais nous nous serions parlé dans un jour ou deux, c'était inévitable.

– D'accord, dit Petr.

– Bien, dit Krylenko, je dirige la sécurité d'une entreprise qui va émettre des actions et organiser des ventes aux enchères. Ils m'ont engagé pour s'assurer que la transaction resterait secrète.

– C'est illégal, hein ?

Krylenko haussa les épaules.

– De quelle entreprise s'agit-il ? interrogea John.

L'ex-agent du KGB secoua la tête.

– Le prix de cette information, ce sont vos parts de Kursk Tobacco.

– Oh ! Rien que ça ? Dix-huit millions de dollars en actions ? On pourrait ajouter des billets pour Disneyland pour rendre l'offre plus attrayante ?

Il secoua de nouveau la tête.

– Non, ce n'est pas tout. Je veux aussi 50 % des parts de la société que vous allez négocier aux enchères.

– Cinquante pour cent ? En plus de Kursk Tobacco ?

– Oui.

– Et combien vaut ce portefeuille d'après vous ?

– Tout dépend du succès de votre opération… mais je dirais cinq – peut-être dix – milliards de dollars.

– *Cinq à dix milliards de dollars ?* répéta John.

– Oui.

John et Petr se regardèrent, interloqués, puis se tournèrent vers Krylenko.

– Ça paraît impossible, commenta John.

– Si vous espérez récupérer deux milliards et demi grâce à cette transaction, pourquoi voulez-vous les parts de Kursk ? renchérit Petr.

– Considérez cela comme un acompte. Au cas où vous cherchiez à m'entuber après.

– Si on avait cette mauvaise idée, j'imagine que vous nous feriez éliminer tous les deux, dit Petr.

– Oh, oui, très certainement. Mais cela ne me rendrait pas mes actions. Avec Kursk, au moins, je pourrais prendre ma retraite. Vous comprenez ?

– Mais vous n'aviez aucune idée de notre problème avec Kursk avant notre rencontre d'aujourd'hui, fit remarquer John.

– Non, reconnut l'ex-colonel.

– Pourtant, vous vouliez nous rencontrer.

– Oui.

– Alors votre plan de départ était de nous proposer un partage à cinquante-cinquante.

– Oui.

– Donc si on vous donne nos titres Kursk, on pourrait diviser en trois parts égales.

– Non. Mais voilà ce que je vais faire. Je vais vous donner le nom de l'entreprise en question. Cela n'a pas d'importance, car sans moi, vous ne pourrez jamais accéder aux cessions. Si le nom ne vous impressionne pas, on en reste là. Si l'affaire vous intéresse, on se serre la main, vous me donnez Kursk, et je vous explique comment entrer sur la liste des milliardaires de *Forbes*.

John fit turbiner ses méninges un moment, puis regarda Petr, qui acquiesça.

– D'accord, dit John. Allez-y.

– Messieurs, il s'agit de Gazneft.

Les yeux de John s'écarquillèrent. Comme ceux de son comparse.

– Ils n'ont pas émis de bons, j'ai vérifié.

– C'est vrai. Mais, eh bien, ils... – comment dire ? – ils ont menti. Ils ont fait de fausses déclarations. Cela dit, ils ne vont pas distribuer de bons à Moscou ou à Leningrad. En vertu de l'accord entre le FMI et le gouvernement russe, ils sont obligés d'émettre des coupons de privatisation. Mais les dirigeants veulent garder la boîte pour eux. Alors ils ont mis au point un... un stratagème astucieux. Ils ont généré des bons spécifiques à chaque région où le gaz est exploité, officiellement pour que les réserves de gaz profitent à leurs habitants. Ils ont déjà émis des dizaines de milliers de coupons dans ces territoires, où la plupart des gens sont pauvres et illettrés. Personne ne pourra se rendre aux enchères, qui auront lieu à une date et une heure annoncées la veille, dans un encadré discret à la dernière page du journal local. Bien sûr, se passera dans une zone reculée du territoire, une petite ville qui ne produit pas de gaz et où aucun bon n'a été distribué.

« Ainsi, les rares personnes qui auront compris la signification de ces coupons et vu l'annonce devront s'y rendre par leurs propres moyens. En dehors des grandes villes, ce sont des charrettes à bœufs et des traîneaux tirés par des chiens. Non, voyez-vous, elles n'ont aucune chance. Les seuls individus qui se présenteront à ces enchères sont les représentants de la direction actuelle. Il leur suffira alors d'un seul bon pour prendre le contrôle de tout le portefeuille. En revanche, si vous vous pointez aussi – eh bien, plus vous aurez de bons, plus vous obtiendrez de parts. Si vous en possédez cent chacun, ce sera du cinquante-cinquante. Si Gazneft arrive avec cent coupons et vous quatre-vingt-dix-neuf mille neuf cents, vous obtiendrez 99,9 % des actions émises. Vous me suivez ?

John et Petr étaient bouche bée. Ils s'observèrent un long moment, le nez en l'air, le temps de faire des calculs mentaux.

– Quelle est la valeur totale des réserves de gaz de Gazneft ? interrogea Petr.

Krylenko fit une pause pour ménager son effet.

– Environ vingt milliards de dollars américains.

– Bon Dieu, souffla Petr.

– Et quel pourcentage a été transformé en bons ? s'enquit John.

– Les deux tiers. Soit environ quatorze milliards, la part réservée aux achats russes, non négociables aux étrangers. Le reste sera proposé l'année prochaine aux Européens, aux Américains, aux Japonais, etc. Donc vous serez totalement seuls sur le coup. Je suppose que votre fonds est basé en Russie. Sur le plan légal ?

– Oui, répondit John.

– Bien. Sinon, vous ne pourriez pas enregistrer les titres. Tout cela fait partie du jeu pour contrôler la société. Alors, on règle l'affaire Kursk ?

John fit un signe de tête à Petr, qui déclara :

– D'accord. Kursk est à vous. Je vais en informer notre banquier.

– Bien, dit Krylenko. Les ventes aux enchères de Gazneft se dérouleront de manière séquentielle, afin de pouvoir corriger le tir en cas de problème. Quand ils auront compris ce que vous faites, je vous préviens, ce ne sera pas une partie de plaisir. De mon côté, je vous aiderai de mon mieux. Voici l'essentiel des infos : la première série de coupons a été émise au Bashkortostan, dans le district fédéral de la Volga. La vente aux enchères aura lieu à la mairie de Baïmak. Toutes les séances se tiendront dans des mairies. La deuxième série a été lancée dans l'oblast d'Omsk. Et la cession se déroulera à Tara.

John prenait des notes au fur et à mesure. Posté devant la carte murale du bureau de Doug Steele, Petr s'efforçait de suivre le parcours.

– C'est où, Tara ?

– Au nord d'Omsk, où la rivière Tara rencontre la rivière Irtysh.

– D'accord, dit Petr en pointant du doigt un point sur la carte. Continuez.

– La troisième série a été réalisée dans l'oblast d'Irkoutsk. À l'est de Novossibirsk, ajouta Krylenko à l'intention de Petr. Et la vente est prévue à Taïchet. La quatrième se fera dans l'oblast autonome juif.

– Le quoi ? s'enquirent John et Petr, presque en même temps.

– Vous n'avez jamais entendu parler de l'OAJ ?

Les deux non-Russes secouèrent la tête.

– Vous devriez réviser vos cours d'histoire. En fait, il n'y a pas de Juifs dans cette région. C'est là que Staline avait prévu de les déporter. En partie pour affaiblir la prétendue classe intellectuelle, que Staline considérait comme une menace pour le marxisme, en partie dans l'espoir qu'ils créent des échanges commerciaux avec la Chine, le Japon et la Corée. Ce qui, curieusement, ne représentait pas une menace pour le marxisme. L'oblast est frontalier de la Chine, à l'ouest de la mer du Japon. Mais la guerre a éclaté avant le début des déportations. Les Allemands ont tué tous les Juifs de Biélorussie et d'Ukraine, de sorte qu'il ne servait plus à rien de les envoyer en Sibérie orientale. Pourtant, ils ont conservé le nom. Et l'une des langues officielles est le yiddish.

– Euh..., dit John.

– La vente aura lieu à Lazarevo. Et la dernière émission a été réalisée dans l'oblast de Magadan, sur la mer d'Okhotsk. La vente aux enchères se déroulera à Soussouman.

Krylenko fit une pause pour laisser à John le temps de noter.

– Tu as tout, John ? lui demanda Petr.

– Ouaip. Et les ventes se passeront quand ? Il nous faut des dates.

– Cinq dimanches de suite, à 6 heures du matin. Officiellement, pour ne pas empêcher les braves citoyens d'assister aux services religieux. (Il secoua la tête.) La première, à Baïmak, est prévue ce dimanche.

John et Petr se jetèrent un regard entendu. On était mercredi.

– Ouais, dit Krylenko. Vous avez intérêt à vous bouger.

*

Quinze minutes plus tard, les deux complices avaient regagné leur bureau, où Andrei dirigeait une équipe d'employés de Benny Sheldon, qui s'escrimaient à remplir des formulaires de bons d'achat. La plupart étaient assis à même le sol. Personne n'avait eu le temps d'acheter des meubles.

John entraîna Andrei dans le couloir.

– Andrei, on est un peu pressés par le temps, alors je vais faire vite, dit-il en fermant la porte du bureau derrière eux.

Petr faisait les cent pas. John poursuivit :

– Tu es allé avec Petr à la vente aux enchères de Kursk, n'est-ce pas ?

– Oui, répondit Andrei, qui ne semblait guère ébranlé par l'agitation de ses patrons.

– Peux-tu gérer seul les prochaines ventes ?

Andrei regarda John et Petr tour à tour.

– Oui.

– Tu connais le calendrier de toutes les enchères ?

– Oui.

– Et tu sais comment enregistrer les bons après ? demanda John.

– Non, mais M. Sheldon peut m'expliquer.

– Parfait. On doit quitter la ville, alors tu vas devoir tenir la baraque tout seul. C'est toi le responsable. Si quelqu'un te met des bâtons dans les roues, bute-le.

L'expression d'Andrei demeura de marbre.

– La dernière partie de ma phrase, c'était pour blaguer, précisa John.

– J'avais compris.

– D'accord, bon. Maintenant, peux-tu me dire quel est le moyen le plus rapide pour aller... (Il s'empara de la liste qu'il avait dressée dans le bureau de Doug.) ... dans tous ces endroits. À commencer par Baïmak, dimanche prochain. C'est possible ?

Andrei étudia la liste un moment.

– Oui et oui, répondit-il.

Petr poussa un soupir de soulagement.

*

Quand John et Petr sortirent de l'immeuble pour reprendre le taxi qui les attendait, ils tombèrent sur George Menshikov.

– Je suis journaliste ! Pour *Forbes* ?

– Ouais, dit John. Je m'en souviens. On n'a pas de temps à vous accorder pour le moment.

Menshikov suivit le duo jusqu'au taxi, qui s'avéra vide. John et Petr scrutèrent la rue en quête du chauffeur.

– Il est là-bas, lança Petr en désignant un bureau de tabac, devant lequel le chauffeur ouvrit négligemment un paquet neuf et s'alluma une cigarette.

John mit deux doigts dans sa bouche et émit un sifflement à vous faire dresser les cheveux sur la tête.

– Hé ! cria-t-il au chauffeur. ON EST UN PEU PRESSÉS, LÀ !

L'homme haussa les épaules. Il ne comprenait pas l'anglais. Petr l'enguirlanda copieusement en russe.

– J'espérais que vous pourriez commenter les énormes profits des hommes d'affaires russes qui monopolisent les bons d'achat d'action de l'industrie russe. D'après mes sources, votre fonds investit dans les coupons – avec à sa tête un financier américain et le plus grand expert tchèque en la matière. Quels sont vos objectifs ? Il est évident que la donne est en train de changer en Russie et que vous jouez un rôle important dans la partie.

– Quoi ? dit John, qui ne l'avait écouté à moitié. Je suis désolé, monsieur Menshikov. Une autre fois, nous sommes pressés.

Le chauffeur se rassit au volant et John se glissa à l'arrière, tandis que Petr ouvrait la portière du côté passager. Menshikov posa la main sur la portière, empêchant Petr de monter.

Petr – qui dépassait Menshikov d'une tête et pesait une bonne vingtaine de kilos de plus – repoussa la main indésirable et déclara, avec le légendaire flegme slave :

– Va te faire foutre.

Petr s'engouffra dans le taxi et, alors qu'il refermait la portière derrière lui, Menshikov l'entendit dire :

– OK, Mario Andretti, *go-go-go* !

Et la voiture démarra en trombe.

– Les chiens sont lâchés, songea Menshikov, en se demandant si ces deux-là savaient dans quoi ils s'embarquaient.

*

John et Petr avaient un train à prendre, mais le temps de persuader la guichetière de leur désigner la bonne voie, il ne leur restait plus que quelques minutes pour monter à bord. Parvenus sur le quai, ils découvrirent que la guichetière s'était trompée, alors ils s'élancèrent dans une course folle à travers les tunnels de la gare Kazansky pour émerger sur le bon quai – du moins l'espéraient-ils. Des passagers patientaient, mais aucun train en vue. Petr attrapa un passant et aboya « Chekmagush ? », la principale ville du district de la Volga, où ils devaient rendre, suivant les instructions d'Andrei. L'homme ne comprit pas sa demande, et Petr fut pris d'une quinte de toux. John, qui avait pu reprendre son souffle, répéta la question, et obtint une réponse en russe.

– On n'est pas au bon endroit, traduisit Petr. C'est ce train-là, ajouta-t-il en désignant le quai contigu.

Ils devaient repasser par le tunnel et remonter sur la plate-forme suivante. Mais l'énorme locomotive diesel-électrique grondait déjà.

John parcourut les rails du regard.

– Ils ne sont pas électrifiés, viens !

Les deux hommes n'avaient emporté qu'un petit sac de voyage, faute de temps pour se préparer. *C'est une chance*, songea John, qui descendit sur les rails et traversa la voie ferrée en courant. Puis il grimpa à l'échelle de service qui menait au toit du train en longeant une porte. John tenta de l'ouvrir, mais elle était verrouillée de l'intérieur. Il toqua à la vitre. Les quelques voyageurs visibles à travers la fenêtre – qui cherchaient leur cabine et leur siège – l'ignorèrent. John grimpa sur le toit, suivi de près par Petr. À moitié accroupi – pour ne pas glisser, tomber de cinq mètres et se fracasser le crâne sur la dalle de béton – John traversa le toit, empoigna le haut de l'échelle de service du côté opposé et se mit à redescendre. Mais la porte ouverte du train bloquait sa progression. John sauta les deux derniers mètres pour atterrir sur le quai, à côté d'une contrôleuse qui ne parut guère surprise, et qui ne s'alarma pas de voir Petr échouer à côté de John une seconde après. Une nouvelle démonstration du fameux sang-froid russe.

– C'est le train pour Chekmagush ? demanda John en anglais.

– Chekmagush ? *Da*, répondit la dame.

– Dieu merci !

Petr lui tendit leurs billets. Elle les examina, s'adressa à Petr en russe, puis les lui rendit. Le Tchèque sortit son portefeuille.

– Qu'est-ce qui se passe ?

– Elle affirme que la compagnie ferroviaire n'a plus le droit de vendre de billets pour ce train, qu'elle est passée sous une nouvelle direction et qu'on doit lui acheter d'autres titres de transport.

– Elle veut nous arnaquer ?

– Aucune idée, dit Petr en donnant plusieurs billets américains à la femme. Mais ce n'est pas cher. Et elle accepte les dollars.

La contrôleuse s'empara des dollars, sortit deux petites cartes de visite vierges (cela y ressemblait en tout cas), griffonna quelques mots dessus, les tamponna et les remit à Petr – qui en donna une à John.

Petr posa une dernière question à la contrôleuse en russe, qui leur fit signe de monter à bord. Une file s'était formée derrière eux.

– OK, on est bons, dit Petr. Chekmagush est à vingt-neuf heures d'ici. La première classe est à droite. On est dans la voiture 4, compartiment 1.

John grimpa le marchepied en bois derrière Petr et tous deux se dirigèrent vers la voiture 4. Ils devaient remonter tout le train depuis la troisième classe. Et celle-ci était surprenante – bien plus agréable que John ne l'imaginait. Les compartiments étaient bondés – de grandes familles mangeaient et bavardaient sur des banquettes en vinyle usé. L'allée était étroite, car les bancs étaient assez longs pour qu'une personne de taille normale puisse s'allonger, et chaque cabine disposait de deux autres « bancs » à rabattre en hauteur.

Dans les neuf wagons suivants, des étudiants et des mères de famille aménageaient déjà les banquettes en lits. Plusieurs hommes seuls louaient des draps fraîchement repassés dans la petite cabine du personnel située à l'extrémité de chaque wagon.

Une file d'attente s'était formée pour obtenir des draps ou de l'eau chaude d'un grand samovar. Les gens allaient et venaient continuellement, avec à la main une tasse en verre remplie d'eau chaude où infusait un sachet de thé. Chaque wagon faisait penser à un petit *shtetl* – un village – bruissant d'animation. De toute évidence, beaucoup de gens se connaissaient et empruntaient régulièrement cette ligne. Des hommes âgés jouaient déjà aux échecs et, ici et là, un enfant installé sur une couchette supérieure faisait voler un avion en papier.

Plusieurs personnes dormaient déjà profondément, malgré l'agitation ambiante. Alors que John et Petr passaient de la troisième à la deuxième classe, le train se mit en marche.

La deuxième classe était nettement plus confortable, même si cela n'avait rien de spectaculaire. Au lieu de six lits par cabine, on n'en comptait plus que quatre, avec deux lits superposés de chaque côté. Les wagons de deuxième classe étaient bien plus silencieux, et, en jetant un coup d'œil par les portes ouvertes, John trouva les cabines plus spacieuses et les banquettes plus larges.

Après avoir traversé dix voitures de deuxième classe, John et Petr se rapprochaient du but.

– Les trains communistes ont-ils toujours eu différentes classes de voyage ? interrogea John.

– J'ai toujours connu ce système. Tu t'attendais à ce que les membres du Parti voyagent avec des producteurs d'oignons ?

John rit.

– J'aime bien leur ferveur pour le thé..., ajouta Petr en passant la tête dans la cabine du personnel (une hôtesse leva les yeux de son livre de poche et leur sourit). De l'eau chaude et des tasses gratuites. Les Russes sont amoureux de leur thé.

La première classe débutait à la voiture numéro 8. Les cabines étaient encore plus grandes, presque de vraies chambres. Au lieu d'un couloir central, une coursive longeait des compartiments doubles, bien plus agréables que les cabines modernes des trains de nuit dans lesquels John avait voyagé à plusieurs reprises. Ils n'étaient tout de même pas aussi luxueux que celles du 20th Century Limited que John avait connues enfant – les dernières heures de gloire des trains américains. Tout de même – des lits jumeaux, deux par cabine, aménagés en canapés, avec des oreillers en vinyle en guise de dossier, une petite table, et même un peu d'espace pour se déplacer.

– Pourquoi la première classe se trouve-t-elle à l'avant du train, la partie la plus bruyante ? s'étonna John.

– Aucune idée. La bureaucratie ? Ou peut-être que les clients de première classe aiment arriver quelques secondes avant les autres.

Enfin, ils parvinrent à la voiture 4, et entrèrent dans le compartiment 1, où ils se laissèrent tomber sur les banquettes. Au bout d'un moment, Petr s'étendit, les pieds du côté de la porte. John s'apprêtait à allumer une cigarette, quand il remarqua le petit panneau d'interdiction de fumer au-dessus de la porte – un avertissement visiblement récent, étant donné la patine de l'intérieur du train.

– Tu crois que c'est sérieux ? demanda John en désignant le panneau.

– Certainement pas, répondit Petr en allumant sa propre cigarette.

Pendant un moment, ils fumèrent en silence – ils faisaient des efforts absurdes pour reprendre leur souffle et fumer en même temps.

– Tu veux du thé ? proposa Petr.

– Oui, merci. Mais pour tout te dire, j'aimerais un peu plus que ça. J'ai faim. Il y a un wagon-restaurant ?

– Non.

Petr se leva, s'étira et sortit dans le couloir.

– Mais quelqu'un va passer pour vendre des encas. Comme à un match de football américain.

– Parfait, dit John.

Pendant que Petr allait chercher du thé, John se tourna vers la fenêtre – Moscou s'éloignait, laissant progressivement place à la forêt.

Peu après, Petr était de retour avec deux tasses fumantes. Les deux hommes sirotèrent leur breuvage en silence. Puis on frappa à la porte du compartiment.

John faillit dire « Entrez ! », un des rares mots qu'il connaissait en russe, mais il eut un blanc et se pencha pour ouvrir la porte. Sur le seuil, un homme en costume noir et casquette à visière.

Petr et l'homme eurent une brève conversation en russe.

– Il demande à voir nos billets, expliqua Petr en lui tendant le sien.

Le contrôleur examina attentivement Petr avant de lui remettre son titre de transport, puis il fit signe à John qu'il n'avait pas besoin de voir le sien. Après quoi, il s'adressa à Petr, qui lui donna le premier billet qu'il avait acheté au guichet de la gare. L'homme le refusa. Petr lui parla avec un agacement manifeste. Tous deux semblaient dans une impasse.

– Qu'est-ce qui se passe ? s'enquit John.

– Il dit que nos billets ne sont pas valides. Le train est géré par une nouvelle administration et nous devons acheter d'autres titres de transport.

– Bon sang. (John sortit son portefeuille.) C'est combien cette fois ?

– Cent dollars chacun. Américains. Il a dû deviner ta nationalité.

– Pas possible, bougonna John en sortant dix billets de vingt dollars. Demande-lui combien de fois encore on va devoir raquer comme ça.

Petr s'exécuta, et le contrôleur eut une expression vaguement indignée.

– Il affirme qu'il est le seul vendeur légitime de billets dans ce train et que si on a profité de nous, ce n'est pas sa responsabilité.

– Super, dit John en lui tendant l'argent, avant d'ajouter avec un sourire sardonique, putain de cosaque.

L'homme jeta un regard furieux à John – de toute évidence, il comprenait au moins un mot d'anglais – et lui remit une troisième série de billets. Ceux-là au moins étaient pré-imprimés.

– *Spasiba*, marmonna John.

Et le contrôleur s'en alla.

Petr éclata de rire et John ne put s'empêcher de l'imiter. Le Far West originel avait sûrement eu son lot d'arnaqueurs.

Quelques minutes plus tard, on frappa de nouveau à la porte.

– J'espère que c'est la nourriture cette fois-ci, dit John. Rappelle-moi comment on dit « Entrez » ?

– *Voydite*, répondit Petr, assez fort pour que le visiteur l'entende.

Un homme d'une vingtaine d'années fit son entrée. Vêtu d'un jean passablement neuf et d'une veste épaisse, il poussait une curieuse petite brouette en bois. Et s'exprimait en russe.

– Il vend des livres, traduisit Petr. Et des magazines… des bandes dessinées… et de la pornographie… (Il fit la grimace.) De la pornographie allemande.

– Rien en anglais ?

Petr posa la question. L'homme se retourna, fouilla dans sa brouette, et énuméra plusieurs titres.

– La *Critique de la raison pure…*, énonça Petr. *La Métamorphose… Par-delà le bien et le mal… L'Être et le Néant… Les Œuvres de l'Amour…*

– *Les Œuvres de l'Amour* est un roman ? interrogea John.

– *Les Œuvres de l'Amour* de Søren Kierkegaard.

– Tu es sûr que c'est de Søren ? Pas d'un autre Kierkegaard ?

Petr lâcha un petit rire et continua à jouer les interprètes.

– *Sous la neige… La Colonie pénitentiaire… Spiderman*, le n° 28, avec la cérémonie de remise des diplômes de Peter Parker et la première apparition de l'Homme de métal.

John gloussa.

– *Mon valet de chambre…*

– On se rapproche, dit John.

– Et une traduction juxtalinéaire du *Matérialisme dialectique et historique*.

– C'est aussi de P.G. Wodehouse ?

– Non. Il dit que c'est de Staline.

– Je vais prendre *Mon valet de chambre.*

Petr l'interrogea en russe. L'homme secoua la tête.

– Il n'a rien en tchèque.

Comme Petr lui posait une autre question, le vendeur pêcha un autre livre dans sa brouette, et le lui donna avec *Mon valet de chambre*. Petr lui régla deux dollars, et le vendeur alla frapper à la porte suivante.

– Tu as acheté un roman en russe ? demanda John. Merci, ajouta-t-il en prenant l'ouvrage que lui tendait son associé.

– Oui. *Guerre et Paix*. Je ne l'ai jamais lu. Mais j'en ai entendu beaucoup de bien.

John ricana, et Petr poussa la porte du pied. Elle était à peine refermée qu'on frappait à nouveau. Cette fois, c'était un homme qui vendait du tabac pour pipes et des chaussettes.

Après lui se présenta une vendeuse de cigarettes. Elle était habillée de manière suggestive, un plateau de cigarettes autour du cou, comme dans les films noirs. Petr plaisanta avec elle et John eut l'occasion de participer à la conversation – c'était la première personne qu'il entendait parler anglais dans le train. Ils achetèrent chacun deux paquets de Laika, la seule marque qu'ils connaissaient.

Le type suivant parlait aussi anglais, et il vendait enfin de la nourriture. Des sachets de soupe instantanée à verser dans une tasse d'eau chaude, des tranches de saucisson, des fruits secs, du fromage à pâte dure et du pain rassis.

Ce n'était pas de la grande cuisine, mais c'était mangeable. Tandis que les deux complices se restauraient, plusieurs autres femmes se présentèrent pour vendre des articles divers – jeux de cartes, cartes postales, crayons. Surtout, elles se vendaient elles-mêmes. Sur la douzaine de filles qui défila dans leur compartiment, seules deux parlaient l'anglais. Malgré cela, elles n'eurent aucun mal à faire comprendre à John ce qu'elles avaient en tête.

– Elles sont beaucoup plus abordables que les filles de Moscou, commenta Petr entre deux propositions.

– J'imagine que les clients sont moins nombreux ici.

– Mais avec tous ces lits, et un trajet de vingt-neuf heures, on pourrait penser que la demande est assez élevée, souligna Petr.

– Tu veux que j'attende dans le couloir ?

– Non, non. Je faisais juste une observation d'ordre économique.

John sourit et alluma une cigarette.

– Je me demande si c'est une Laika-Laika ou une Laika de Kursk.

– Quel goût elles ont ? s'enquit Petr.

– Le goût de n'importe quelle clope qui n'est pas une Camel.

– C'est ta marque ?

– Oui, quand j'en trouve. Mais cette saloperie... Je ne marcherais pas un kilomètre pour en acheter.

Petr ouvrit un paquet de Laika, en alluma une et haussa les épaules.

– Elle a le goût de toutes les autres Laika que j'ai fumées.

– Peut-être que toutes les autres étaient des Kursk.

– Euh... Voilà une bonne remarque.

– Pourquoi tu te tournes vers la porte ? demanda John, qui s'était étendu sur sa couchette face à la fenêtre.

– Comme tout le monde, non ? Regarder la porte, c'est instinctif, je pense.

– Tu ne vois pas le paysage.

– Des arbres, des champs, et encore des arbres ?

– Pour le moment, oui.

– Je connais par cœur, assura Petr.

– À Chekmagush, comment on va trouver des bons ? On distribue quelques billets et on demande aux gens de faire passer le mot ? Quiconque se présentera à la gare avec des coupons pourra les échanger contre des dollars américains ?

Petr acquiesça.

– Oui, c'est une bonne stratégie. Et il y aura peut-être des taxis à la gare. On payera les chauffeurs pour qu'ils répandent la nouvelle et on leur donnera une commission pour chaque vendeur qu'ils nous amèneront.

– Bien. Ça devrait être du gâteau.

– Hmm... Du gâteau ? Que veux-tu dire ? Je n'ai jamais entendu cette expression. Ça devrait être facile ?

– Oui.

– Ça devrait être du gâteau, répéta Petr. Hmm. D'accord.

Alors que le crépuscule tombait, les deux hommes entamèrent la lecture de leur livre.

Quand l'hôtesse de cabine vint faire leur lit, elle frappa doucement, mais n'obtint pas de réponse et n'insista pas.

Tous deux dormaient profondément depuis quelques heures quand, vers 2 heures du matin, des coups secs frappés à la porte réveillèrent John. Le livre de Wodehouse glissa de sa poitrine et il chercha l'interrupteur à tâtons.

– S'il vous plaît ! lança une voix pressante dans la coursive. S'il vous plaît ! Ouvrez !

Petr était réveillé lui aussi. John alluma la lumière et ouvrit la porte. C'était la fille aux cigarettes, celle qui sortait d'un film noir. Elle se faufila vivement à l'intérieur de la cabine et verrouilla la porte.

– Éteignez la lumière !

John était si éberlué que la fille appuya elle-même sur l'interrupteur. La cabine était à présent seulement éclairée par la lune. La vue de John s'ajusta progressivement à la pénombre. Il distinguait le visage de la fille et la silhouette de Petr près de son lit, qui se tenait au porte-bagages au-dessus de lui.

– Qu'est-ce qui se p... ?

– Chuuuut ! coupa la fille, avant d'ajouter d'une voix plaintive : pas de bruit s'il vous plaît.

À peine eut-elle prononcé ces mots qu'on entendit la porte de la voiture 4 s'ouvrir à la volée. Deux hommes parlaient fort en russe. John ne pouvait les comprendre, mais leur ton n'avait rien d'amical.

Peu après, on actionna la poignée de leur compartiment. Quelqu'un cherchait à entrer.

Maintenant que sa vue était habituée à l'obscurité, John remarqua que le chemisier de la vendeuse de cigarettes était déchiré à l'épaule. Le cliquetis de la poignée s'arrêta, puis reprit au compartiment suivant. Pendant une minute, les Russes essayèrent d'ouvrir les portes du wagon une par une, puis leurs voix disparurent dans la voiture 5.

– Ça va ? demanda doucement John. Tenez, buvez un peu.

Il tendit à la fille son verre de thé – à présent froid. Elle le but avec reconnaissance.

– Asseyez-vous, proposa Petr en désignant sa propre couchette. (Il alluma deux cigarettes et lui en offrit une.) Vous êtes en sécurité ici.

Pendant un temps, elle resta immobile, portant la cigarette à sa bouche d'un geste machinal. Petr s'assit sur le lit de John et la fille sur celui de Petr. John alluma lui aussi une cigarette et s'installa à côté de son compagnon. Pourvu qu'ils n'aient pas trop l'air d'un tribunal, songea-t-il.

– Vous voulez qu'on prévienne quelqu'un ? Le contrôleur ?

– Non !

– Vous préférez peut-être parler russe ? suggéra John. Mon ami le parle.

La fille secoua la tête.

– Non, ça va. Merci.

Il était inutile de lui demander ce qui s'était passé. Ils fumèrent quelques minutes en silence, puis John déclara :

– Nous avons à manger.

Elle secoua de nouveau la tête.

– Vous devriez vous reposer, dit Petr. Prenez la couchette, je vais m'installer par terre.

– Merci. Je peux dormir par terre.

– Non, dit Petr en ouvrant le placard au-dessus de la porte pour en sortir des draps. Installez-vous là. Par terre, je serai très bien.

Il dégotta un oreiller supplémentaire et deux couvertures. Il en tendit une à la fille et jeta la deuxième par terre, près de la fenêtre.

– Désolé John. Il n'y en a que deux.

John hocha la tête et rassura la fille :

– Il a raison, reposez-vous. On verra ce qu'on fait demain matin.

– Merci, dit la fille en s'enveloppant dans la couverture.

Elle resta assise bien droite sur la couchette de Petr. Pendant un moment, les deux comparses l'observèrent, puis John lança :

– OK, bonne nuit tout le monde.

– Bonne nuit.

Petr saisit son manteau à la patère près de la porte, l'enfila et s'étendit par terre. John s'allongea sur sa couchette. La fille resta assise, le dos droit. Mais à un moment de la nuit, John se retourna et vit qu'elle s'était endormie, couchée en chien de fusil, dos au mur.

CHAPITRE 10

Quand John se réveilla, la vendeuse de cigarettes était assise au pied de son lit, près de la petite table, et remuait quatre mugs d'eau fumante. John consulta sa montre en se disant qu'ils étaient probablement à moins d'une heure de Chekmagush, et se baissa pour secouer Petr.

– On arrive bientôt.

Il fallut un moment à Petr pour se rappeler où il était. Il se redressa et regarda la fille et ses quatre mugs d'eau chaude.

– Pourquoi quatre ? interrogea-t-il.

– Deux pour le thé, et deux pour le *kasha*.

– Le *kasha* ?

– Le porridge, précisa Petr. Vous ne vous joignez pas à nous ?

– Non. La dame qui a voulu récupérer les draps m'a donné une épingle à nourrice... (John vit que l'épaule déchirée de son chemisier était maintenue par l'épingle) et elle me laissera descendre discrètement de l'autre côté du quai. En attendant, je peux me cacher dans les toilettes des femmes.

– Vous pouvez attendre ici, répliqua Petr. Vous n'allez pas terminer le voyage dans les toilettes.

– Merci, mais nous n'allons pas au même endroit.

– Nous descendons à Chekmagush.

– Je vais à Oufa. C'est le terminus. Après, le train repart pour Moscou.

– Pourquoi ne pas descendre à Chekmagush et attendre le prochain train ? Ils passent toutes les six heures, non ? Ce n'est pas si long, et vous n'auriez pas à vous cacher.

– Je n'ai pas les moyens d'acheter un deuxième billet.

– Je vous l'offre, suggéra Petr. Ne vous inquiétez pas pour ça.

– Non. Je vous ai causé assez d'ennuis.

– Ne dites pas de bêtises, intervint John. Ce n'était pas du tout un problème de faire dormir Petr par terre.

Elle sourit.

– Merci, mais non.

– Bon, reprit Petr, alors laissez-moi vous offrir le petit-déjeuner.

– Vraiment, ce n'est pas la peine.

Petr haussa les épaules.

– Où est votre plateau de cigarettes ? interrogea John.

– Vous voulez qu'on le récupère pour vous ? Traiter avec des mecs bourrés est beaucoup plus facile le lendemain matin.

Elle se détourna légèrement, de sorte que ni John ni Petr ne purent voir son visage.

– Ils l'ont jeté du train.

Petr jura en Tchèque, ajouta un mot en russe, et lâcha en anglais – pour le bénéfice de John :

– Salopards de fils de pute !

– Si vous ne voulez pas de notre argent, dit John, laissez-nous au moins vous en prêter. Vous pourrez nous rembourser quand vous serez de nouveau sur pied.

– Sur pied ?

– Quand vous aurez à nouveau les moyens.

– Je vous remercie. Mais je n'aime pas avoir des dettes.

– Vous parlez le bashkir ? On va faire du business quelques jours dans le Bashkortostan. Mon russe est bon, mais certaines personnes dans cette région ne le parlent pas.

– Je parle le bashkir, confirma-t-elle en se tournant vers lui. Je parle beaucoup de langues fédérales du Sud. On a étudié les langues turques à l'école.

– Acceptez de travailler quelques jours pour nous comme traductrice. Je vous promets que nous n'avons pas de… euh…

Petr lui dit un mot en russe, et elle traduisit :

– Pas d'arrière-pensées.

– Exactement, confirma Petr en anglais. Nous n'avons pas d'arrière-pensées.

– Ma femme va avoir un bébé, renchérit John. Si ça peut vous rassurer. Et même si ça ne vous rassure pas, j'ai envie de l'annoncer à tout le monde.

La fille rit.

– Tenez, votre *kasha* est prêt.

Elle leur tendit à chacun une tasse de *kasha* et une de thé et les observa longuement, comme pour les jauger.

– Alors ?

Après une nouvelle hésitation, elle déclara, comme une évidence :

– C'est d'accord.

Et désigna John.

– Tu es « John » ?

– Oui.

Puis se tournant vers Petr :

– Et tu es Petr.

– Oui.

– Je m'appelle Anna Lydiovna Scherbatskaya. Vous êtes dans quel genre de business ?

CHAPITRE 11

Les deux associés descendirent à Chekmagush avec Anna entre eux, vêtue du manteau de Petr et d'un foulard que lui avait donné la dame de la literie.

De l'opinion d'Andrei, Chekmagush était la première ville du Bashkortostan assez importante pour qu'ils trouvent des bons en quantité. Pourtant, elle était si petite que personne d'autre n'était descendu du train. Et aucun taxi n'attendait devant la gare, sur la petite place où trônait une statue de Lénine. Était-ce le centre névralgique de la ville ? Ou une simple placette entourée de boutiques vides de clients ?

Des anciens jouaient aux échecs sur des tables en pierre, et quelques vieilles femmes poussaient de petits chariots métalliques chargés de légumes et d'articles divers. Tout était gris, à l'exception de quelques arbres épars, qui semblaient avoir poussé dans les interstices entre les pavés.

À côté du quai, sur une immense dalle en béton, une table en pierre servait de point de ralliement à une bande de *gopniks*[1]. Des adolescents russes en survêtement Adidas. Petr se dirigea vers la petite troupe, John et Anna dans son sillage.

– Vous parlez russe ?

– Bien sûr qu'on parle russe, traduisit Anna pour John.

– Vous avez entendu parler des bons ? Pour obtenir des parts dans des entreprises.

– Évidemment.

---

1. Terme péjoratif qui désigne un homme issu des classes populaires et qui habite dans un pays de l'ex-Union soviétique.

– Et des bons pour Gazneft ?

Les garçons se regardèrent d'un air entendu, typique des jeunes pleins de morgue face à un adulte jugé peu perspicace.

– Qu'est-ce que vous voulez ? traduisit Anna.

– Des bons Gazneft. On les achète. Cinq dollars américains par bon, et un dollar pour vous, pour chaque personne qui nous cédera ses bons.

– Un dollar chacun ?

– Par vendeur. Si vous nous trouvez mille personnes, vous aurez mille dollars à partager entre vous.

Les ados se concertèrent.

– On veut voir l'argent.

– Non, dit Peter en ouvrant son portefeuille, mais voici une avance de dix dollars.

Il sortit deux billets de cinq dollars et les leur tendit.

– Alors, marché conclu ?

Les garçons discutèrent à nouveau, puis le chef de la bande – celui qui prenait la parole – saisit les deux billets de Petr, avant de s'éloigner avec sa troupe de survêtements froissés. L'un d'eux trottina jusqu'aux hommes qui jouaient aux échecs. Un autre accosta une des vieilles dames. Sous le regard de John, Petr et Anna, les garçons se séparent en trois clans et se disséminèrent dans des rues qui partaient de la placette.

– On fait quoi maintenant ? interrogea Anna.

– Maintenant, on attend, répondit John.

L'attente leur parut si longue que John se demanda si les gamins ne s'étaient pas fait la malle avec leur argent. Dix dollars américains, c'était une somme dans cette contrée.

Pour patienter, ils s'installèrent à la table en pierre libérée par les *gopniks*, et John – le plus discrètement possible – ouvrit son sac de voyage, passa la main sous les vêtements pliés, et en sortit deux des vingt-cinq liasses que Petr était allé retirer à la banque de Benny avant de courir à la gare.

Une liasse contenait cent billets de dix dollars. Comme John et Petr avaient chacun vingt-cinq liasses dans leur sac, cela faisait un total de cinquante mille dollars. Ils auraient voulu en emporter cent mille, mais il aurait fallu des billets de vingt dollars pour pouvoir les transporter.

John enleva les petites manchettes en papier de deux paquets de cent, en glissa un dans la poche de Petr et un dans la sienne. Petr lui fit un signe du pouce et continua sa conversation avec Anna – pourquoi avait-elle étudié les langues turques ? C'était l'une des deux options proposées par son lycée (l'autre étant les langues slaves) et elle trouvait le monde ottoman bien plus romantique.

Avant la dissolution de l'Union soviétique, Anna rêvait d'aller à Sotchi, d'embarquer sur un bateau de pêche sur la mer Noire et de gagner Istanbul, où elle serait devenue professeure de russe, nounou, ou autre, et habiterait un petit appartement avec vue sur le Bosphore et Sainte-Sophie.

Pourquoi avait-elle aussi appris l'anglais ? Tous les élèves de son école apprenaient l'anglais. Était-ce en cas de guerre ou d'effondrement de l'URSS ? Elle n'en savait rien, mais semblait un peu vexée que l'école de John ne lui ait pas enseigné le russe.

Au bout d'une quarantaine de minutes, les gens commencèrent à affluer. Principalement des femmes au foyer, chacune avec quatre, cinq ou dix coupons, ceux de leur mari, de leurs beaux-parents, etc. Le ruisseau enfla progressivement pour devenir une rivière, et bientôt, un flot continu se déversa sur la place. Et un premier bus arriva. Puis un deuxième.

Le jeune chef des *gopniks* leur expliqua que son père avait acheté la compagnie de bus locale lorsqu'elle avait été nationalisée et qu'il avait fait le tour de la ville pour ramener les propriétaires de bons. En faisant semblant de chercher des cigarettes, John pêcha deux autres liasses de billets dans la réserve d'argent de son sac.

L'aubaine dura environ deux heures, et durant les deux heures suivantes, des retardataires arrivèrent au compte-gouttes. Enfin, le ruissellement s'arrêta, et Petr et John firent leurs comptes. Pour un peu moins de cinq mille dollars, ils avaient acheté neuf cent quarante-quatre bons Gazneft. Cela suffirait-il ? Était-ce beaucoup ?

Ou très peu ? Ils n'avaient aucun moyen de le savoir avant la vente, mais la récolte semblait bonne. En ce début de soirée, à part quelques ivrognes assis près de la statue de Lénine, la place était déserte. Il ne restait que John, Petr, Anna et les *gopniks* qui attendaient leur dû, ainsi que le père du chef de bande, le propriétaire du bus. Ce dernier se tenait à l'écart. En attendant que son gamin soit payé, il fumait en bavardant avec le conducteur du deuxième bus.

– On vous doit un dollar par personne, mais on n'a pas compté les gens, alors on va vous donner un dollar par bon, traduisit Anna, tandis que Petr s'adressait aux jeunes. Et comme vous avez fait du très bon boulot, on va arrondir à mille dollars. Tenez.

Il sortit de son sac dix paquets de cent. Comme il était impossible de distribuer une somme égale aux six *gopniks*, Petr remit les dix liasses à leur chef et leur dit de se partager l'argent. Ce qu'ils firent sans tarder, jusqu'à ce que le père du chef les houspille et les envoie se mettre à l'abri, pour que les billets ne s'envolent pas. Les jeunes ne demandèrent pas leur reste et filèrent à toutes jambes. Puis le père et le deuxième conducteur de bus s'approchèrent de John, Petr et Anna, et sortirent deux pistolets militaires Makarov.

– Ces sacs, ils sont bourrés de fric ? lança le père en anglais. On va les prendre. Il n'y aura pas de violence.

– Savez-vous qui sont ces hommes ? s'interposa Anna. *Avtoritets*...

Tandis qu'elle passait au russe, John garda un visage impassible, comme s'il comprenait l'échange. Après un bref discours d'Anna, les deux hommes acquiescèrent, firent volte-face, et s'éloignèrent. Anna les héla. Les deux Russes revinrent tête basse et lui tendirent leurs pistolets. Elle les saisit et leur fit signe de partir.

Une fois qu'ils furent hors de vue, Petr expliqua à John ce qui venait de se passer. Anna avait raconté aux deux hommes que John et lui étaient des *Avtoritets* – des barons de la drogue – de la Lyuberetskaya Bratva, l'une des familles les plus puissantes de la mafia moscovite.

– Je leur ai dit que vous étiez un Américain de la mafia de New York, venu les conseiller pour étendre leurs activités au plan international.

– Et elle a ajouté qu'on allait prendre leurs armes en gage de bonne foi, précisa Petr. La mafia ne leur en veut pas.

Anna remit l'un des Makarov à Petr et l'autre à John. Ce dernier hésita, puis empoigna le pistolet.

– Tu es sûr que c'est une bonne idée ? s'inquiéta-t-il en libérant le chargeur pour sortir la balle de la chambre.

– Eh bien, ça peut être utile. La prochaine fois qu'Anna dira à quelqu'un qu'on est des mafieux, il se peut qu'il ne la croie pas.

Le premier réflexe de John fut de rire mais, à bien réfléchir, ce n'était pas si drôle. Avec une certaine réticence, il remit le chargeur en place et glissa l'arme dans la poche de son manteau. Puis il consulta sa montre.

– Le train devrait être là dans trente minutes. S'il est à l'heure.

– Oui, dit Anna. En général, les horaires sont respectés.

– Le pouvoir du libre marché, conclut Petr.

CHAPITRE 12

Le jeudi soir, ils étaient de retour dans le train du Bashkortostan. Vendredi et samedi, ils répétèrent leur stratégie d'achat de bons avec un succès considérable. Le samedi soir, ils abandonnèrent le train pour prendre un bus au départ d'Oufa (la capitale de la république fédérale du Bashkortostan) et à destination de Baïmak, où la première vente aux enchères devait avoir lieu le dimanche matin à 6 heures.

L'autocar était une vieille guimbarde soviétique des années 1950. Les suspensions utilisaient des ressorts à lames sûrement récupérés sur un char à bœufs du XVIIIe siècle. Le trajet durait cinq ou six heures. À défaut de toilettes, le conducteur – malgré son souci de respecter l'horaire – acceptait, pour une somme modique, de s'arrêter et de laisser descendre les passagers qui avaient besoin de se soulager dans un buisson. Ils firent halte dans neuf bourgades avant d'atteindre Baïmak.

Il était un peu plus de 3 heures du matin. Le trio n'avait pas pensé à prendre une chambre d'hôtel pour dormir quelques heures. Alors tous trois déambulèrent dans la ville à la recherche d'un passant pour leur indiquer la direction de la mairie. Ils ne croisèrent personne – étonnamment, à 3 heures du matin, tout le monde dormait. Mais ils tombèrent par hasard sur l'hôtel de ville, logé dans une ancienne église, de l'époque pré-soviétique.

L'édifice était surmonté, comme la plupart des églises russes, d'un dôme en oignon. Au sommet du clocher à bulbe, en lieu et place de la croix, un marteau et une faucille en métal brillant reflétaient les premières lueurs de l'aube. On était au milieu de l'été, à environ cinquante-cinq degrés de latitude nord, et à 4 heures du matin, le soleil pointait déjà à l'horizon.

À cette heure matinale, la mairie était fermée. John faisait les cent pas pour se réchauffer, en fumant clope sur clope. Assis sur les marches du perron, Petr et Anna se partageaient l'épais manteau de Petr. Anna était fine comme une allumette, et Petr lui-même plutôt malingre, si bien que le pardessus les couvrait facilement tous les deux, s'ils se serraient l'un contre l'autre. Un peu avant 5 heures, Anna s'endormit, la tête sur l'épaule de Petr. Quand John s'en rendit compte, il croisa le regard de Petr, qui lui sourit – pas un sourire convenu ni suffisant. Plutôt fier et affectueux. John lui fit un signe de tête et se remit à tourner en rond.

Les employés municipaux ouvrirent les portes à 5 h 55. Trois hommes – deux en costume chic et un habillé en agent d'entretien. John, Petr et Anna les suivirent à l'intérieur.

L'agent municipal – qui détenait les clés de la porte – disparut dans la pièce adjacente et, peu après, les lumières du bâtiment s'allumèrent. Une petite antichambre ouvrait sur une salle remplie de bancs d'église.

L'un des hommes en costume prit un siège sur l'estrade où se trouvait autrefois l'autel, posa une machine à compter les billets par terre, abaissa un marteau sur le pupitre devant lui, et déclara la session ouverte. Il s'agissait vraisemblablement du représentant du FMI, chargé de superviser la vente. Curieusement, le FMI ne faisait pas confiance aux fonctionnaires locaux.

Pas un seul Bashkari ne se présenta. En supposant, bien sûr, que le deuxième homme en costume chic soit l'acheteur de Gazneft, il n'y avait que deux parties. La vraie question était : combien de coupons leur alter ego possédait-il ? Comme ils avaient été émis par le FMI, leur quantité n'était pas illimitée. Et comme la direction de Gazneft ne s'attendait pas à avoir de concurrence, elle n'avait probablement pas voulu risquer d'attirer l'attention en en accumulant un trop grand nombre. Ou peut-être qu'elle s'en fichait. Il était impossible de le savoir, jusqu'à ce que le type sur l'estrade entame le décompte.

Cette vente aux enchères concernait un cinquième des deux tiers de Gazneft, une entreprise d'une valeur approximative de 20 milliards de dollars. Environ 2,8 milliards de dollars étaient en jeu dans la petite mairie d'une ville minuscule au beau milieu d'une république semi-autonome dont personne n'avait jamais entendu parler.

Sur l'estrade, l'huissier se mit à parler en russe. Petr fit la traduction :

– Il s'agit d'une vente aux enchères pour établir la répartition, par le biais de bons de privatisation, des parts de la compagnie pétrolière et gazière Gazneft. Si vous avez des bons à convertir en actions de propriété, veuillez vous avancer.

John et Petr se levèrent, tout comme le représentant de Gazneft. Alors que les trois hommes convergeaient vers l'estrade, l'employé de la compagnie gazière jeta à John et Petr un regard noir. Petr lui indiqua d'un geste poli de passer en premier.

Le type de Gazneft transmit une enveloppe en papier bulle au responsable de la vente. John et Petr tendirent le cou pour voir si elle contenait beaucoup de coupons, mais l'homme sur l'estrade interpella Petr.

– Il veut que nous reculions et attendions notre tour, expliqua-t-il.

Les deux associés reculèrent de plusieurs pas et regardèrent l'huissier introduire les bons dans la machine à compter. Lorsqu'il eut terminé, il les rangea dans une deuxième enveloppe en papier kraft – qu'il avait apparemment apportée avec lui – inscrivit un numéro dessus, et rédigea un reçu qu'il remit à l'homme de Gazneft.

Peut-être était-ce l'imagination de John, mais il avait l'impression que l'enveloppe de Gazneft était moins épaisse que la leur. Dans une minute ou deux, ils seraient fixés.

Le mandataire du FMI demanda à l'employé de Gazneft de s'écarter et fit signe à John et Petr de s'approcher. John lui remit quatre liasses de bons maintenues par des élastiques. L'huissier ôta les élastiques, quand le type de Gazneft l'apostropha.

– Il veut vérifier nos bons, au cas où ce seraient des faux, expliqua Petr.

L'homme du FMI lui répondit et Petr fit la traduction :

– Il affirme qu'ils sont authentiques et que la procédure est en règle.

John respira à nouveau – il ne s'était pas rendu compte qu'il avait retenu son souffle.

Le représentant du FMI passa leurs bons dans la machine à compter, les glissa dans une enveloppe, nota un numéro dessus, rédigea un second reçu, et le donna à Petr. Puis il sortit un registre de sa mallette et se mit à entrer les informations.

En raison des conditions particulières mises en place par Gazneft, les bons n'étaient pas identifiés par des numéros de série à neuf chiffres comme ceux qu'ils avaient achetés à Moscou. Ici, ils étaient rattachés aux villes où ils avaient été émis, avec des numéros à cinq chiffres, la plupart commençant par un ou deux zéro.

John et Petr avaient passé la majeure partie du trajet en bus à remplir les documents obligatoires, que le représentant du FMI leur réclama. Le type de Gazneft les avait sans doute glissés dans son enveloppe en papier kraft avec les bons. L'espace d'une seconde, John pensa que le gars de Gazneft les avait oubliés – on pouvait toujours rêver.

L'huissier vérifia les formulaires, les tamponna, et les glissa dans des enveloppes officielles. Il fit plusieurs fois ses calculs, griffonna dans son registre, puis prit la parole d'un air imperturbable.

C'était le moment de vérité.

– Sur les parts de la société émises et enregistrées ici aujourd'hui, traduisit Petr, 38,4 % sont au nom des « Représentants des travailleurs de Gazneft »… et 61,6 % au nom du « Fonds Kovac-Mills ».

L'homme du FMI abaissa son marteau et leva la séance. Il remballa rapidement son registre et sa machine à compter et s'en alla sans un mot.

Pendant un long moment, l'employé de Gazneft observa les nouveaux venus d'un air mauvais, puis il quitta les lieux à son tour, lui aussi en silence.

Une fois le trio seul, Petr poussa un cri de victoire et John un hurlement.

– Bon Dieu ! Oui !

Avant de se rappeler qu'ils se trouvaient dans une ancienne église. Les deux hommes se donnèrent de franches accolades. Anna s'approcha d'eux, se demandant si elle devait se joindre à la liesse. John lui tapa dans la main :

– Banco, Anna !

Et alors qu'elle exprimait sa joie, Petr la prit dans ses bras et la fit tournoyer, dans une imitation maladroite de Fred Astaire. Les deux associés avaient de quoi se réjouir. Ils venaient d'acquérir 61,6 % d'un portefeuille d'une valeur d'environ 2,8 milliards de dollars. Soit 1,7 milliard de dollars de capitaux propres. John était monté sur l'estrade et chantait le refrain de « We Are the Champions » quand les lumières s'éteignirent.

Après un moment de confusion, l'agent municipal entra et leur demanda de quitter les lieux.

En sortant de l'ancienne église, ils hésitèrent sur la marche à suivre : aller à l'hôtel ou reprendre le bus pour Oufa puis le train jusqu'à Omsk ? En tout, ils avaient encore vingt-cinq à trente heures de voyage devant eux et, le bus étant prévu dans moins de deux heures (d'après les horaires trouvés par John), ils décidèrent de dormir durant l'interminable trajet de retour.

Alors qu'il n'était pas encore 7 heures du matin, le soleil était déjà bien levé et une brume neigeuse flottait dans l'air. L'abribus fermé sur trois côtés était décoré de mosaïques représentant des soldats de l'Armée rouge dans diverses poses héroïques au moment de la Grande Guerre patriotique, c'est-à-dire de la Seconde Guerre mondiale.

John et Petr prirent place sur le banc, Anna entre eux, à nouveau enveloppée dans le manteau de Petr.

– C'est drôle, dit Petr à John, aujourd'hui, tout le monde agit comme si un communiste était l'opposé d'un nazi. Ils oublient que les communistes et les nazis – Staline et Hitler – étaient les meilleurs amis du monde et prévoyaient de se partager l'Europe jusqu'à ce qu'Hitler voie l'opportunité de tout garder pour lui et envahisse l'Union soviétique. En attendant, vos chanteurs de folk américains comme Pete..., c'est quoi déjà son nom ? « We Shall Overcome... »

– Pete Seeger.

– Oui, Pete Seeger. Dans leurs chansons, ils racontent que l'Amérique ne devrait pas s'impliquer dans la guerre contre le fascisme, que Roosevelt ne devrait pas envoyer ses soldats à la mort pour défendre les idéaux britanniques. Ou les Sudètes.

– Mensonges fascistes, marmonna Anna, qui s'assoupissait. C'est *nous* qui avons vaincu le nazisme. L'Amérique et la Grande-Bretagne ont été les principaux spectateurs de notre victoire.

Sans ouvrir les yeux, elle glissa un bras fin hors de la manche trop grande de sa moitié de manteau et leva un poing victorieux.

Petr sourit mais, avant qu'il puisse lui répondre, un homme de petite taille trottina jusqu'à l'abribus. Il reprit son souffle, puis lança :

– John Mills ? Petr Kovac ?

– Oui, répondit John.

L'homme se mit à parler en russe.

– Il est employé à l'hôtel, expliqua Petr. Il dit que notre partenaire du Hungry Duck a un message pour nous.

John saisit le mot plié en deux du coursier et lui donna dix dollars de pourboire. L'homme s'inclina bien bas et retourna sur ses pas. John jeta un coup d'œil au message pour voir s'il était en russe, puis le remit à Petr.

– Euh... C'est du tchèque, écrit phonétiquement en cyrillique. Je suppose que notre ami ne voulait pas que le personnel de l'hôtel puisse le déchiffrer.

– Ça se comprend. Il n'y a sûrement qu'un seul hôtel dans cette ville et le gars de Gazneft y est sûrement descendu.

Petr hocha la tête et déchiffra le message.

– Notre ami dit qu'en tant que chef de la sécurité, il a été assailli d'appels téléphoniques de, semble-t-il, tout le monde dans la boîte, pour savoir qui nous sommes et ce que nous fichons ici.

Il va nous envoyer un autre message à la gare principale d'Omsk pour nous en dire plus. Il faudra chercher un agent de police sur le quai avec une enveloppe à la main. Je me demande comment il connaît un policier à Omsk...

– Il va sûrement appeler le poste de police et en engager un, non ?

– Ah, oui, tu as raison. Pardon, je suis un peu fatigué.

John gloussa.

– Il faut que l'un de nous deux reste éveillé pour qu'on ne rate pas le bus. Je prends la première heure.

Petr hocha la tête.

– D'accord, merci.

Anna était endormie à présent, sa tête sur l'épaule de son compagnon.

Petr posa sa tête sur la sienne et en moins de deux minutes, il sombra à son tour. Ou du moins, semblait-il endormi. Au bout de deux minutes, les yeux clos, il murmura :

– John, on a peut-être gagné un milliard de dollars ce matin. C'était une bonne journée de boulot.

– Oui, on peut le dire...

Comme Petr n'ajoutait rien, John se leva et se mit à faire les cent pas pour rester éveillé.

CHAPITRE 13

Petr et Anna dormaient si paisiblement – et John était tellement shooté à la nicotine – qu'il préféra les laisser se reposer et guetter l'arrivée du bus. Vers 9 heures, l'autocar apparut. En milieu d'après-midi, ils étaient de retour à Oufa et, en début de soirée, ils montaient dans le train à destination d'Omsk.

C'était le même train que celui de Moscou – en fait, *c'était* le train de Moscou, seulement en sens inverse. Un peu plus court, mais les wagons identiques. John et Petr mirent de côté leur indignation et achetèrent tous les billets qu'on leur réclama, pour s'assurer de voyager en première classe – pas tant pour le confort que pour pouvoir verrouiller la porte entre leurs sacs de billets et le reste du train.

Ils décidèrent également d'offrir à Anna sa propre cabine, ainsi qu'une avance sur son salaire, pour lui permettre d'acheter des vêtements et un manteau bien à elle. Pendant qu'elle faisait des emplettes sur le petit marché le long du quai, John partit en quête d'un téléphone. Après avoir eu trois opérateurs différents, il parvint à se connecter à Moscou et, de là, à joindre son domicile aux États-Unis.

Le téléphone sonna huit fois avant d'obtenir une réponse – une attente si longue que John imagina une douzaine de scénarios catastrophes à l'origine de ce retard, tous dus au fait qu'il n'était pas à la maison avec sa femme enceinte.

– Désolée… allô ? dit-elle en décrochant le téléphone juste avant que le répondeur ne s'enclenche… John ! Je rentre juste des courses !

– Est-ce que tu es censée porter des sacs de provisions ? Que dit le médecin ?

– Oh, John ! le gronda-t-elle en riant. Oui, je peux porter les courses. Je ne suis pas censée rester alitée.

– C'est la fille du Texas qui parle ?

– Non, c'est son médecin.

– Un rancher du Texas ?

– Tu crois que je suis allée consulter un véto ?

– Non, je parle des médecins qui jouent les cow-boys.

– C'était une blague, John !

– Mais tout va bien ?

– Oui. Sauf que tu me manques.

– Écoute, les choses bougent vite par ici. Je vais peut-être rentrer triomphalement plus tôt que je ne le pensais. On se rapproche du Rubicon, je pense.

– Tu ne fais rien de dangereux, au moins ? Je sais que tu m'as dit de ne pas m'inquiéter, mais j'ai peur que tu cherches juste à me rassurer.

– Mais non, je ne prends pas de risques. Pour l'instant, le plus grand danger est pour mon taux de cholestérol, si je continue à manger la riche nourriture slave.

Il entendit un sifflement aigu – émis non pas par un train, mais par un homme. Petr, qui lui faisait signe de se dépêcher.

– Désolé, ma chérie, je dois y aller. Promets-moi juste que tu ne vas pas faire de rodéo ou un truc de ce genre. Ménage-toi. Et engage une pré-nounou, si ça existe.

– D'accord, je te le promets. Sois prudent, OK ?

– Prudence est mon deuxième prénom. Allez, je dois filer – fais-toi un câlin et un baiser de ma part.

– Je m'envoie des fleurs aussi ?

– Oui, et écris un truc romantique sur la carte pour moi. Il y a le livre des citations de Bartlett sur mon bureau. Je pense à Keats, Shelley ou Wordsworth…

Petr le tirait par le bras. Cette fois, le train siffla.

– On va le manquer, John, viens !

– Je t'aime, Marsha.

– Je t'aime, John.

John raccrocha et trottina jusqu'au train.

Dans l'embrasure de la porte de leur wagon, Anna empêchait une contrôleuse passablement agacée de la fermer. Les deux amis se faufilèrent devant elle pour grimper dans le train. John lui tendit un billet de dix dollars pour faire bonne mesure, ce qui la calma un peu. Dès qu'ils eurent disparu dans la coursive, la contrôleuse claqua la porte et, un instant plus tard, le train se mit en branle.

Ils avaient à présent vingt bonnes heures devant eux pour récupérer. Comme le train Oufa-Omsk était un express, ils ne pourraient pas descendre avant pour acquérir d'autres bons. Ils reprendraient leur prospection dans l'oblast d'Omsk, puis se rendraient dans le nord, à Tara, où la vente aux enchères aurait lieu le dimanche suivant. Ils n'avaient pas grand-chose d'autre à faire, du moins avant d'arriver à destination. Peu après le départ, John et Petr s'installèrent dans leur compartiment, Anna prit ses quartiers et, cinq minutes plus tard, tous trois étaient assoupis.

John dormit du sommeil du juste pendant les douze heures suivantes et ne se réveilla que deux fois. La première, quand Petr quitta le compartiment. John entendit leur porte se déverrouiller, s'ouvrir et se fermer, puis un léger coup à la porte d'Anna, qui s'ouvrit et se referma à son tour. La deuxième fois, c'était au retour de Petr. Il faisait nuit, mais dans la faible luminosité de la cabine, leurs regards se croisèrent. Petr haussa les épaules, tout comme John, et tous deux se rendormirent.

Au petit matin, alors qu'ils étaient encore à plusieurs heures d'Omsk, le trio était réveillé. Anna avait décidé qu'elle s'occuperait des repas et leur avait préparé un petit-déjeuner et du thé dans son compartiment. Pendant qu'ils se restauraient, John et Petr s'interrogèrent : comment les gars de Gazneft allaient-ils réagir face à cette concurrence inattendue ?

– Je ne vois pas ce qu'ils pourraient faire, déclara Petr en mordant dans sa tartine de miel. Les enchères ont déjà été annoncées et les bons distribués.

– Et ils ne peuvent pas en imprimer de nouveaux, renchérit John. Pas sans l'aval du FMI, qui, j'imagine, ne sera pas d'accord.

– À quel point le FMI est-il de mèche d'après toi ?

– Difficile à dire, répondit John. Merci, ajouta-t-il à l'attention d'Anna, qui lui tendait une tasse de thé. Tout dépend de leur objectif. D'un côté, ils ne veulent sûrement pas aider les dirigeants de Gazneft à s'emparer de la société. De l'autre, la classe des commissaires russes – si on peut l'appeler comme ça – n'a pas l'intention de leur donner le moindre pouvoir économique. Je suppose qu'ils marchent sur un fil, entre « ne rien faire d'illégal ou d'immoral et ne pas faire de vagues ». Pas si simple. (John but une gorgée de son thé.) Cela dit, si la Russie se débarrassait d'eux – si elle leur disait de reprendre leur fric et de dégager – l'économie russe risquerait de s'effondrer. Et au lieu d'une Corée du Sud occidentalisée et prospère, la Russie pourrait finir comme… eh bien, une Corée du Nord. Avec un nouveau Staline, une économie dysfonctionnelle, et rien pour nourrir le peuple. Et pour seul atout le plus grand armement nucléaire du monde. Vu les enjeux, il vaut mieux tendre l'autre joue, non ?

– Est-ce que vous ne pensez pas que ce que *vous* faites est immoral ? interrogea Anna, qui les écoutait sans rien dire depuis un moment.

– Est-ce qu'on est des profiteurs, tu veux dire ?

– Des profiteurs ? répéta Petr.

– Oui, comme pendant la Guerre de Sécession – ou juste après. Les spéculateurs nordistes sont allés dans les régions du Sud en pleine reconstruction et ont tout raflé pour une bouchée de pain, simplement parce qu'ils étaient les seuls à avoir des liquidités. En gros, tu profites de la détresse économique d'une région pour faire baisser les prix et t'enrichir.

– Un marché d'acheteurs agressifs, dit Petr. Des profiteurs, je comprends.

– Oui, renchérit Anna. C'est ce que je veux dire. Vous achetez des biens qui appartiennent au peuple russe pour bien moins que leur valeur.

– C'est vrai, reconnut John. Mais si les marchés d'acheteurs existent, c'est parce que les gens veulent vendre. Bien sûr, pendant la Guerre de Sécession, le Sud s'est fait baiser par les spéculateurs, dans une certaine mesure. Mais sans les capitaux du Nord – devise forte, dollars américains – il n'aurait pas pu se reconstruire. Personne n'a forcé les gens du Sud à céder leurs biens. Les circonstances ne leur laissaient guère le choix, évidemment, mais les acheteurs ne leur ont pas forcé la main. Vendeurs et acheteurs étaient consentants.

« Les gens ont plus besoin de notre argent que de leurs bons. Ces bouts de papier n'ont aucune valeur pour eux. Ils peuvent sûrement faire du troc, mais ils ne peuvent pas acheter de la nourriture avec des coupons. Et au bout du compte, peu importe à qui appartient Gazneft, les emplois seront en Russie, le gaz sera vendu par la Russie. Qui empochera les bénéfices ? me diras-tu. Si les dirigeants de l'entreprise en deviennent propriétaires, les capitaux resteront peut-être en Russie, ou bien ils iront directement sur des comptes bancaires suisses. Quoi qu'il en soit, l'argent que nous injectons dans l'économie locale fera probablement plus de bien aux gens d'ici que les profits générés par Gazneft. Et en réalité, même si cela peut sembler bizarre, nous n'achetons pas les bons en dessous de leur valeur. Par définition, leur valeur est celle du marché actuel. Un principe implacable, mais laisser les marchés trouver leur propre équilibre – contrôlés par une « main invisible », comme le décrit le premier grand économiste Adam Smith – engendre au final beaucoup plus de prospérité. Pour tout le monde.

– Vraiment ? interrogea Anna, sceptique.

– Eh bien, regarde le Japon et l'Inde. Après la Seconde Guerre mondiale, ces deux pays se sont dotés d'un nouveau gouvernement. Le Japon a emprunté le modèle de libre marché à l'américaine, tandis que l'Inde optait pour un système protectionniste établi par un gouvernement transitoire britannique et colonial. L'Inde possédait déjà une industrie, alors que celle du Japon était en grande partie détruite. Grâce à la libéralisation des marchés – et à une forte spéculation – le Japon est devenu la plus grande économie du monde, après les États-Unis. Et certains affirment que bientôt, elle sera la plus puissante.

« Pendant ce temps, l'Inde a stagné. Le gouvernement a empêché les étrangers de venir acheter et moderniser les entreprises indiennes, au motif qu'il voulait protéger les activités traditionnelles, comme le filage au rouet. Un symbole utilisé par Gandhi pour lutter contre la domination britannique. Et les Indiens ont réussi à protéger leurs traditions, mais pas à construire une économie prospère. Pas d'investissement extérieur, pas de concurrence de marché, pas de main invisible.

« Étant donné la taille de sa population, ses ressources naturelles, sa culture du travail et de la famille, l'Inde devrait être le pays le plus riche du monde. Au moins aussi riche que le Japon. Mais elle est passée par Marx, et la plupart des habitations ne sont toujours pas équipées d'un système de plomberie.

« On va s'enrichir, c'est certain. Mais la Russie aussi, au bout du compte. (John regarda Petr.) Du moins, c'est la théorie. Ou alors, c'est juste ce qu'on se dit pour réussir à dormir la nuit.

Petr hocha la tête et but une gorgée de thé.

– Je croise les doigts.

Anna remua le porridge et ajouta de l'eau bouillante.

– Moi aussi.

Après le petit-déjeuner, leur sieste fut interrompue par le sifflement du train signalant leur arrivée à Omsk. Le trio descendit dans une gare animée et étonnamment bondée. Pourquoi cela surprenait-il John ? Après tout, il s'agissait d'une ville d'environ un million d'habitants. Sans doute parce qu'elle lui semblait si loin de tout.

L'Asie centrale, sur le versant solitaire de l'Himalaya, s'apparentait à un trou noir dans l'esprit des gens qui n'y vivaient pas. Et la seule région du globe plus déserte était le Sahara. Quand on avait demandé à Pierre le Grand quelle était l'étendue de son empire à l'est, il n'avait pas su répondre – cela se passait cent ans avant la création des États-Unis, or la côte ouest de l'Amérique du Nord était mieux cartographiée que les deux tiers orientaux de la Russie.

La Sibérie, où John se rendait pour la première fois, était à elle seule une fois et demie plus grande que l'Europe, mais ne comptait qu'un vingtième de la population européenne. De l'avis de John, il y avait plus d'habitants dans un rayon de trente kilomètres autour de Central Park que dans toute la Sibérie. Et pourtant, il s'agissait d'une grande ville d'apparence normale, avec des gens qui menaient une existence normale, comme partout ailleurs dans le monde. Et pourquoi en serait-il autrement ? Cela semblait juste un peu étrange.

– Là, dit Petr en désignant un policier qui tenait une enveloppe devant sa poitrine, comme un chauffeur dans un aéroport.

Le trio se dirigea vers lui. Petr s'adressa à lui en russe, et le policier lui remit l'enveloppe, puis s'éloigna sans un mot.

– C'est encore du tchèque, expliqua Petr après avoir déchiré l'enveloppe et lu le message. Euh… Notre ami le colonel devrait revoir sa grammaire. Bien sûr, le tchèque est la moins slave de toutes les langues slaves… Attendez…

– Bonnes nouvelles ?

– Non.

– Ça dit quoi ?

– Ça fait vingt-quatre heures que Gazneft panique à notre sujet et se demande de quelle planète on débarque. Ils n'ont pas pu déplacer la vente aux enchères d'Omsk, qui a déjà été annoncée ce dimanche à Tara. Et celle d'Irkoutsk est prévue le dimanche suivant. Mais la vente de l'oblast autonome juif et celle de l'oblast de Magadan ne sont pas encore officielles. Alors ils ont modifié les lieux : elles vont se passer dans des bleds encore plus paumés et plus inaccessibles. Les dates aussi ont été décalées. Avancées à ce dimanche. Ainsi, les trois ventes seront simultanées.

– Et le FMI n'a pas son mot à dire sur le sujet.

– La lettre ne mentionne pas le FMI.

– Je suppose que dans l'idée, les gens ne sont pas censés assister à plus d'une vente, puisque théoriquement, ces cessions sont au profit des locaux. Alors pourquoi ne pas les organiser toutes le même jour ?

– En effet, dit Petr. Alors... ça veut dire qu'on est foutus pour deux des enchères ?

– Sauf si on se sépare...

– Très juste. Si on se sépare, on peut faire les trois.

– Non, deux.

Petr regarda John. John rendit son regard à Petr. Puis se tourna vers Anna :

– Tu peux nous excuser un moment ?

– Bien sûr, dit-elle, l'air légèrement embarrassé, avant de s'éloigner vers un kiosque à journaux.

– Tu ne lui fais pas confiance ? s'enquit Petr.

– Avec des dizaines de milliers de dollars en liquide ? Non, je ne lui fais pas confiance. Ou plutôt, je me fie à elle autant qu'on peut le faire avec une personne qu'on a rencontrée dans un train et qu'on connaît depuis moins d'une semaine.

– Moi, je lui fais confiance.

– Vraiment ?

– Oui. Et je pense que je suis mieux à même de juger.

– Pourquoi, parce que tu l'as baisée ?

Les yeux de son associé s'étrécirent.

– Désolé, Petr, je n'aurais pas dû dire ça. Ce que je voulais dire, c'est que manifestement, tu l'aimes bien. Moi aussi, je l'aime bien. Mais aucun de nous ne la *connaît*.

– Je ne te connaissais pas plus quand on a pris l'avion pour la Russie

– Ce n'est pas la même chose.

– Pourquoi ? Parce qu'on s'est rencontrés dans un hôtel chic au lieu d'un train soviétique ?

– Non, eh bien… en fait, oui. J'avais des références. Et j'ai vu que tu étais un homme d'affaires. En toute franchise, je crois que tu penses avec ta queue.

– Va te faire foutre, John.

– OK, ce n'est pas vraiment que tu penses avec ta queue, mais je ne vais pas te dire des trucs mièvres du genre « tu es amoureux ». C'était une jeune fille en détresse… On l'a sauvée, et maintenant, tu te sens en devoir de la protéger. C'est une histoire vieille comme le monde. Mais ça ne signifie pas qu'on peut lui confier un gros paquet de fric. Un fric que, d'ailleurs, on ne pourra pas remplacer. Pas ici. Il n'y a pas de liquidités dans les banques sibériennes. Ce n'est pas parce que tu es amoureux que tu peux lui confier un sac contenant l'argent de toute une vie. Ce n'est pas logique. Je n'insinue pas que c'est une mauvaise personne, juste qu'on ne sait rien d'elle. Et qu'elle est humaine. Avec des failles, comme tous les êtres humains.

– Elle ne voulait pas qu'on lui fasse la charité, objecta Petr.

– Et c'est une des raisons pour lesquelles je l'apprécie. Mais n'oublie pas que je ne parle pas russe. Si tu n'as pas besoin d'un traducteur pour le touvain ou le tchouktche, *moi*, il m'en faut un.

– Avec un billet de cinq dollars, tu trouves cinquante traducteurs.

– Des gens à qui je peux me fier ?

– Apparemment, tu ne fais pas confiance à celle qui nous accompagne.

John ferma les yeux et se massa les tempes. Il avait l'impression d'avoir la gueule de bois, comme quand on dort trop longtemps et au mauvais moment de la journée.

– Écoute, reprit John avec un soupir. Je ne lui fais pas confiance. Pas instinctivement, en tout cas. Je suis désolé, mais c'est la vérité. Mais j'ai confiance en *toi*. Alors, si tu es sûr de vouloir tenter le coup… je ne me mettrai pas en travers de ton chemin.

Petr observa Anna, qui leur tournait le dos. Elle venait de ramasser l'écharpe tombée d'une petite fille et s'était accroupie pour l'enrouler soigneusement autour du cou de l'enfant. On aurait dit la bande-annonce d'un film romantique de série B. (Pensée de John.)

– Oui, dit Petr, j'en suis sûr.

– D'accord. Eh bien, ne perdons pas plus de temps alors.

À partir de là, tout s'enchaîna très vite. John, Petr et Anna emportèrent chacun un tiers de l'argent. Anna resterait à Omsk pour commencer à rassembler des bons. John se rendrait dans l'oblast autonome juif et Petr dans l'oblast de Magadan. Tous trois passeraient la semaine à amasser un maximum de coupons. Le samedi, ils rempliraient les formulaires, puis ils réserveraient les avions, les trains et les voitures pour arriver à temps sur les sites des enchères, aux confins de la Russie. Enfin, ils se retrouveraient à Irkoutsk pour la liquidation finale une semaine plus tard. Le plan semblait simple.

Ce n'est qu'une fois dans le taxi qui l'emmenait à l'aéroport d'Omsk que John se rendit compte qu'il aurait dû confier à Anna son Makarov. Petr le ferait probablement – il était resté avec Anna pour lui donner une formation administrative accélérée sur les documents à remplir. Entre John et Petr, si l'un d'eux devait détenir une arme, Petr était sûrement le plus légitime, en sa qualité d'ancien soldat… Cela dit, comme John vivait au Texas, ils étaient sans doute à égalité.

À la gare, il fallut environ une heure à Petr pour apprendre à Anna les tenants et les aboutissants de la fastidieuse procédure de transfert des numéros de bons. Quand il eut enfin terminé, John était déjà dans les airs. Anna et Petr se séparèrent à la station de taxis. Elle allait chercher des coupons au marché de la gare pendant que Petr gagnait l'aéroport. Il sortit le Makarov de sa poche et voulut le glisser dans le manteau d'Anna. Mais elle arrêta son geste en posant la main sur la sienne :

– Je déteste les armes à feu.

Elle lui déposa un baiser sur la joue, mais il l'embrassa sur la bouche, et ils échangèrent un long baiser. En la serrant dans ses bras, Petr se demanda s'il s'était laissé entraîner dans une amourette comme on en vit dans un pays étranger. Bien sûr, cela ne durerait pas. Dans quelques semaines, elle rentrerait dans sa famille en femme très riche ; lui retournerait à Prague en homme très, très, très riche – et il était presque certain qu'ils ne se reverraient jamais. N'est-ce pas ?

Hors de ce contexte, où l'aventure avait tendance à créer des liens artificiels entre les gens, il aurait pu lui exprimer ce qu'il ressentait... des élans d'amour pour elle. Mais que faire ? Il n'était pas naïf. Elle non plus.

Ils brisèrent leur étreinte. Elle s'éloigna et se retourna plusieurs fois avant de disparaître dans la cohue du marché. Une minute après, il était dans un taxi pour l'aéroport, et passait nonchalamment la main sur le pistolet dans sa poche, en se demandant s'il pourrait embarquer avec.

CHAPITRE 14

En effet, il réussit à embarquer avec le pistolet. Comme il n'y avait pas de vols réguliers entre Omsk et Magadan, il s'était mis en quête d'un autre avion. Et l'appareil le plus robuste et le plus apte à l'emmener à Magadan n'était pas le petit monomoteur ou même bimoteur auquel il pensait. Il s'agissait d'un Tupolev Tu-4 à la retraite, détenu et exploité par une société privée. Une copie soviétique du Boeing B-29 Superfortress américain, le bombardier qui avait lâché Little Boy et Fat Man sur Hiroshima et Nagasaki.

Un avion étrange en soi. Pendant la guerre, les Soviétiques avaient demandé à plusieurs reprises que des B-29 soient inclus dans le Prêt-bail[1], pourtant leur requête avait été systématiquement rejetée. Puis un jour, après une série de bombardements au Japon, trois B-29 avaient fait un atterrissage forcé dans l'Extrême-Orient russe.

Les Américains avaient réclamé le retour de leurs avions, sans succès. Ces derniers avaient été envoyés à Moscou, au bureau d'études de Tupolev, l'entreprise de conception aérospatiale. Leur rétro-ingénierie était devenue une sorte de « projet Manhattan »[2], avec près de mille usines soviétiques consacrées à la reproduction des pièces individuelles.

Comme l'industrie soviétique utilisait le système métrique, la structure en aluminium du fuselage du B-29 avait été épaissie à

1. La loi Prêt-bail du 11 mars 1941 est un programme d'armement mis en place par les États-Unis pendant la Seconde Guerre mondiale pour fournir à ses alliés du matériel de guerre sans intervenir directement dans le conflit.
2. « Manhattan » est le nom de code du projet de recherche de la première bombe atomique.

l'unité métrique supérieure, rendant l'appareil russe nettement plus lourd que son homologue américain. Les Soviétiques avaient dû retrouver les formules chimiques des alliages métalliques ultra-résistants et ultra-légers du B-29, ce qu'ils avaient fait à une vitesse fulgurante. Ou peut-être n'était-ce pas si étonnant, vu que la Russie comptait nombre des plus grands scientifiques et mathématiciens du globe, et avait été contrainte à la rétro-ingénierie non pas par un manque de cerveaux, mais par excès de communisme.

Hormis son poids, le Tu-4 était une copie parfaite du B-29, du système d'armement contrôlé par ordinateur aux dégivreurs d'ailes automatiques. Les seuls changements majeurs étaient les moteurs – élaborés à partir d'un autre moteur en étoile américain – et les radios, des imitations non pas du B-29, mais du B-25 que la Russie avait obtenu grâce au Prêt-bail.

Malgré un intense effort industriel, le programme de rétro-ingénierie n'avait pas été terminé à temps pour la Seconde Guerre mondiale. Malgré tout, les bombardiers furent inaugurés en 1947 de manière spectaculaire. Les Américains avaient été invités à assister à une parade militaire russe. Trois Tu-4 les survolèrent. Il était évident qu'il s'agissait des trois B-29 réquisitionnés par les Russes. Puis un quatrième parada, seul, et les Américains comprirent que les Russes possédaient désormais un bombardier stratégique capable de lâcher une bombe nucléaire sur n'importe quelle ville américaine – de Chicago à Los Angeles.

Petr apprit tout cela lors d'une passionnante conversation avec le pilote, unique membre d'équipage du Tu-4. Il n'y avait pas de copilote ni de mécanicien navigant ni aucun des autres membres de l'équipage requis de onze personnes. Ce n'était pas nécessaire, lui précisa le pilote, il n'avait pas besoin d'artilleurs et était son propre navigateur.

Petr s'installa dans le siège du copilote, face à un large hémisphère en verre qui lui rappela le Faucon Millenium. Il en fit la réflexion au pilote, qui lui demanda s'il était vrai que la Tchécoslovaquie s'était scindée en deux parce que *Stars Wars* était sorti avec des sous-titres en tchèque et pas en slovaque.

Lhomme ajouta en plaisantant que l'avion était un tas de ferraille et qu'il ne voudrait pas que ZCP-O calcule leurs chances de s'en tirer vivant.

S'était-il déjà posé en catastrophe ? s'enquit alors Petr, peu rassuré.

– Pas avec cet avion, répondit le pilote.

Après cet échange, ils gardèrent le silence plusieurs heures, jusqu'à ce que Petr exprime son envie d'aller aux toilettes. Le pilote lui expliqua comment utiliser la soute à bombes. Non, il plaisantait ! L'appareil possédait des toilettes normales – même si en un sens, c'était le même principe.

Quand ils atterrirent, tard dans la soirée, ils descendirent un shot d'un liquide pour le moins dégivrant – qui s'avéra, au grand amusement de Petr, de la vodka à haut indice d'octane. Cela faisait très bien le job. Puis Petr lui fit ses adieux et traversa le tarmac balayé par un vent glacial, au sol (anormalement) gelé, jusqu'au petit terminal, où une réceptionniste esseulée lui expliqua qu'elle ne pouvait pas lui appeler un taxi, mais que l'hôtel n'était qu'à quelques pas.

Trois heures plus tard, glacé jusqu'aux os, Petr s'enregistra à l'hôtel Revolution Engels Marx. Il demanda à la dame d'âge mûr – plutôt séduisante, et tout aussi esseulée – de la réception si elle pouvait lui trouver une voiture de location pour une semaine. Impossible, martela-t-elle. Pouvait-il acheter une voiture alors ? Elle allait se renseigner, dit-elle en lui remettant la clé de sa chambre. Souhaitait-il un chauffage d'appoint ? Ou une prostituée ? Un chauffage d'appoint ferait l'affaire, même si, comme elle le lui fit remarquer, c'était le même tarif.

Le lendemain matin, regrettant un peu son choix de chauffage, John gagna le petit hall, où était dressée une minuscule table, avec pour tout petit-déjeuner du pain noir, une sorte de *schmaltz* à étaler dessus, et un samovar de thé. La réceptionniste, qui faisait également le service, l'informa qu'elle lui avait trouvé une voiture pour mille dollars américains. Quel modèle ? Une ZAZ Zaporozhets de 1967.

Petr lui proposa cinquante dollars américains. Le prix était de mille dollars parce que c'était la seule voiture disponible à la vente, argumenta la femme. Petr répliqua qu'à ce tarif, toutes les voitures de Magadan étaient à vendre. Ils se mirent d'accord sur deux cents dollars pour la voiture et cinquante dollars de commission pour elle, avec la promesse de lui rendre la voiture quand il n'en aurait plus besoin. Il lui remit le liquide en échange des clés, et sortit dans la froide matinée de juin. La température, qui avoisinait les 4 °C, ne pouvait guère grimper à plus de 10.

Cela dit, la situation se présentait plutôt bien. C'était l'un des avantages de Magadan : la ville était si reculée que presque toute la population de l'oblast y vivait, de sorte que trouver les coupons ne serait pas compliqué.

Le seul obstacle consistait à se rendre dans la bourgade de pêcheurs sur la mer de Béring, où aurait lieu la vente aux enchères proprement dite. Mais Petr avait encore plusieurs jours devant lui pour trouver une solution.

Il grimpa dans sa nouvelle ZAZ 1967 et, après avoir actionné la pompe à essence, il appuya sur le démarreur au centre du tableau de bord, et le maintint enfoncé pendant environ trente secondes, jusqu'à ce que le moteur se mette à ronronner. Il venait d'enlever le frein à main quand la dame de la réception toqua à la vitre. Comme la fenêtre refusait de s'ouvrir, Petr ouvrit la portière et se pencha vers elle.

Elle pointa du doigt l'espace aux pieds du côté passager.

– Il y a une trappe là, dans le plancher. Vous pouvez l'ouvrir pour pêcher sur la glace sans avoir à quitter la voiture.

Petr attendit la suite. Comme elle n'ajoutait rien, il répondit : « Merci beaucoup », et démarra en se demandant à quel point il fallait être timbré pour conduire une ZAZ sur un lac gelé.

CHAPITRE 15

Le vol de John fut beaucoup moins épique – pas de B-29 russe pour lui, quoiqu'en un sens, c'était aussi une aventure. Son périple vers le *Yevreskya Avtonomnya Oblast*, cette curieuse relique historique, l'oblast autonome juif, se déroula dans un Lissounov Li-2 – une copie du Douglas DC-3 américain, l'avion de ligne d'avant-guerre légendairement indestructible. Il ne s'agissait pas d'un travail de rétro-ingénierie, mais d'un appareil produit sous licence par son concepteur américain. Bien qu'il ait les mêmes problèmes de conversion métrique – avec un revêtement plus lourd par exemple – il semblait solide et s'avérait étonnamment confortable.

Contrairement au Tu-4 de Petr, c'était un vol régulier et, logiquement, il n'y avait aucun passager juif, ni caucasien (à part John.) Tous étaient originaires d'Asie orientale. Ce vol à destination de Birobidjan, la capitale de l'oblast, l'emmenait vers l'extrême nord-est de la Chine. La frontière chinoise se trouvait à quelques kilomètres de la ville. Quoi qu'il en soit, John atterrit dans la seule région du globe où la langue officielle était le yiddish, et dont les habitants parlaient le mandarin, le coréen et le mandchou.

John fut le seul à prendre l'un des taxis stationnés devant le minuscule terminal – tous les passagers asiatiques montèrent dans un bus qui disparut rapidement. Le chauffeur ne parlait pas l'anglais – le yiddish non plus apparemment – aussi John fit-il une tentative en allemand. Heureusement, il connaissait assez de russe pour demander à aller dans un hôtel.

À la réception, John croisa les doigts et demanda à l'employé s'il parlait l'anglais.

– Mais bien sûr, monsieur.

– Vraiment ? Ha !

– Vraiment, monsieur. Désirez-vous une chambre pour la nuit ?

– Absolument, répondit John, surpris par le formalisme de l'employé. Je peux vous demander où vous avez appris l'anglais ?

– En Israël, monsieur.

– Oh, vous êtes juif ?

L'homme rit.

– Non, bien sûr que non, monsieur – aucun Juif ne vit ici. Mais j'ai suivi un programme d'échange pour promouvoir le retour des Juifs en Union soviétique.

– Ça a marché ?

– Non, monsieur.

– Vous parlez hébreu ?

– Non, monsieur.

– D'accord. Euh… oui, j'aimerais une chambre et, si c'est possible, une voiture de location et un traducteur pour demain matin.

– Je pense pouvoir vous trouver une voiture. Un traducteur, ce sera plus difficile.

– Vous étiez le seul dans ce programme d'échange ?

– Non, monsieur. Mais je suis le seul à être revenu.

John éclata de rire.

– Cela dit, reprit le réceptionniste, les personnes qui parlent anglais dans le coin sont principalement chinoises et travaillent dans le commerce frontalier. Elles n'accepteront aucun travail sans une autorisation probablement difficile à obtenir.

– Et vous ?

– Je suis le propriétaire de cet hôtel, monsieur.

– Vous avez d'autres clients ?

– Oui, monsieur. Les affaires marchent bien.

– Ce sont des Chinois ?

– Oui, monsieur. Les Russes font des affaires avec les Chinois.

– Avez-vous quelqu'un – un assistant – qui pourrait vous remplacer pendant quelques jours ?

– C'est possible, monsieur.

– Avez-vous une voiture ?

– Oui, monsieur. Une très belle voiture. Une Subaru.

L'homme était visiblement très fier – bah, après tout, pourquoi pas ? John n'avait rien contre les Subaru.

– L'hôtel tourne bien alors.

– Oui, monsieur.

– Désolé, je ne voulais pas me montrer indiscret.

– Pas du tout, monsieur.

– Combien pour vous embaucher et louer votre Subaru pour la semaine ? (L'homme hésita.) Je serais heureux de prendre en charge le salaire de votre remplaçant.

L'hôtelier ne paraissait toujours pas convaincu.

– Que diriez-vous de mille dollars américains ? La moitié maintenant, l'autre moitié à mon départ, dimanche ou lundi.

– Eh bien, oui, monsieur, cela me semble bien.

Il se retourna pour saisir une clé pendue à un crochet.

– Vous avez la chambre 4. Ma voiture sera là à 7 heures demain. Cela vous convient-il ?

– C'est parfait, répondit John. Merci.

– Merci, monsieur. Passez une bonne soirée.

CHAPITRE 16

Sur la place de Magadan, Petr achetait des bons et cherchait des ados pour faire passer le message en ville – le mode opératoire que John, Anna et lui avaient mis au point – lorsqu'une voiture s'arrêta à sa hauteur. Une Mercedes noire. Il en sortit un grand Russe blond en costume, qui rajusta sa cravate impeccable, et s'approcha de lui. Petr était rassuré d'avoir le Makarov dans sa poche.

– Vous..., lança l'homme à Petr. Vous ne pouvez pas faire des affaires ici sans permission.

– La permission de qui ?

– Du Boss.

– Vous savez qui je suis ?

– Non.

– Un *Avtoritet* de la Lyuberetskaya Bratva.

Il était presque sûr que c'était le nom qu'Anna avait employé.

L'homme marqua un temps d'arrêt, parut réfléchir, et déclara :

– Nous n'avons pas été informés de votre arrivée.

– Vous auriez dû l'être. Je vais en parler à ma secrétaire à mon retour.

– Vous n'êtes pas russe, fit remarquer le grand blond.

– Je suis l'un des nouveaux acteurs du marché européen.

Le type en costume hocha la tête.

– Le Boss voudra vous voir en personne. Il est très pointilleux sur ce genre de choses.

Petr hocha la tête.

– Bien sûr. Quand cela lui conviendrait-il ?

– On va vous amener à lui tout de suite.

Petr sentit l'étau se refermer sur lui. Il consulta sa montre.

– Monsieur…, ajouta l'homme en ouvrant la portière arrière de la Mercedes pour l'inciter à monter.

Petr se demanda brièvement s'il ne ferait pas mieux de prendre ses jambes à son cou. Mais ensuite ? Un échange de coups de feu ?

– Très bien. Mais je n'ai pas beaucoup de temps.

– Bien sûr, monsieur.

Le mafieux referma la portière de Petr avant d'en faire le tour pour s'asseoir à côté de lui.

– On va voir le Boss, lança-t-il au chauffeur qui démarre sans un mot.

*

Petr pensait se rendre dans une datcha. Au lieu de cela, la voiture retourna à l'aéroport, et se gara devant la porte latérale d'un hangar. Le grand blond y pénétra et, peu après, les portes s'ouvrirent, révélant un Learjet.

Petr était pris au piège. L'homme descendit l'escalier escamotable du jet.

– Où est le Boss ?

– Sur la mer Caspienne, monsieur. Le vol sera bref.

– Super, lâcha Petr.

Il jeta un dernier regard à la Mercedes, soupira et monta à bord de l'avion.

Le grand blond le suivit, remonta l'échelle et, cinq minutes plus tard, ils étaient dans les airs.

*

Ainsi, moins de douze heures après un vol de huit heures vers l'est, Petr reprenait un avion pour un vol de huit heures vers l'ouest. Et il n'avait aucune idée de ce qui l'attendait à l'arrivée. Une mascarade où il continuerait à jouer les mafiosos ? Se retrouverait-il face à un vrai parrain de la pègre ? Ami ? Ennemi ?

Serait-il démasqué et abattu ? Ou éliminé pour avoir empiété sur le territoire d'un autre ?

Dans le jet, en plus du grand blond en costume impeccable, se trouvaient deux jeunes en survêtement et deux pilotes. Les pilotes faisaient-ils partie de la pègre ou étaient-ils des prestataires extérieurs ? En supposant qu'il laisse de côté les pilotes – après tout, sans eux, à quoi bon ? – Petr devait éliminer trois méchants, s'il voulait prendre le contrôle de l'appareil et, disons, retourner en lieu sûr. Son pistolet était chargé de huit balles. En tant qu'ancien soldat, il avait de bonnes chances de mettre les trois sbires hors d'état de nuire avant qu'ils ne comprennent ce qui se passe.

Mais le Makarov était-il en état de fonctionnement ? Il pouvait très bien être enrayé. Si Petr pressait la détente, qu'adviendrait-il ? Il n'avait aucun moyen de savoir si les voyous auxquels Anna l'avait confisqué l'utilisaient comme arme ou comme simple accessoire.

Sans oublier *Goldfinger* – le film de James Bond. D'après la discussion entre Bond et Pussy Galore à bord du jet privé de Goldfinger, une balle perdue pouvait provoquer une dépressurisation dans la cabine, et créer une brèche par laquelle tout serait aspiré dans le vide. Petr n'avait aucune idée de la véracité de ces faits, mais cela semblait plausible. De plus, ses mains tremblaient légèrement.

Sans parler de l'idée saugrenue de détourner un avion.

Non, il valait mieux jouer le jeu. Il préférait tenter de s'extirper du pétrin dans lequel il s'était fourré plutôt que se lancer dans une mission suicidaire.

– Vous voulez un verre ? proposa le grand blond.

Sa demande chassa l'image où Petr se faisait aspirer par le hublot comme Gert Fröbe dans *Goldfinger*.

– Oui, merci, répondit Petr.

– On apporte du ravitaillement au Boss. Il voudrait qu'on vous bichonne.

L'homme de main se leva et se dirigea vers l'arrière de l'appareil, où des caisses en bois étaient maintenues par des filets.

– Whisky ? Gin ? Champagne ? Un cocktail, peut-être ?

– Du champagne, pourquoi pas ?

Le sbire rit et revint vers Petr avec une bouteille de vodka, qu'il lui présenta d'un air cérémonieux.

– L'année est bonne ? Vous voulez sentir le bouchon ?

Petr sourit. Bonne grosse blague. Le mafieux sortit six verres d'un placard et les remplit.

– Ça vient de son vignoble en France, précisa-t-il. Seuls les meilleurs raisins sont cultivés là-bas.

L'un des gars en survêtement explosa de rire, aussitôt imité par son comparse. Le grand blond tendit un verre à Petr, en donna un à chacun des deux jeunes, puis se rendit dans le cockpit avec deux autres verres. Quand il revint un moment plus tard, les mains vides, Petr l'interrogea :

– Ils boivent en pilotant ?

– Ce serait impoli de ma part de ne pas leur proposer. Et encore plus de leur part de refuser.

Cette fois, il éclata de rire, et Petr fit de son mieux pour partager son hilarité. Mais il ne fut sans doute guère convaincant.

– Ne vous inquiétez pas, mon vieux, ce sont deux pilotes de Mig. Vous êtes entre de bonnes mains. Que dites-vous en Tchécoslovaquie, quand vous buvez ?

– *Na zdraví.*

– *Na zdraví !* répéta le grand gaillard, aussitôt imité par les deux jeunes en survêtement.

Petr leur adressa un signe de tête et les quatre burent leur verre cul sec.

– Qu'est-ce qu'il y a dans ton sac à dos ? demanda la grande gigue.

Petr ouvrit le sac de manière qu'il ne voie que les vêtements sur le dessus, qui masquait les liasses de billets.

– Et alors ? Ils ne te paient pas assez pour acheter des bagages, dans la Bratva ?

– J'ai pris un sac bon marché pour ne pas attirer l'attention, expliqua Petr.

Le grand blond hocha la tête et leur servit une deuxième tournée.

*

Petr se réveilla quand les roues du Learjet heurtèrent la piste. Son crâne palpitait. Autour de lui, les trois mafieux rassemblaient leurs esprits. Petr alluma une cigarette, puis présenta son paquet aux trois hommes, l'un après l'autre. Chacun en prit une et l'alluma avec son propre briquet. Trois ou quatre bouteilles vides roulèrent paresseusement sur le sol de la cabine. Dans son cerveau embrumé, Petr était vaguement surpris qu'elles ne se soient pas brisées à l'atterrissage – qui avait été franchement abominable.

Personne ne dit mot quand l'avion s'immobilisa. Un des pilotes ouvrit la porte et descendit l'échelle. Comme Petr et ses trois compagnons de beuverie sortaient dans l'air vif du soir, ils prirent de grandes respirations, et revinrent peu à peu à la vie.

– Où sommes-nous ? demanda Petr.

– Astrakhan, lâcha le grand blond.

Une Mercedes les attendait, ainsi qu'une grosse jeep tout-terrain Gaz. Les deux jeunes en survêtement déchargèrent les caisses de vodka de l'avion et les chargèrent dans la jeep. Le mafieux en costume fit monter Petr dans la Mercedes et demanda au chauffeur de démarrer.

*

Petr ne savait pas au juste combien de temps s'était écoulé quand il se réveilla à nouveau – cette fois avec une gueule de bois monumentale. C'était la nuit. Le ciel noir était strié de lumières bleues clignotantes, sur les toits de ce qui ressemblait à une cohorte de voitures de police. Allaient-ils être arrêtés ? Serait-ce si grave ?

– Viens ! ordonna le grand blond en secouant Petr par l'épaule. Le Boss va s'impatienter.

– C'est quoi tous ces flics ? interrogea Petr.

– Sécurité.

– Sécurité ?

– Je ne connais pas le mot tchèque. Protection ?

– Je sais ce que signifie « sécurité » – ils parlaient en russe – mais pourquoi est-elle fournie par des flics ?

– C'est moins cher que de faire venir de Magadan des agents payés à temps plein. Le Boss est juste en vacances, après tout.

Petr hocha la tête. Il entendit le clapotis de l'eau et respira l'air chargé d'embruns. Sa vue s'étant ajustée à l'obscurité, il vit un yacht amarré derrière les voitures. D'où s'échappait de la musique – une chanson en anglais, et des accords de guitare avec des effets de distorsion. « Si tu veux détruire mon pull, disait l'artiste. Tire ce fil pendant que je m'éloigne… »

Petr comprit que les lumières bleues clignotantes ne servaient pas au maintien de l'ordre, mais de boules disco pour une fête sur le yacht d'une élégance troublante. Il s'agissait d'un voilier en bois d'une trentaine de mètres de long, dont le mât (ou les mâts) avait été enlevé, la poupe équipée de quatre gigantesques moteurs de hors-bord. Par-delà le bourdonnement des moteurs, Petr distingua des bribes de farsi. Sûrement un yacht perse de la rive sud de la mer Caspienne qui s'était perdu à Astrakhan, songea-t-il.

À bord, le grand blond conduisit Petr jusqu'à un homme bâti comme un lutteur, assis sur un banc à la proue du bateau, les pieds sur une table. Tout autour de lui, et de plusieurs autres mafiosos – certains assis, d'autres debout – des filles en minijupe, aux jambes immensément longues, un verre à la main, ondulaient langoureusement sur une chanson mélancolique. Juste au moment où Petr arrivait, la musique se mua en un air endiablé de guitare, qui commençait par « Pourquoi mes potes emmerdent ma meuf ? ».

– Vous aimez la musique ? demanda le Boss. C'est nouveau. Je l'ai fait venir d'Alaska par avion il y a deux jours. Un gros succès en Amérique. Ça s'appelle « Weezer ».

– Weezer, c'est un style, comme grunge ou disco ? interrogea Petr en s'asseyant à la place qu'on lui indiquait, à la gauche du Boss.

– Non, c'est le nom de l'album. Et du groupe. Et peut-être aussi du style, qui sait ? Ça me plaît en tout cas.

« Ooo Wee Ooo je ressemble à Buddy Holly, continuait la chanson. Oh oh et tu es Mary Tyler Moore. »

Le grand gaillard intervint :

– Ce type est arrivé à Magadan hier et veut acheter des bons. Il affirme qu'il est de la Lyuberetskaya Bratva. Un *Avtoritet*. Il est tchèque.

– Je vois bien qu'il est tchèque, grommela le Boss. Et j'en ai rien à foutre des bons.

– Mais Boss…

– T'as entendu ce que j'ai dit ? J'en ai rien à foutre de ces putains de bons !

Il s'empara d'une bouteille de vodka vide sur le canapé et la jeta à la tête de son sbire. Ce dernier l'esquiva, tout comme les deux filles derrière lui, et la bouteille valdingua dans la Volga. Le grand blond ne moufta pas.

– T'as compris, bordel ?

– Oui, Boss.

– Je ne suis pas venu ici pour parler affaires. Je suis là pour me soûler, baiser et pêcher. Tous les jours de l'année, je fais du business. Pendant trois jours, je veux me vider la tête. Alors j'en ai rien à foutre de ces putains de bons !

Les danseuses s'étaient figées. La musique continuait : « De toute façon, je me fiche de ce qu'ils disent de nous. Je m'en fous. Je m'en fous. »

La chanson se termina et, pendant un temps, le silence s'installa, puis la chanson suivante débuta par un solo de guitare virtuose avec un maximum de distorsion.

– Maintenant, foutez-moi la paix ! Et vous autres, ajouta-t-il en se radoucissant brusquement, dansez. Allez, tout le monde boit un shot !

Il y eut une acclamation générale de la part des deux douzaines de fêtards – dont un certain nombre de policiers en uniforme.

– Bon, eh bien, je vais vous laisser, intervint Petr. Je suis désolé de vous avoir fait perdre votre temps.

– Non, dit le patron en désignant le grand blond. Lui, il part. Toi, tu restes. Prends un verre.

Il tendit à Petr une bouteille de vodka tandis que Petr regardait le sbire s'éloigner.

– C'est un idiot, maugréa le Boss.

– Le neveu de quelqu'un ?

– Non, le fils de quelqu'un. Moi.

– Votre fils vous appelle « Boss » ?

– Oh, il est pas au courant. Sa salope de mère me l'a foutu sur les bras quand il était ado et s'est barrée au Japon pour être nounou ou une connerie de ce genre.

Petr haussa les épaules et décapsula sa bouteille de vodka.

– Santé ! dit-il avant d'en boire une longue lampée.

– Santé, répondit le Boss. C'est un idiot mais il a raison, tu as besoin de ma permission pour faire des affaires à Magadan.

– Pardonnez-moi. Est-ce que vous me la donnez ?

– Et si tu appartenais à la Bratva, tu le saurais. Donc, tu es un de ces banquiers européens bourrés d'argent américain qui espère s'enrichir en Russie. Mais crois-moi, ces bons valent que dalle. Ils ne vaudront jamais rien. Si les Russes pouvaient faire confiance à leur gouvernement, on serait le pays le plus riche du monde. C'est une putain de tragicomédie, tu vois ? Tout ce qu'on peut faire avec ces bouts de papier, c'est se torcher le cul.

Petr hocha la tête.

– Vous avez peut-être raison. Mais je ne mène pas la danse, je fais juste mon boulot, et je serai payé, que ces bons génèrent des bénéfices ou servent à se torcher le cul.

– T'es un bon bougre, dit le Boss. Reste, on va aller pêcher demain. On sortira en mer à l'aube.

– Merci, c'est très gentil, mais je dois vraiment rentrer.

– Sans moi, tu devras rentrer à pied.

– Votre fils peut-il me conduire à l'aéroport ? Astrakhan en a un, je présume.

– Bien sûr. Mais je vais te dire… si tu repères un poisson plus gros que le mien, je te laisserai acheter des bons dans ma ville.

– Ah. Si j'en *repère* un ? C'est quoi, un club d'observation de la nature ?

Le Boss rit.

– Je t'expliquerai demain matin. Pour l'instant, bois et trouve quelques filles à baiser. Elles ont toutes eu leur diplôme du secondaire la semaine dernière. Je suis là pour les aider à fêter ça.

Petr prit une autre longue gorgée de sa vodka.

Quelque part, une chaîne stéréo géante diffusait : « Partons pour un moment, toi et moi, dans un pays étranger et lointain. »

Et Petr avala une autre lampée de vodka.

*

Petr se réveilla dans une luxueuse chambre en acajou, comme tout l'intérieur du bateau.

Trois filles étaient éparpillées autour du lit, dans des positions improbables. Son crâne tambourinait. Au-dessus de lui, la chaîne stéréo géante fonctionnait toujours… Weezer… une chanson qu'il avait entendue quatre-vingts fois la nuit précédente – l'album passait en boucle et tout le monde était bien trop ivre pour s'en préoccuper.

Petr chercha à tâtons sa montre sur la table de chevet, sans succès. Après une brève exploration de la chambre, il découvrit qu'une des filles endormies la portait à la cheville, comme un bracelet. Il leva la jambe de la fille pour consulter l'heure. C'était le milieu de l'après-midi. Il laissa la jambe retomber sur le lit et se rendit dans la salle de bains attenante, en quête d'un rasoir. Comme il n'y en avait pas, Petr se contenta de s'asperger le visage d'eau froide pour se secouer les méninges.

C'est alors qu'il songea à son sac de voyage. Paniqué, il retourna dans la chambre en trombe et fouilla partout. Le sac était sagement rangé sous le lit, son contenu intact. Après l'avoir remis en place, il réveilla les filles d'une claque sur les fesses, les laissa s'étirer, et gagna le pont.

Le voilier transformé en yacht à moteur descendait gracieusement la Volga. Au loin, la mer Caspienne s'étirait à perte de vue. Le Boss était assis sur le même canapé que la veille, orienté vers la poupe. En voyant Petr, il sourit – et brandit une bouteille de vodka qu'il venait apparemment d'ouvrir.

– Bonjour Petya ! Bien dormi ?

– Bien, merci.

– J'imagine. Mes gars étaient pas franchement contents que tu monopolises les filles. Mon imbécile de fils a dû dormir seul.

– Désolé de l'apprendre.

Petr s'empara d'un paquet de clopes sur une table, mais comme il était vide, il en saisit un autre, et prit une cigarette. Pendant qu'il l'allumait, le Boss l'interrogea :

– Combien tu en avais ?

– Trois. Quand je me suis réveillé.

Le boss éclata de rire.

– Bien ! Bon, je savais que je ne m'étais pas trompé sur ton compte. J'aime les Tchèques. Ce sont de vrais hommes. Du bon sang hun. Pas comme ces putains de paysans de la Volga.

Il sifflota quelques mesures de la chanson « Song of the Volga Boatmen » et tendit la bouteille de vodka pleine à Petr.

– Bois ! Au bon roi Wenceslas !

Petr haussa les épaules – soigner le mal par le mal, pourquoi pas après tout ? – et but une gorgée d'alcool, avant de lâcher la bouteille et de s'asseoir sur un canapé adjacent.

– Alors, on va pêcher quoi ?

– Tu plaisantes ?

– Non. Est-ce que j'ai l'air d'un pêcheur ? La Tchécoslovaquie est un pays enclavé.

– On pêche des dinosaures.

– Quoi ?

– Des esturgeons ! Deux mètres de long. De vrais dinosaures, les mêmes bestioles depuis le Crétacé, à la fin de l'ère Mésozoïque.

Le crâne de Petr lui faisait mal.

– Le quoi ?

– Tu n'as pas étudié les dinosaures à l'école ?

– Pas les putains de… dinosaures poissons à caviar.

– Prague devait avoir des écoles de merde.

– Et où t'as étudié, toi ? À la Sorbonne ?

– Non, mais on a beaucoup de sites fossiles importants en Sibérie orientale. Et Magadan a un grand musée d'ossements.

– Ah, dit Petr en se retournant pour jeter son mégot par-dessus bord, avant de prendre une autre cigarette.

– Donc, ces poissons dinosaures sont assez grands pour être repérés de loin ? Ils ont des nageoires ?

Le Boss rit à nouveau.

– Non, non. Ça ne marche pas comme ça. Quand on sera en mer, tu comprendras.

– On peut changer cette putain de musique ? demanda Petr. Et je peux avoir un peu de ce café ?

À la proue du bateau, plusieurs flics pas frais se partageaient un grand thermos.

– Apportez ça ici ! cria le Boss.

L'un des agents arriva rapidement avec une tasse fumante. Puis le Boss se tourna vers Petr.

– C'est quoi le problème, tu n'aimes pas Weezer ?

– Je l'ai aimé les cinquante mille premières fois. Mais si j'entends ce type dire « J'ai un guide du maître du donjon » une fois de plus, je m'ouvre les veines.

Le flic tendit la tasse à son patron.

– À lui, imbécile ! aboya le Boss.

Petr saisit le breuvage et découvrit que c'était du thé. *Putains de Russes.*

– T'aimes pas le thé ? demanda le parrain en voyant la tête de Petr.

– Si, mais je donnerais un rein pour une tasse de café.

Le Boss ricana.

– Tu ne devrais pas balancer ce genre de conneries en Russie. On pourrait te prendre au mot. (Se tournant vers la proue, il hurla :) CAFÉ !

– Merci, dit Petr.

– Alors, pour qui tu achètes ces foutus bons ? C'est clairement pas pour la Bratva.

– Pourquoi pas ? À part le fait de ne pas avoir demandé la permission.

– Parce qu'ils savent comme moi qu'il n'y a pas de fric à se faire là-dedans. Autant acheter des obligations au gouvernement d'Autriche-Hongrie.

Petr haussa les épaules.

– Tu as sûrement raison, mais je ne suis qu'un intermédiaire.

– Pour qui ?

Le Boss s'était levé pour aller fouiller le tiroir du minibar. Il en sortit un CD, puis ouvrit un autre meuble, et éteignit Weezer. Pendant ce temps, Petr s'efforça de trouver une organisation suffisamment impressionnante pour mettre fin à la conversation. Mais de qui les mafieux russes avaient-ils peur ? La Cosa Nostra, la Camorra, la 'Ndrangheta – ou une autre pègre italienne ? Et si cela déclenchait une guerre de territoire ? Il pourrait parler de la CIA, mais il risquerait de réveiller le patriotisme du parrain.

– Mossad, lâcha Petr.

Le Boss se mit à rire. C'était un type extrêmement jovial.

– Sans blague ? Tu essaies de récupérer l'argent des refuzniks en Russie ? Bien. Ces putains de Juifs ont tout pris avec eux.

– Je croyais qu'ils n'avaient pas eu le droit d'emporter quoi que ce soit.

– Ils n'avaient pas le droit, mais ce sont des Juifs. Ils savent y faire.

Le bateau se mit à tanguer alors qu'ils voguaient sur la mer Caspienne. Le temps était calme, mais ils progressaient vers le large.

– Alors on va pêcher où ?

– Ça dépend. Attrape ces jumelles, dit-il en désignant une paire parmi les paquets de cigarettes, les mégots, les verres et les culottes éparpillés sur la table.

– Et j'en fais quoi ?

– Cherche un bateau de pêche.

– Ça ne te dérange pas d'empiéter sur le territoire de pêche de quelqu'un d'autre ?

– On n'empiète sur le territoire de personne.

Puis le Boss cria aux flics à l'avant du bateau :

– Apportez les cannes à pêche, je veux les montrer à Petya.

Le café de Petr, préparé sur commande, arriva en même temps que les « cannes à pêche » dans trois caisses en bois – deux si grandes et si pesantes qu'il fallut deux hommes pour les transporter ; et une plus petite, tout aussi lourde. Elles étaient estampillées du sigle de la police. Le Boss se leva quand les porteurs soulevèrent le couvercle des caisses. Petr le suivit.

Le Boss plongea la main dans la première caisse et en sortit un AK-74 flambant neuf. Environ la moitié de la boîte contenait des mitraillettes ; l'autre moitié était pleine d'AK-47 et de ce qui ressemblait à des SKS – des carabines semi-automatiques – datant de la Seconde Guerre mondiale. La seconde grande caisse était remplie de boîtes de munitions.

– Vous tirez les poissons ? interrogea Petr.

Le couvercle de la troisième boîte se détacha et Petr examina son contenu. Des grenades.

– Des grenades à main ?

Le Boss retira le chargeur vide du AK-74 qu'il tenait et le lança à l'un des flics, qui le chargea de munitions.

– On va tirer des poissons ? répéta-t-il à l'intention des policiers amusés.

Tous riaient aux dépens de Petr.

– Est-ce qu'on tire des poissons ? Non, Petya. On prend les armes, on repère un bateau de pêche et on vole leur butin.

– Vous plaisantez ?

Le Boss passa momentanément à un anglais fortement accentué :

– Je ne plaisante jamais avec la pêche.

Et il éclata de rire. Petr poursuit en russe :

– Et s'ils ont aussi des armes ?

– Ils en auront, dit le Boss. À tous les coups.

– Alors quoi ? Une fusillade pour du poisson ? C'est du délire.

Le patron rit à nouveau.

– Petya, Petya, qu'est-ce que tu crois ? On n'est pas des sauvages ! (Il secoua la tête et fit claquer sa langue.) Non, bien sûr que non, on va pas se tirer dessus. Il y a des règles.

– Des règles ?

– Oui. On s'approche d'un bateau de pêche, on apporte toutes nos armes sur le pont. Ils font la même chose. Celui qui en a le plus remporte le poisson.

Les flics se tenaient les côtes.

Petr hocha la tête. Le chef de la pègre était-il en train de se payer sa tête ? Il but une gorgée de café. Immonde. Le Boss inséra un nouvel album dans la chaîne stéréo. L'album *Waterloo*, d'ABBA.

CHAPITRE 17

Dans l'oblast autonome juif – l'OAJ – avec le concierge-traducteur et sa Subaru, acheter des bons fut un jeu d'enfant. Le sac rempli de dizaines de milliers de dollars était maintenant bourré de dizaines de milliers de coupons. John avait épuisé le stock d'élastiques de l'OAJ, et, incapable de glisser les bons dans les ganses en papier données par la banque, il liait maintenant des liasses de cent avec de la ficelle. Le samedi, le concierge le conduisit à l'avion de brousse – on ne pouvait l'appeler autrement – qu'il avait dégotté pour emmener John à Kysyl-Syr, une ville microscopique sur la rivière Vilioui͏̈, à une trentaine de kilomètres d'un champ pétrolier et d'une raffinerie Gazneft.

Une petite ville s'était développée autour, avec son petit aéroport municipal, desservi par une ligne aérienne régulière en provenance de Yakoutsk deux fois par semaine. Le réceptionniste lui proposa de lui réserver une voiture à l'arrivée, mais John n'était déjà guère enthousiaste à l'idée d'atterrir en plein territoire Gazneft, il préférait ne pas en plus les avertir de sa venue.

Ils se séparèrent à l'aéroport avec une poignée de main ferme et se souhaitèrent une bonne continuation. Quelques minutes plus tard, John volait dans un petit Cessna russe. Il ne voulait pas se montrer trop optimiste, ni pécher par orgueil, mais jusque-là, tout se passait bien.

L'avion survola le champ pétrolier de Gazneft. Le soleil estival était rasant. Il s'était couché et levé pendant le vol, laissant environ quatre, peut-être cinq heures d'obscurité entre les deux. Il était environ 3 h 30 du matin et les ombres des puits de pétrole s'étiraient presque à perte de vue sur le sol enneigé, faisant penser à une gigantesque feuille de papier quadrillée. La piste se réduisait à une simple langue de béton à côté de la raffinerie. C'était drôle de penser que John possédait une partie de tout cela à présent.

L'atterrissage se fit en douceur, malgré un petit dérapage final. La piste était partiellement givrée. Pas de bobos, mais quelques degrés de latitude nord de plus et plusieurs degrés de moins. John avait l'impression d'être passé de la Sibérie touristique à la Sibérie des goulags, où une belle journée d'été signifiait un pic de température à 5 °C.

John resserra son col, hissa son sac sur son dos et se dirigea vers le petit local qui semblait faire office de terminal. Il n'y avait pas de tour de contrôle, ni aucun autre bâtiment dans les environs.

Près de la raffinerie, se trouvaient des immeubles bas, typiquement soviétiques. John crut distinguer un terrain de jeu pour enfants avec une tour en plastique rouge et vert, qui paraissait translucide à contre-jour. C'était la seule touche de couleur des environs. De faibles lumières scintillaient dans la raffinerie. Mais seul le petit terminal était éclairé, donnant à John l'espoir de trouver un taxi. Sinon, il devrait marcher ou jusqu'à un immeuble en espérant passer inaperçu.

Le terminal était un peu plus grand qu'il le pensait. Les ombres étranges avaient masqué sa profondeur. En fait, le local avait la taille d'un grand conteneur. À l'intérieur, un téléphone avec un numéro affiché au-dessus, et un message en russe. John ne put le déchiffrer, mais la petite voiture dessinée semblait claire.

Il composa le numéro et une voix endormie lui répondit.

– *Mashina ?* demanda John, le mot russe pour voiture. Taxi ? Aéroport.

La voix à l'autre bout du fil répliqua « *Da* » et raccrocha. John consulta sa montre. Il était près de 4 heures du matin. La seule source de chaleur du conteneur était le plafonnier, aussi John se positionna-t-il en dessous. Le froid était mordant, mais au moins il était à l'abri du vent.

Au bout d'une dizaine de minutes, il se mit à faire les cent pas, agitant les bras de temps à autre pour faire circuler le sang.

Il dut attendre encore quarante-cinq minutes avoir de voir arriver la Lada. John réfléchissait à un plan B – que ferait-il si le taxi n'arrivait jamais ? – quand une voiture se gara devant le terminal. John alla à sa rencontre, hésitant un bref instant avant de braver à nouveau les éléments. Il monta à l'arrière, posa son sac sur ses genoux pour se réchauffer, et lança :

– Kysyl-Syr ?

Le chauffeur hocha la tête et se mit en route. John vérifia de nouveau l'heure et la position des ombres pour s'assurer qu'ils allaient à peu près dans la bonne direction, puis s'autorisa à se détendre.

– Anglais ? interrogea-t-il.

– Un peu, répondit le chauffeur.

– Vous venez de Kysyl-Syr ?

– *Ya ne ponimayu.*

C'était la phrase russe que John avait le plus pratiquée. « Je ne comprends pas. »

– Vous... maison ? À Kysyl-Syr ?

L'homme secoua la tête.

– Non. Près aéroport.

Eh bien, vous avez mis le temps, songea John. Cela dit, il n'était pas encore 5 heures du matin et il faisait un froid de gueux.

– Vous travaillez pour Gazneft ?

– *Net*. Pas Gazneft. Chauffeur.

John hocha la tête.

– Est-ce que beaucoup de gens ont besoin d'un taxi à l'aéroport ?

– Parfois.

Pendant un moment, ils gardèrent le silence.

– À quelle distance se trouve Kysyl-Syr ?

– *Dvadtsat' minuta.*

– *Dvadtsat' ?* répéta John, en secouant la tête pour montrer qu'il ne comprenait pas.

L'homme leva cinq doigts, puis ferma le poing, et montra à nouveau cinq doigts. Il répéta l'opération deux fois de plus.

– Vingt, calcula John.

– Oui, confirma le chauffeur. *Dvadtsat' minuta.*

Dix minutes plus tard, le chauffeur ralentit, tandis que John s'efforçait de comprendre ce qui se trouvait en travers de la route. Un tank. Un vrai char de l'armée. Avec les chenilles, le blindage, le canon géant et tout le toutim. Le canon, au moins, était pointé vers la toundra, et non vers le taxi. C'était une petite consolation.

Pendant une bonne minute, John et le chauffeur fixèrent le monstre de métal d'un regard ahuri.

– Vous pouvez faire le tour ?

– *Ya ne ponimayu*, répondit le chauffeur.

Comme les fenêtres de la voiture étaient embuées, John se pencha et fit un dessin grossier sur la vitre côté passager. Un petit char (il espérait qu'il était suffisamment ressemblant) chevauchant une ligne droite (la route) et une flèche qui en faisait le tour.

– *Net*, lâcha le conducteur. Boue. Voiture stop. Mourir.

Était-ce la voiture qui allait mourir ? Ou John ? Peu importait, le message était clair. De part et d'autre de la route, où le sol n'avait pas été tassé, la terre à moitié gelée avait l'aspect d'un marécage. Les traces géantes laissées par le tank avaient environ un mètre de profondeur et la boue suintait lentement dans les ornières. Bien sûr, un char d'assaut pesait sacrément plus lourd qu'une voiture, songea John, et il avait la puissance de se dégager. Ce n'était manifestement pas le cas de la Lada.

John soupçonnait Gazneft d'être derrière cette mauvaise plaisanterie. La question était maintenant de savoir si le chauffeur était aussi dans le coup. Bonne nouvelle, il n'avait pas encore payé la course. Mauvaise nouvelle, il avait acheté tellement de bons qu'il était à court de devises américaines. Il ne lui restait plus que deux cents dollars en liquide, et il ne pouvait se réapprovisionner que dans une grande ville. Il se retrouvait dans une position très inconfortable : Gazneft pouvait facilement soudoyer tout le monde et lui non.

Si John descendait de la voiture pour négocier avec le tank et que le taxi repartait, il mourrait probablement de froid. S'il donnait une trop grosse somme au chauffeur, il n'aurait plus rien à offrir au conducteur du char – à supposer que le blindé soit habité et qu'il ne s'agisse pas d'une coquille vide. Mais les traces du tank semblaient fraîches, il restait donc un espoir.

Après un rapide calcul mental, il se dit que cent dollars – l'équivalent d'environ un an de salaire dans cette contrée – devrait suffire à convaincre le chauffeur de taxi de l'attendre. Il fit une petite prière et sortit cinq billets de vingt dollars, qu'il montra au conducteur :

– Vous m'attendez ?

Le chauffeur hocha la tête.

– J'attends.

Et il tendit la main.

– Après, dit John.

– Après ?

– Je parle au char, dit John en se montrant du doigt, avant de désigner le tank. Moi, je parle. Toi, tu attends. *Da ?*

– *Da.*

John sortit de la Lada, son sac à dos sur l'épaule. Il avait une dizaine de mètres à parcourir. Il s'approcha lentement du tank, se demandant comment attirer l'attention de l'homme à l'intérieur. Les chenilles lui arrivaient à hauteur de la poitrine. Après avoir balancé son sac sur le pont, il se servit d'une roue de la chenille comme marchepied pour se hisser sur l'engin, en priant qu'il ne démarre pas à cet instant précis et lui arrache une jambe.

Alors qu'il se mettait debout sur le pont et se stabilisait contre la tourelle, il entendit le taxi démarrer. Il se retourna et vit la Lada faire demi-tour et repartir en sens inverse.

– Putain, grommela John.

Le chauffeur travaillait-il pour Gazneft ou était-ce juste un petit trouillard doublé d'un fils de pute ? Cela n'avait plus vraiment d'importance maintenant, n'est-ce pas ? John pouvait marcher jusqu'à Kysyl-Syr, ou retourner à l'aéroport, mais dans les deux cas, il allait mourir de froid si une autre voiture ne passait pas par là. Et les chances que cela se produise étaient extrêmement minces, avec un tank au milieu de la route. Le taxi avait fait – quoi ?

– la moitié du chemin ? Logiquement, John devrait marcher seize kilomètres par une température négative... Cela semblait de très mauvais augure. Si seulement il portait des bottes ! Et un manteau plus épais ! Plusieurs manteaux épais ! Il tambourina sur la trappe du char.

– Ohé !? *Zdravstvuyte ?*

– Bonjour, répondit une voix de l'intérieur, dans un anglais accentué mais compréhensible. Qui est là ?

– Boris Eltsine, répondit John.

Après un long moment de solitude, un crissement d'engrenages mal huilés brisa le silence. Puis la trappe s'ouvrit.

– Monsieur le Président, en quoi puis-je vous aider ?

– Ouais. Je peux savoir pourquoi vous êtes stationné ici ?

– J'ai été engagé pour me garer ici. À cet endroit précis. Enfin, à peu près.

– Par qui ?

L'homme haussa les épaules.

– Vous ne le savez pas ou vous ne voulez pas me le dire ?

– Ce serait indélicat de ma part.

– Vous parlez très bien l'anglais.

– Je vous remercie. Je l'ai appris grâce à John le Carré.

– Je suis étonné que les romans de John le Carré soient autorisés en Russie.

– Pourquoi pas ? Ils sont très relativistes sur le plan moral, vous savez.

– Oui, je sais.

– En tout cas, ils étaient importés clandestinement du Pakistan. À l'ère soviétique.

– Je peux entrer ? demanda John en pointant du doigt l'intérieur du tank. Je me gèle les miches.

– Si vous voulez.

– Il y a quelqu'un d'autre là-dedans ?

– Non, juste moi.

Le tankiste redescendit par l'écoutille. John escalada la tourelle et se glissa par la trappe à sa suite.

– Non, non, allez dans l'autre.

– Quoi ?

– L'autre écoutille. Il n'y a qu'une seule place de ce côté. C'est le siège du conducteur. Passez dans la trappe de l'artilleur. Je vous l'ouvre.

– Ah, dit John, tandis que l'homme se penchait pour actionner l'ouverture d'une deuxième trappe dans la tourelle.

John glissa ses jambes dans le conduit et se laissa descendre, en tirant son sac derrière lui.

Il ne savait pas à quoi s'attendre, et atterrit sur un siège métallique étroit et inconfortable. Juste devant lui, l'œil en caoutchouc d'un périscope. Et un peu en dessous, un petit espace avec un autre siège et ce qui ressemblait à un porte-bouteilles pour des magnums de champagne. Probablement pour des obus de char, se dit-il.

À côté, le conducteur était assis dans son propre siège, un peu plus spacieux, avec à sa droite, une bouilloire à thé sur une petite plaque chauffante.

– Chai ? proposa l'homme.

– Oui, avec plaisir, dit John.

L'homme lui servit une tasse pendant que John s'efforçait d'assimiler la situation – il prenait le thé dans la cabine exiguë d'un char soviétique au fin fond de la Sibérie.

– Merci, dit John en saisissant la tasse. Ce n'est pas très grand ici, hein ?

– Vous pouvez attendre dehors si vous préférez.

– Attendre quoi ? demanda John en buvant une gorgée de thé. Ça fait du bien, merci.

– Eh bien... (L'homme consulta sa montre.) Attendre neuf heures. *Grosso modo.*

La vente aux enchères sera terminée, songea John.

– Combien êtes-vous payé ? demanda-t-il.

– Je ne suis pas sûr que je devrais vous le dire.

– Je vous offre le triple.

– Carrément le triple, hein ? Mais plus-qu'assez multiplié par trois, ça fait toujours plus-qu'assez, vous comprenez ? Et je ne voudrais pas saper une éventuelle relation à long terme.

– Avec Gazneft ?

– Avec un partenaire commercial privé.

– Je ne voudrais pas paraître... *vulgaire* ? dit John.

L'homme hocha la tête pour lui indiquer qu'il avait compris.

– Je ne voudrais pas paraître vulgaire, mais j'imagine que pour une certaine somme, vous accepteriez de déplacer cette chose.

– Et si je le déplace, après, vous marcherez jusqu'à Kysyl-Syr ?

– Un problème à la fois.

Le tankiste haussa les épaules.

– Vous avez combien ?

– Beaucoup. Encore une fois, sans vouloir paraître vulgaire.

– Montrez-moi.

– Je n'ai pas l'argent sur moi.

– Ah, eh bien, voyez-vous, je ne travaille pas à crédit.

– Deux cents dollars ?

L'homme se mit à rire. John reprit :

– Non. C'est bien ce que je pensais. Alors que se passera-t-il à neuf heures... *grosso modo* ?

– Je descendrai dans la cabine et je rentrerai à la base.

– Vous êtes dans l'armée ?

– Oui.

– Et ça ne les gêne pas que vous empruntiez un char d'assaut ?

– Il y a l'art et la manière.

John hocha la tête.

Ils tombèrent dans le silence. John poussa un profond soupir.

– Si vous réfléchissez à la distance que vous pourriez parcourir par ce temps, je vous arrête tout de suite, déclara le conducteur du char.

– Vous m'en empêcheriez ?

– Oh, non, bien sûr que non. Je suis comme l'Inde – idéologiquement, je n'ai pas choisi de camp. Mais vous allez mourir de froid bien avant d'atteindre Kyzyl-Syr.

– Alors, on reste ici.

– Oui. On reste ici. On peut aussi écouter la radio, ou lire. Voulez-vous voir ma bibliothèque ?

John expira lentement.

– Pourquoi pas ?

L'homme se retourna et sortit d'un compartiment caché une pile de magazines en papier glacé. Il les tendit à John : des *Playboy* de l'année passée, jusqu'au numéro le plus récent. John éclata de rire.

– John le Carré, hein ?

– Il n'a rien publié de nouveau depuis un moment.

John feuilleta les magazines avec son pouce, comme on le ferait avec un jeu de cartes.

– Euh... Cette radio est bidirectionnelle, non ?

– Oui.

– Quelle est sa portée ?

– Environ dix kilomètres. Pourquoi ?

– Vous avez des radioamateurs en Russie ?

– Des radioamateurs ?

L'homme du tank secoua la tête.

– Oui, des opérateurs qui relaient des télécommunications ?

– Ah. Oui. Pas sous l'Union soviétique, bien sûr, mais maintenant nous avons la Soyuz Radiolyubitelei Rossiya.

– Ça se traduirait comment en anglais ?

– Union des radioamateurs de Russie.

– Vous pouvez vous brancher sur leur fréquence ?

– Je pourrais. Pour quoi faire ?

– Il y a un réseau radio dans l'Arctique. Si vous vous connectez à un radioamateur qui peut relayer le signal vers l'est, à travers la Sibérie, on pourrait atteindre l'Alaska et ensuite, la côte ouest américaine, jusqu'à Los Angeles.

– D'accord. On a un réseau en Sibérie qui peut transmettre d'ici à la mer de Béring.

– Parfait.

– Pourquoi voulez-vous que je me connecte à Los Angeles ?

– Vous n'aimeriez pas parler à Hollywood ?

– Eh bien, c'est une idée. Je n'y ai jamais vraiment réfléchi.

– J'ai une question : quelle est votre playmate préférée ? demanda John en désignant les *Playboys*.

– Oh, Mlle Nina Bowyer. La fille de la couverture, octobre 1992.

John reprit les magazines à la recherche de Nina Bowyer. Elle posait dans un genre de corset pourpre avec une paire de mains en guise de bonnets pour lui remonter les seins. Il était difficile de désapprouver le choix du tankiste.

– Vous avez bon goût, mon vieux, dit John en montrant le magazine pour s'assurer qu'il s'agissait bien d'elle. (L'homme hocha la tête.) Vous aimeriez la rencontrer ?

– Évidemment. Mais lui parler à la radio ?

– Non, la rencontrer vraiment. En personne. Peut-être l'inviter à dîner ?

– Vous voulez échanger un dîner avec l'*ochi chornyye*, Nina Bowyer, contre une balade en tank ?

– Exactement.

– Quelle garantie pouvez-vous me donner ? Vous la connaissez ?

– Aucune. Je ne la connais pas, mais si vous êtes partant, je suis prêt à tenter le coup.

– Vous vous moquez de moi, hein ?

– Radio Alaska.

Le tankiste prit le temps de la réflexion. Puis il tendit la main vers le tuner radio et chercha un radioamateur en Alaska. Au bout de deux ou trois minutes de grésillement et de répétition de l'indicatif d'appel, une voix s'éleva à l'autre bout de la ligne.

– Uniform-One-Mike-India-Romeo, j'ai entendu ton appel. Ici November-Alpha-One-Sierra-Sierra. Ça va ?

John fit signe au conducteur du char de lui donner le micro.

– November-Alpha, je peux vous demander votre position ?

– Je suis à Dutch Harbor, en Alaska. Et vous ?

– Je suis dans un tank russe en Sibérie et je voudrais faire passer un message à Los Angeles. Vous avez un téléphone ?

– Bien sûr.

– Avec haut-parleur ?

– Ouais.

– Pouvez-vous passer un appel en PCV de ma part et placer votre micro devant le haut-parleur ? Désolé pour le dérangement, mais je suis un peu dans la panade. Et je vous promets que vous aurez une bonne histoire à raconter sur la vie hollywoodienne.

November-Alpha-One-Sierra-Sierra se mit à rire.

– Pas de problème, mec. C'est quoi le numéro ?

– 323-xxx-9199.

– OK… Je le compose. De la part de ?

– John Mills.

– Bien. C'est parti.

John et l'officier entendirent la numérotation d'un appel téléphonique, puis une voix automatisée répondit :

– « Ici le service d'appel en PCV. Voici nos tarifs… Si vous souhaitez continuer, appuyez sur 1. »

Un autre bip.

– « Veuillez énoncer votre nom distinctement. »

– John Mills, dit November-Alpha.

– « Votre nom est… (La voix automatisée répéta :) John Mills. Si c'est correct, appuyez sur 1. »

Un autre bip.

– « Merci. Après la tonalité, veuillez entrer le numéro à dix chiffres de votre correspondant. »

Une tonalité, dix autres bips, puis un long signal de ligne occupée. Enfin, une version rocailleuse de la voix de Donny Dietrich s'éleva :

– John ? C'est toi ? Qu'est-ce qui se passe, mon vieux ?

– Bonjour, répondit November-Alpha. Je suis un opérateur radio en Alaska et je sers d'intermédiaire à John Mills, qui se trouve dans un char en Sibérie.

– Euh… quoi ? Vous avez bien dit que John était dans un *char en Sibérie* ?

– C'est ce qu'il m'a expliqué. Si vous êtes d'accord, je vous connecte. Dites tous les deux « terminé » quand vous avez fini de parler pour que je bascule le signal dans l'autre sens, d'accord ?

– Euh, d'accord, répondit Donny. Terminé.

– OK, à vous, John. Terminé.

– Donny ? C'est John. Tu m'entends ? Terminé.

– Oui, John, je t'entends. Qu'est-ce qui se passe, bon sang ? ... Terminé.

– Je suis dans un tank soviétique en Sibérie et je voudrais savoir si tu connais Nina Bowyer. Terminé.

– Tu as bu, John ? Terminé.

– Non, je passe juste une journée étrange. Terminé.

– On dirait bien, oui. Terminé.

– Nina Bowyer, Donny. Tu la connais ? Terminé.

– Ouais, Nina Bowyer, elle joue dans un nouveau film du festival, *Modestie froide*. Terminé.

– Mais est-ce que tu la connais personnellement ? Terminé.

– Non. Terminé.

– Qui la connaît ? Terminé.

– Mmm... Je me rappelle qu'elle a fait un film avec Michael Keaton. Je connais son agent. Tu veux que je l'appelle ? Terminé.

John ne put s'empêcher de rire.

– Oui, s'il te plaît. Terminé.

– Qu'est-ce que je lui demande ? Son numéro de téléphone ? Terminé.

– Oui. Terminé.

– Et qu'est-ce que tu veux lui demander à *elle*. Terminé.

– Si elle veut bien aller dîner avec un officier de l'armée russe. Il est charmant, poli, et parle très bien anglais. Terminé.

– D'accord. Avant toute chose, si c'est une plaisanterie, John, c'est le moment de l'avouer. Ou ça va mal tourner. Terminé.

– Je suis très sérieux, Donny. C'est pour le fonds. Et tu peux affréter pour mon ami un vol aller-retour de, hum, Novossibirsk à Los Angeles ? Terminé.

– Euh, eh bien, pourquoi pas. OK, John. Donne-moi une seconde. Est-ce que ce serait bon la semaine prochaine ? Terminé.

John regarda le tankiste, qui arborait un large sourire et lui fit un signe enthousiaste du pouce.

– La semaine prochaine, parfait. Terminé.

Après un bref silence, puis une autre dizaine de bips, une nouvelle voix, encore plus grinçante, se fit entendre à l'autre bout de la ligne :

– Lisa Vogel.

– Lisa, c'est Donny Dietrich.

– Donny, hé, qu'est-ce que je peux faire pour toi ?

– J'ai une question inattendue : tu connais Nina Bowyer ?

– Ouais, elle est dans notre agence. Son agent est dans le bureau d'à côté. Tu veux lui parler ?

– Oui, ce serait génial.

– Pas de problème, attends une seconde, je vais le chercher.

Pendant environ une minute, ils eurent droit à une musique d'ascenseur. Puis la voix de Lisa Vogel s'éleva de nouveau :

– Donny, je suis avec Stu Watanabe, l'agent de Nina Bowyer.

– Monsieur Dietrich, que puis-je pour vous ? interrogea Stu.

– Stu, ça va vous paraître fou, mais serait-il possible d'organiser un dîner entre Nina et l'ami d'un ami ? La semaine prochaine, peut-être ? Le jour qui lui conviendra.

– Il faut que je lui pose la question. Qui est cet ami d'ami ?

– Un Russe courtois qui est… mon partenaire commercial en quelque sorte. C'est une demande de fan, mais je lui dois une sacrée faveur.

– OK, attendez, j'appelle Nina tout de suite. Je peux utiliser l'autre téléphone ?

– Bien sûr, répondit Lisa.

Il y eut dix autres bips. Et à nouveau la voix de Stu.

– Salut, Nina ! C'est Stu. Est-ce que je peux t'organiser un dîner avec un ami de Donny Dietrich la semaine prochaine ? Ce n'est pas pour le travail, mais cela lancera une relation avec Donny.

Il fit une pause.

– Oui, c'est avec un fan. Très courtois. Un homme d'affaires russe.

Une autre pause.

– Attendez, je vais lui poser la question… Monsieur Dietrich, Nina est un peu mal à l'aise à l'idée de dîner avec un inconnu depuis la couverture de *Playboy*. Votre ami pourrait-il plutôt déjeuner ? Mardi prochain au Spago ?

– Laissez-moi vérifier... John, un déjeuner de préférence, ça irait ? Terminé.

John regarda le conducteur de char, qui leva une nouvelle fois le pouce, l'air ravi.

– OK pour le déjeuner. Terminé.

– T'as entendu, Stu ? demanda Donny.

– Euh... ouais.

– Si vous vous demandez ce que ce « terminé » signifie, c'est une longue histoire. Je serais heureux de vous la raconter un jour.

– Ce serait génial, monsieur Dietrich. Attendez une seconde.

Une autre pause.

– Bien, Nina dit que c'est d'accord pour le Spago à 13 heures mardi prochain. Je vais faire la réservation moi-même.

– Génial, Stu. Lisa, Stu, vous êtes mes sauveurs. On reste en contact.

Il y eut un chœur d'au revoir, puis la voix de Donny seule :

– John, tout est OK pour toi ? Terminé.

– Roger-roger, Donny. Tu es mon ange gardien, mon ami. Terminé.

– Je réserve un vol pour samedi prochain ? De Novo-quoi ? Terminé.

– Oui, samedi, de Novossibirsk. Terminé.

– À quel nom ? Terminé.

John se tourna vers l'officier russe et lui tendit le micro.

– Vladimir Nikolayevich Piatagorsky.

– Terminé, ajouta John.

– Piatagorsky comme le violoncelliste ? Terminé.

– Oui, dit John. Pourquoi pas. Terminé.

– D'accord. Bon tu me donneras une explication pour toute cette histoire dès que ce sera physiquement possible, hein ? Terminé.

– Promis, Donny. Et je t'assure que tu m'approuveras à cent pour cent. Terminé.

– D'accord, John. Terminé pour de bon cette fois, je suppose.

Après une brève tonalité, November-Alpha reprit la ligne.

– Eh bien, c'était sacrément hilarant. C'est tout ce dont vous aviez besoin, Uniform-One ?

– C'est tout, November-Alpha. Si vous me donnez votre adresse, je vous enverrai quelque chose pour vous remercier. Je vous dois une fière chandelle.

– Pas la peine, Uniform-One.

– J'insiste, November-Alpha.

– Eh bien, si vous insistez, j'habite au 12 Dungeness Circle, Dutch Harbor, Unalaska, Alaska, USA.

– Dungeness, comme le crabe ?

– Comme le crabe, confirma November-Alpha.

– Génial. Merci encore. Uniforme je sais plus quoi, terminé et fin de la discussion.

John relâcha le bouton de conversation et rendit le micro à Piatagorsky.

– Alors, on peut y aller ? lança John.

Une heure plus tard, John déboula à Kysyl-Syr à l'arrière d'un char de combat soviétique T-54. Les rares personnes qui virent le tank arriver ne lui accordèrent pas un second regard.

CHAPITRE 18

Après avoir réussi à voler l'esturgeon d'un bateau de pêche et découvert que le caviar frais était immangeable (et que le sel n'était pas uniquement un conservateur), Petr avait été courtoisement ramené à Magadan, avec la bénédiction du Boss pour acheter des bons. À cette permission, le parrain avait ajouté un proverbe russe : « le coude est à portée de la bouche et pourtant on ne peut pas le mordre », ce que Petr interpréta comme le proverbe tchèque : « Tout ce qui brille n'est pas d'or. » Par chance, la mafia russe considérait que les marchés boursiers étaient de l'or pour les imbéciles. C'était probablement le meilleur espoir de la Russie d'avoir une économie de marché saine.

Avec l'aide de plusieurs employés du Boss, la collecte des bons de Magadan fut un jeu d'enfant. Malgré les deux jours étranges perdus sur la mer Caspienne, Petr avait réussi à prendre un avion de brousse tôt le samedi matin et à parcourir les mille quatre cents kilomètres jusqu'au district autonome de Tchoukotka en douze heures environ, avec quatre arrêts pour refaire le plein de carburant. Sa destination finale était Anadyr, une bourgade minuscule qui faisait office de capitale et où vivait environ un quart des cent mille habitants du district.

Après un rapide calcul, Petr estima que la Tchoukotka était environ deux fois plus grande que son proche voisin le Japon, mais comptait moins de 1 % de la population japonaise.

Le site extrêmement reculé de la vente aux enchères donnait cependant à Petr un avantage inattendu. La Tchoukotka étant située à l'extrême nord-est de la Russie, on pouvait apercevoir l'Alaska depuis certaines îles. Quand John atterrirait à Anadyr, ce serait la première fois qu'il poserait le pied dans l'hémisphère occidental.

Le dernier des quatre ravitaillements eut lieu à une centaine de kilomètres au sud-ouest d'Anadyr, sur une ancienne base aérienne soviétique couverte de MiG datant de l'époque de la guerre de Corée, en état de délabrement avancé. L'endroit semblait désert, en dehors d'un vieil homme qui s'approcha du petit avion avec un fusil soviétique de l'ère coréenne. Il conseilla à Petr et au pilote de ne pas s'éloigner pendant qu'il faisait le plein, car la population d'ours locale avait pris l'habitude d'inhaler les barils de kérosène abandonnés. Cela les rendait-il très dangereux ? s'inquiéta Petr. Non, répondit l'homme, au contraire, cela les poussait à être amicaux et joueurs. Mais les ours avaient percé et sniffé tous les jerricans de carburant vides de la base, et maintenant, ils étaient en manque. Et cela les rendait vraiment très dangereux.

De retour dans les airs, il ne restait qu'une heure de vol pour arriver à bon port. Mais à l'approche d'Anadyr, Petr vit un vieux char soviétique au milieu de l'unique piste d'atterrissage. Interloqué, le pilote se demanda ce qui se passait, tandis que Petr avait sa petite idée. Quand le pilote lui annonça qu'ils étaient forcés de faire demi-tour et de retourner au pays des ours drogués, Petr chercha une solution. Pouvait-il se poser ailleurs, pas trop loin d'Anadyr ? Hélas, il n'y avait pas le moindre *shtetl* dans un rayon de cent soixante kilomètres à la ronde.

Dans un champ peut-être ? Non, mais il pouvait atterrir sur un grand étang ou un lac. Parfait, comment en trouver un ? Le pilote consulta une carte, puis vira de quelques degrés et suivit un ruban argenté qui serpentait à travers la toundra, un ruisseau gelé reflétant les dernières lueurs du jour et qui, d'après la carte, menait à un lac.

Il y avait un lac à côté de l'aéroport, mais il serait saumâtre, lui avait expliqué le pilote, sûrement pas complètement gelé, car il se trouvait près d'Anadyr, ville côtière de la mer de Béring. L'étendue d'eau auquel pensait le pilote se trouvait à cinq ou six kilomètres au sud-ouest.

Petr était habillé chaudement, avec de grosses bottes de l'armée dénichées dans un marché de Magadan. Grâce au soleil estival, qui réduisait la neige à une fine couche sur le sol, il pourrait progresser sans trop de difficultés. Sur la carte, le lac ne portait pas de nom, mais alors qu'ils s'approchaient, Petr repéra un carré de terre parsemé de feux de camp non loin de la rive.

– Des campeurs ? interrogea Petr.

Le pilote secoua la tête.

– Des Tchouktches. Des nomades. Ils ont donné leur nom au district.

– Ce sont des éleveurs de caribous ?

– Oui.

– Et ils sont accueillants avec les étrangers ?

– Très accueillants. C'est un peuple pacifique et innocent.

Le pilote voulait-il dire qu'ils étaient « innocents » des accusations de la Russie ? Ou d'autres griefs ? Peut-être aimait-il simplement ce peuple. Petr avait deviné que le pilote était touvain ou mongol, d'après ses traits orientaux.

– Vous parlez le tchouktche ? s'enquit Petr.

– Non. Mais ils parlent tous russe. Lénine a fait collectiviser leurs troupeaux de caribous et leur a fait apprendre le russe et le cyrillique.

– Êtes-vous tchouktche ?

– Non, tatar.

Ils atterrirent tout en douceur sur la surface du lac. Puis l'avion partit en un long dérapage, comme une voiture sur une autoroute gelée. Comme le pilote ne parut pas s'en alarmer, Petr décida qu'il n'y avait pas lieu de s'inquiéter.

Le pilote accepta d'attendre Petr. Ce dernier songea à évoquer le Boss de Magadan, en guise de menace, mais le pilote paraissait honnête – et fier, si bien qu'une menace voilée ferait plus de mal que de bien.

Une fois sur la terre ferme, le pilote accompagna Petr sur le lac – à la surface polie par les vents de la toundra – jusqu'à la colonie tchouktche. Il lui avait donné une carte et une boussole, mais les Tchouktches pourraient sans doute l'aider à atteindre plus rapidement la ville. En traîneau peut-être.

Petr n'avait rien à troquer contre des chiens de traîneau. De l'argent ferait l'affaire, répondit le pilote. Ils étaient nomades, mais ils allaient aussi en ville de temps en temps. Principalement pour recevoir des soins médicaux et pour acheter des vêtements.

Le camp était composé d'environ deux douzaines de huttes. On aurait dit des cadres de bois recouverts de peaux d'animaux tannées, faciles à démonter, à déplacer et à remonter au gré des migrations de caribous. Le troupeau était visible au loin, une grappe d'ombres au-delà des feux crépitants. Petr ne s'en était pas rendu compte au début, mais le soleil s'était couché – il était encore visible depuis l'avion, mais sur la terre ferme, il avait plongé derrière la ligne d'horizon. Petr avait traversé tant de fuseaux horaires au cours des derniers jours – sans parler du comportement absurde du soleil de minuit – que son horloge interne s'était tout simplement arrêtée. Il demanda l'heure au pilote.

– 2 heures et demie, répondit-il.

Petr acquiesça.

Le camp n'était ni endormi ni éveillé. Des bergers, au moins une douzaine, s'occupaient du troupeau et entretenaient les feux. Petr fit remarquer qu'on ne voyait de chiens nulle part.

– Ils dorment dans les huttes, expliqua le pilote. Au chaud.

– Au chaud ?

– Disons qu'il fait plus chaud à l'intérieur.

Parvenus sur la berge, ils s'enfoncèrent dans la neige.

– La vie doit être très dure ici, déclara Petr au bout d'un moment.

– Oui.

Le camp se trouvait à une centaine de mètres du lac gelé. L'eau que buvaient les Tchouktches était sans doute glacée, songea Petr, sans parler de se laver, et on était en plein été.

En les voyant approcher, un homme vint à leur rencontre en brandissant un fusil. S'il s'agissait d'un film, on aurait entendu la cartouche glisser dans la chambre, mais l'homme surveillait les loups, son fusil était déjà armé. Quand il comprit que les silhouettes qui émergeaient de l'obscurité étaient des êtres humains, il baissa son arme et lança en russe :

– Vous êtes arrivés avec l'avion, les amis ?

– Oui, l'ami, répondit le pilote.

– Bienvenue ! Vous allez bien ? Vous avez un problème ?

– Aucun problème. Nous allons bien, merci. Mon ami ici cherche un moyen de transport pour Anadyr.

– Nous avons une motoneige, mais la chenille est cassée. Nous en attendons une neuve.

– Peut-être que mon ami pourrait vous aider à la payer, proposa le pilote, en échange d'un traîneau pour l'emmener en ville ?

– Ce serait très généreux de sa part. Allez parler à Rul-Tyne, c'est l'homme là-bas, près du feu, avec la tasse à la main.

– Merci, dit le pilote.

– Merci, ajouta Petr, alors qu'ils se dirigeaient vers le dénommé Rul-Tyne.

– Combien d'argent voulez-vous leur donner ? demanda le pilote.

– Combien voudront-ils ?

– Ils prendront ce que vous leur proposerez. Ces gens ne sont pas avides, ils ont le cœur sur la main.

– Combien d'après vous ? Je n'ai aucune idée du coût de la réparation d'une motoneige.

– Pour eux, vingt dollars américains, c'est beaucoup.

– D'accord.

Ils atteignirent le feu de camp, et le pilote s'adressa au Tchouktche nommé Rul-Tyne.

– Bonjour, il paraît que votre motoneige a besoin d'une nouvelle chenille ? Mon compagnon vous propose vingt dollars pour sa réparation, en échange d'un attelage de chiens pour le conduire à Anadyr.

Le Tchouktche se leva et les guida vers l'une des huttes.

– Votre ami sait-il conduire des chiens ?

– Non, répondit Petr.

– Eh bien, c'est très simple. Dites « En avant », et ils se mettront en route. « Stop », et ils s'arrêteront. « À droite », et le chef de meute tournera à droite, entraînant tout l'attelage avec lui. Dites « À gauche », et ils iront à gauche. Mais vous pouvez aussi lancer « Anadyr », et ils sauront où aller, ou encore « maison », et ils reviendront au bercail. Combien de temps en avez-vous besoin ?

– Pas plus d'une demi-journée, répondit Petr.

– Très bien, dit le nomade.

Il rentra dans une tente, et un instant plus tard, on entendit un aboiement. Puis un glapissement. Un chiot tout duveteux jaillit de la hutte et gambada entre les pieds de Petr et du pilote. Le pilote le prit dans ses bras.

– Ces petits vous réchauffent les mains, mais ils vous glacent le visage.

Petr allait demander pourquoi quand le chiot se mit à lécher abondamment le visage du pilote. Petr éclata de rire.

Au même moment, un attelage de six chiens, harnachés par deux, sortit de la tente. Rul-Tyne les mena vers un traîneau à une place. Il les attacha et se tourna vers Petr :

– L'ami, mets les pieds ici, dit-il en indiquant les patins, et les mains là, ajouta-t-il en désignant les poignées qui faisaient penser aux manches d'une brouette.

Petr eut une soudaine appréhension à l'idée de pouvoir contrôler ces chiens et d'en être responsable. L'homme avait probablement élevé et dressé ces animaux depuis leur naissance. Petr était très attaché à sa première voiture. Imaginez s'il s'agissait de six voitures qui vous léchaient le visage ! Il sortit son portefeuille et prit douze billets de cinq dollars qu'il tendit à Rul-Tyne.

– Voilà vingt dollars pour les chiens, vingt pour le traîneau, et vingt pour m'excuser d'avoir réveillé votre famille.

Rul-Tyne saisit les billets et les fourra dans sa lourde veste doublée de fourrure sans les compter.

– Merci, mon ami. À ce soir ?

– Oui, répliqua Petr. Mon ami peut-il m'attendre dans votre camp ?

– Si vous voulez bien de moi, ajouta le pilote.

– Bien sûr, l'ami, dit Rul-Tyne.

– Pouvez-vous m'indiquer la direction d'Anadyr ?

– C'est par là. Les chiens suivront la route principale, vous verrez.

– Merci, Rul-Tyne.

Petr se tourna vers le pilote, pour qui, étant donné ces étranges circonstances, il s'était pris d'affection. Comme deux étrangers dans une contrée lointaine.

– Souhaitez-moi bonne chance.

– Bonne chance, dit le pilote.

– Bonne chance, renchérit Rul-Tyne.

Petr grimpa sur le traîneau, cala ses pieds sur les patins, et saisit les poignées.

Les chiens étaient fébriles, prêts à partir.

Petr lança :

– Allez ! À Anadyr !

Les chiens firent un brusque bond en avant, et Petr réussit tout juste à maintenir son équilibre.

Quelques minutes plus tard, les lueurs des feux de camp s'amenuisèrent et bientôt, seul le pâle éclat de la lune éclairait la toundra désolée et hostile.

CHAPITRE 19

Environ une heure plus tard, Petr arriva à Anadyr. Une partie du trajet, il avait été copieusement arrosé de grésil qui, lorsqu'il atteignit la ville, se transforma en neige – à son grand soulagement. Les chiens semblaient indifférents aux changements de météo. Cela paraissait même leur plaire.

Anadyr était plus grande que ce que Petr imaginait mais, après un slalom maladroit dans des rues du centre-ville, il repéra un grand bâtiment à dôme qu'il supposa être l'hôtel de ville. C'était le cas, et après avoir attaché les chiens dans une sorte de garage à vélo couvert, il se dirigea vers l'entrée de la mairie.

Sur le seuil de la porte, il vérifia l'heure, puis traversa la rue en trottinant pour gagner un dépôt de bus éclairé. Était-ce le terminus d'une odyssée en bus transsibérien ? (Qu'est-ce que cela pouvait être d'autre ? Anadyr était bel et bien le bout de la Russie). Comme il l'espérait, la cafétéria était ouverte toute la nuit. Après avoir examiné les choix de viande, il opta pour de larges tranches de gibier bouilli « à la sibérienne », qu'il apporta aux chiens. Il en mangea une, plutôt bonne, puis retourna à la mairie, à présent ouverte.

C'était une ancienne église lambrissée de pins, et – par miracle – Petr était en avance de plusieurs heures. Au moins, contrairement à Baïmak, il n'aurait pas à patienter dehors dans le froid glacial. Il s'assit sur un banc près de l'ancienne chapelle et s'efforça de se détendre. Il espérait pouvoir s'assoupir un moment, mais comme le sommeil ne venait pas, il se leva et chercha quelque chose à lire.

Il trouva une pile de bibles. Peut-être s'agissait-il d'une ancienne église ? Il en saisit une, retourna à sa place et se plongea dans sa lecture. Élevé en marxiste pur et dur, Petr ne connaissait rien à l'histoire biblique, que même les enfants occidentaux athées avaient apprise dans les grandes lignes.

Il ouvrit le livre au hasard et tomba sur l'histoire de Joseph. Réduit en esclavage et emmené d'Israël en Égypte, Joseph avait repoussé les avances de l'épouse de son maître, mais il fut faussement accusé de tentative de viol, et finit dans un cachot dont il réussit à sortir en interprétant correctement les rêves des autres prisonniers, qui chantèrent ses louanges auprès de Pharaon. Un vrai conte de fées.

Il était si captivé qu'il ne remarqua pas l'homme du FMI qui dépliait une table à l'endroit où se trouvait autrefois l'autel. Soudain, une ombre obscurcit la page qu'il lisait. Levant les yeux, il vit un inconnu campé devant lui. Inutile de se demander ce que ce type lui voulait.

– Vous étiez à Baïmak la semaine dernière ? interrogea l'homme.

– En quoi ça vous regarde ? répondit Petr en se levant.

– Juste un avertissement amical : ne pas vous mêlez de ce qui ne vous regarde pas.

La main de Petr se posa sur le Makarov automatique dans sa poche.

– Le char sur la piste, c'était aussi un avertissement ?

– Oui. Dommage que vous l'ayez ignoré.

– Dommage pour qui ?

L'homme ne répondit pas et remonta l'allée en direction de la sortie. Après s'être assuré que personne d'autre n'allait chercher à l'intimider, Petr reprit sa place.

Le représentant du FMI – avec ses registres et sa machine à compter – était le même que celui de Baïmak. Quelques minutes plus tard, un homme – un représentant de Gazneft différent de celui de Baïmak, et pas non plus l'homme qui venait de le menacer – s'assit au premier rang, de l'autre côté de la travée. Il croisa fugitivement le regard de Petr, mais garda une expression de marbre.

Au bout de quelques minutes – peut-être pour donner à d'autres propriétaires imaginaires une chance de se présenter – le décompte commença.

À la fin, le fonds d'investissement Kovac-Mills obtint un peu plus de 40 % des actions en vente. Quarante-deux virgule six pour cent de 2,8 millions de dollars d'actions. Un autre triomphe, se dit Petr, qui préféra ne pas se réjouir trop vite. Il n'avait aucune idée des mauvais tours dont Gazneft était capable – pourquoi s'en soucier, maintenant que l'affaire était conclue ? – et décida de ne pas s'attarder.

Après avoir brièvement serré la main au type du FMI – qui affichait une totale indifférence – il remonta l'allée et retourna dehors, où sévissait maintenant une tempête de neige. Même si le soleil s'était levé pendant la vente aux enchères, les vents tourbillonnants qui balayaient la toundra obscurcissaient le ciel.

Poussé par le blizzard, Petr descendit les marches de la mairie et tourna au coin de l'édifice, où ses chiens l'attendaient. Le spectacle qu'il découvrit le fit tourner de l'œil et rendre ses tripes dans la neige.

Les six chiens avaient été abattus – criblés de balles. Des rafales de tirs d'une mitrailleuse légère. Pourquoi n'avait-il rien entendu à l'intérieur de l'église ? Les coups de feu avaient peut-être été emportés par le vent. Ou l'arme était équipée d'un silencieux. Le sang avait éclaboussé le sol et les murs. Ainsi que le toit. La neige qui s'était infiltrée dans l'abri était striée de rouge.

Petr entendit un des chiens gémir. Il s'approcha de l'animal, les larmes aux yeux. Comment pouvait-il être encore en vie ? Ses membres et son torse étaient déchirés d'une douzaine d'entailles. Les yeux du chien étaient fermés et sa respiration haletante. À l'évidence, il souffrait énormément. Petr s'agenouilla près de lui et posa la main sur son museau, dans l'espoir de lui apporter un peu de réconfort. Le chien n'était peut-être même pas conscient de sa présence. Petr sortit le Makarov de sa poche, tira la glissière pour charger une balle dans la chambre, pointa le canon sur la tête de l'animal, et détourna le regard avant de presser la détente.

La détonation résonna dans son propre crâne. Il se leva, regagna la rue enneigée en titubant, et vomit à nouveau.

À quel genre de monstres avait-il affaire ?

Se ressaisissant, il se dirigea vers la gare routière de l'autre côté de la rue. Son pantalon et ses mains étaient couverts de sang. Ses pas laissèrent des empreintes sanglantes dans la neige. Il poussa la porte du bâtiment, la main sur le Makarov dans sa poche. S'il voyait l'homme qui l'avait menacé dans l'église, il se sentait capable de l'abattre.

Mais la poignée de personnes qui patientaient dans le terminal étaient des inconnus, et la plupart somnolaient. Celles qui levèrent les yeux furent surprises par les vêtements tachés de sang de Petr, et détournèrent le regard, préférant ne pas être impliquées dans ce qui se tramait.

Petr se dirigea vers un guichet, derrière lequel l'employée disparut rapidement. À la droite du comptoir, une double porte menait (selon le panneau) à la zone d'embarquement. En fait, il s'agissait d'un immense garage avec un unique vieux bus soviétique aux énormes roues maculées de boue. Et, dans un coin, près d'un petit chauffage, un homme assis à une table, en train de jouer au solitaire. Petr s'approcha de l'homme et lui lança :

– J'ai besoin d'un bus. C'est vous le chauffeur ?

– Oui, répondit l'homme.

Il lui jeta un coup d'œil, avisa le sang, et baissa les yeux sur ses cartes, l'air indifférent. Petr n'aurait su dire pas s'il jouait la comédie ou pas.

– Vous êtes Petr Kovac ? interrogea le chauffeur.

– Oui, c'est moi.

– On m'a demandé de ne pas vous emmener.

– Pourquoi ça ? demanda Petr en étudiant les cartes étalées sur la table. Neuf noir sur dix rouge, ajouta-t-il.

– Merci. Je ne sais pas pourquoi, mais on m'a payé. Point final. Trouvez quelqu'un d'autre.

– Qui d'autre ?

L'homme haussa les épaules.

Petr saisit son pistolet.

– Bon, je pourrais prendre vos clés et conduire moi-même, mais regardez tout ce sang sur moi. J'ai buté un mec il y a deux minutes. Alors vous allez monter dans ce bus et prendre le volant, sinon vous y passez vous aussi. Pour moi, ça ne change rien. Ça gênera juste le gars qui devra nettoyer la cervelle sur les murs de la gare.

Sans un mot, le chauffeur se leva et se dirigea vers le bus, Petr sur ses talons.

CHAPITRE 20

Quand John participa à la vente aux enchères à Kysyl-Syr, dans une autre ancienne église, il reçut un avertissement similaire de la part d'un employé de Gazneft. Et, comme Petr, il avait la main sur son Makarov en se demandant s'il allait devoir s'en servir.

Heureusement pour lui, John avait demandé au chef de char Piatagorsky de l'attendre et de le ramener à la piste d'atterrissage. L'homme qui l'avait menacé l'attendait dans sa Mercedes-Benz 600sl en face de la mairie. Il ne chercha même pas à se cacher, guettant ostensiblement le retour de John. Son plan était manifestement de le suivre jusqu'à la piste d'atterrissage et ensuite – quoi ? De le tuer ? De lui tirer dans la rotule ? Qui sait ? Par chance, le char de combat T-55 de Piatagorsky était garé dans la rue. La Mercedes pouvait toujours le suivre, mais cette fois, ce serait la victoire de la lenteur.

John grimpa à bord et se laissa descendre par l'écoutille de l'artilleur. Piatagorsky avait épinglé la couverture de Nina Bowyer au-dessus de la plaque chauffante où il était en train de préparer du thé.

– Vladimir Nikolayevitch, dit John en prenant place dans son siège, les mafieux se frottent-ils parfois à l'armée russe ?

Vladimir Nikolayevitch Piatagorsky se mit à rire.

– Bien sûr que non. Pas s'ils ne veulent pas finir dans les sous-sols de la Loubianka.

– Super. Pourriez-vous écraser une voiture et son conducteur pour moi ?

– Évidemment, répondit le tankiste. Mais à quoi bon ?

– Je suis presque sûr qu'il veut me faire la peau.

– Oh. Bien sûr, je pourrais rouler sur sa voiture, mais je pense qu'on peut s'en tirer autrement. Attendons d'être sur la route. D'accord ?

– D'accord, répondit John.

– Votre vente aux enchères s'est bien déroulée ? demanda Piatagorsky en s'installant à la place du conducteur dans le compartiment sous la tourelle.

– À merveille, je dois dire, Vladimir Nikolayevitch.

– Bien, je suis heureux de l'apprendre. Mettez les écouteurs suspendus à côté de votre tête, vous pourrez m'entendre pendant qu'on roule. Cette fois, vous allez m'aider à faire marcher ce gros bébé. C'est tellement excitant !

John rit dans sa barbe. Piatagorsky gâchait son talent dans le régiment blindé – il était fait pour animer un talk-show !

Le moteur revint à la vie. Tout ce qui se trouvait à l'intérieur du tank se mit à vibrer démesurément, comme tous les organes internes de John, qui imagina brièvement ses poumons tomber en miettes. Piatagorsky relâcha l'embrayage, et le char fit un brusque bond en avant, avant de se mettre à rouler au pas dans les larges rues boueuses de Kysyl-Syr. Grâce au périscope, John vit que la Mercedes les suivait – au rythme lent et tortueux du char, soit environ trente kilomètres l'heure – et ne faisait rien pour s'en cacher.

Il fallut environ quinze minutes à John, Piatagorsky et le tank pour être hors de vue de Kysyl-Syr. Puis la voix de Piatagorsky crépita dans les écouteurs.

– Il est toujours là ?

– Oui, répondit John.

– Bon. Alors, maintenant, faites ce que je vous dis. Tout d'abord, actionnez l'interrupteur rouge sur la gauche du périscope. Cela fera apparaître le viseur et le verrouillera dans la direction du canon.

– OK. J'appuie et je verrouille.

– Bien. Maintenant, vous avez deux poignées – des manettes – de chaque côté de votre siège. Vous les voyez ?

– Oui.

– Celle de droite fait pivoter la tourelle. Tirez vers vous pour tourner à droite, poussez pour tourner à gauche. La poignée de gauche soulève et abaisse le canon. Tirez pour le lever, poussez pour l'abaisser. Compris ?

– Cinq sur cinq.

– Bien. Je vais stopper le tank.

– D'accord.

Le blindé ralentit et s'arrêta. Au point mort, le moteur était encore plus bruyant que lorsqu'une vitesse était enclenchée. C'était un peu comme être assis sur une machine à laver en plein essorage pendant un tremblement de terre.

– Maintenant, pointez le canon sur la Mercedes.

Même s'il avait compris la manœuvre, John ne put s'empêcher de rire. Il tira la manette de droite vers lui et la tourelle pivota – à une vitesse étonnante – vers la droite. Puis il poussa la barre de gauche et le canon géant s'abaissa, en même temps que le viseur du périscope. John positionna le cercle du viseur sur la tête du type qui l'avait menacé dans l'église. À travers la lentille cristalline du périscope, John lut la confusion sur le visage de l'homme, qui se mua rapidement en panique. Puis la Mercedes enclencha la marche arrière et se mit à reculer à toute vitesse. Au bout d'une centaine de mètres, le conducteur fit un demi-tour serré, et mit les gaz. Une minute plus tard, il avait disparu.

– Il est toujours là ? interrogea Piatagorsky.

– Non.

– Parfait. C'est reparti, alors ?

– Oui, dit John. C'est reparti.

CHAPITRE 21

À Omsk, Anna avait passé une semaine presque sans histoire. Quelques heures seulement après son arrivée, elle avait découvert que, comme Moscou – à une échelle plus petite – Omsk avait son propre marché de bons. Il n'était pas organisé de manière concentrique et fonctionnait davantage comme un marché aux puces, mais les bons étaient à portée de main.

Et le marché manquait cruellement d'une manne essentielle – des devises américaines.

Certains vendeurs sibériens acceptaient les roubles, mais la plupart préféraient échanger leurs coupons contre des denrées alimentaires. Principalement du grain à moudre, de la farine, ou de la vodka. L'argent sonnant et trébuchant d'Anna fit d'elle l'acheteuse la plus prisée de la place. Et cela transforma sa table, achetée à un autre vendeur, en lieu de transactions animées. Étant elle-même russe, Anna n'avait nullement l'impression d'abuser ou de profiter d'un peuple en voie de reconstruction, et se servit de son avantage monétaire pour faire des affaires.

Elle négociait le prix des cigarettes tous les jours dans le train Moscou-Kazan, et elle était douée pour marchander. Heureusement car, de nature foncièrement honnête, elle n'aimait pas tromper les gens. Or dans l'économie soviétique et post-soviétique, le seul moyen de s'en sortir était d'être malin ou malhonnête. Vendre des cigarettes dans un train et se prostituer à temps partiel n'était sans doute pas le summum de l'ambition et de l'entreprenariat, mais étant donné les alternatives, ce n'était pas si mal.

La majorité des autres filles jeunes et jolies étaient « réservées ». Quelques-unes par des hommes riches, la plupart par des proxénètes ou par des bordels. Elle était son propre patron et, lentement mais sûrement, elle faisait des économies pour quitter un jour la Russie et devenir enseignante. À Istanbul – peut-être même en Europe de l'Ouest ou aux États-Unis, grâce à la manne financière que lui procurerait cette histoire de privatisation.

Quoi qu'il en soit, elle avait âprement négocié et raflé tous les bons de l'oblast. D'après l'afflux continu de coupons, à l'image d'une file de taxis dans une grande gare, elle supposait qu'elle en détenait la majorité – la part du lion des bons Gazneft d'Omsk.

Seul grain dans l'engrenage – et seul événement mémorable de la semaine – : la venue d'un homme en costume qui ne ressemblait en rien à un brave paysan sibérien, et qui n'avait rien à vendre. Sans préambule, il avait fait le tour de la table, s'était approché de son visage et, d'une voix sirupeuse, lui avait demandé pourquoi elle achetait des coupons Gazneft.

– Qu'est-ce que ça peut vous faire ? répondit-elle, avec l'expression froide et indifférente que les Russes maîtrisent si bien.

– C'est mon affaire, Gazneft. Vous êtes russe ?

Ce n'était pas une question, il connaissait la réponse

– Bien sûr. J'ai l'air de quoi ? Est-ce que je porte un jean ? Est-ce que je ressemble à une Eeeeestooooniiiieeeeneeee ?

Les Russes avaient des préjugés sur les Américains et les Estoniens : les premiers ne portaient que des jeans, les seconds parlaient très lentement, en étirant les voyelles. Anna savait reconnaître l'hostilité d'un homme, et elle avait découvert que l'humour ethnique était le moyen le plus efficace de désamorcer les situations conflictuelles. Si la blague sur les Estoniens ne fonctionnait pas, elle en avait une toute prête sur les Ukrainiens.

L'homme eut un sourire mauvais.

– Non. Je suis juste étonné qu'une Russe aide des étrangers à voler les richesses de ce pays.

– Oh, c'est ce que vous croyez ? Eh bien, vous serez soulagé d'apprendre que je ne fais rien de tel.

– Bien sûr que si. Mais en tant que Russe, je vous fais la courtoisie de vous laisser vous retirer avec élégance. Et même de dégager un bénéfice.

– Comment ça ? interrogea Anna en croisant les bras.

– Vendez-moi les bons que vous avez récupérés. Je vous en donnerai un prix équitable. Prenez mon argent et celui qui vous reste des étrangers, et disparaissez.

Pendant un temps, Anna l'observa. Elle réfléchissait, analysait la situation.

– Non, conclut-elle. Non, je ne peux pas.

– Bien sûr que si, répliqua l'homme.

Anna soutint son regard, les bras toujours croisés.

– Je vous donne un jour ou deux pour réfléchir, reprit-il. Je suis convaincu que vous prendrez la bonne décision. Bonne journée. Je reviens bientôt.

– Bonne journée, répondit Anna d'un ton acide.

Après son départ, elle remballa sa table et se rendit au poste de police le plus proche, où elle engagea deux agents pour assurer sa sécurité. Ils l'encadraient quand l'homme à l'air patibulaire revint le surlendemain. C'était le vendredi matin, deux jours avant la vente aux enchères de l'oblast d'Omsk.

– Avez-vous pris une décision ? interrogea l'homme, qui cette fois faisait face à Anna.

Était-ce à cause de ses gardes du corps, ou parce qu'il ne cherchait plus à l'intimider ? Anna était incapable de trancher.

– Oui, répliqua Anna. Ma réponse est la même.

Son ton se fit méprisant. Il ne s'embarrassa plus à la vouvoyer.

– Tu connais l'Amérique du Sud ? Non, bien sûr que non, enchaîna-t-il sans attendre sa réponse. Comment une pute minable de la ligne Moscou-Kazan connaîtrait-elle l'Amérique du Sud ? Quel imbécile je fais ! Eh bien, ce pays est truffé de trafiquants de drogue. Des gens très peu fréquentables, crois-moi. Ils ont une expression – *plata o plomo* – tu sais ce que ça veut dire ? C'est de l'espagnol. On pourrait le traduire par « l'argent ou le plomb ». Et tu sais ce que ça signifie ? Peut-être que oui, vu que t'es une petite pute au rabais qui tapine dans les trains. Ça signifie que si quelqu'un veut passer un marché avec toi, t'as intérêt à prendre le fric – *l'argent* – plutôt qu'une balle – *le plomb*. Tu vois le topo ? Tu piges ?

Anna le dévisagea un long moment, puis tourna la tête à gauche, puis à droite, vers son escorte policière.

– Pourriez-vous demander à cet homme de partir ? leur dit-elle platement.

– Inutile. J'ai ma réponse, maintenant. Mais c'est dommage. Qu'une fille aussi intelligente fasse un truc aussi stupide.

Il tourna les talons et sortit. Anna resta pétrifiée, s'efforçant de se persuader que le jeu consistait à lui faire peur pour qu'elle cède à son chantage, plutôt que de lui faire du mal. Il est toujours plus facile de proférer des menaces que de les mettre à exécution. Et Gazneft n'était tout de même pas la bande à Badeer. C'était l'une des plus grandes entreprises du monde et – si elle avait bien compris les explications de Petr – son but, au bout de compte, était d'attirer les investisseurs étrangers. Leur modèle économique n'incluait sûrement pas le meurtre. Du moins, elle l'espérait.

CHAPITRE 22

Samedi, la veille de la vente aux enchères, Anna n'eut pas à se soucier de trouver un avion pour se rendre aux confins de la Russie. Annoncée avant l'arrivée de John et Petr dans la partie, la liquidation aurait lieu à Tara et, conformément aux règles du FMI, n'avait pu être déplacée. Anna n'avait que six heures de route dans une voiture de police plus confortable qu'elle n'en avait l'air. Un trajet avec chauffeur opéré par deux agents de police rémunérés avec largesse.

Ils quittèrent Omsk le matin et n'échangèrent pas un mot pendant les deux premières heures. Cela n'avait rien d'inhabituel. Les Russes n'étaient guère loquaces. Du moins pas quand ils étaient sobres. Mais Anna était nerveuse et le silence lui pesait. Aussi engagea-t-elle la conversation.

– Vous connaissez celle des trois Finlandais qui vont d'Omsk à Tara en voiture ?

Aucune réaction de ses compagnons de voyage pendant trente bonnes secondes. Enfin, l'agent sur le siège passager se tourna vers Anna :

– Et alors ?

– Pendant la première heure, dit Anna, ils roulent en silence…

Les Russes étaient convaincus que les Finlandais parlaient, pensaient et se déplaçaient à la vitesse de l'escargot. Un peu comme les Estoniens, mais en plus froids et plus taciturnes.

– Et, la deuxième heure, un animal jaillit des bois et traverse la route juste devant eux. Une heure plus tard, l'un des trois Finlandais commente : « Je crooooiiiis que c'éééétaaaaiiiit un reeeenaaaard. » Une autre heure s'écoule en silence, et le deuxième

Finlandais répond : « Àààà moooon aviiiis, c'éééétaaaaiiiit pluuuu-tôôôôt un looooouuuup. » Une heure après, le troisième Finlandais déclare enfin : « Booоon saaaang, voooouuuus pooouuuuveeeeez arrêêêêteeeer deeee voooouuuus diiiispuuuuteeeer ? »

Les flics russes éclatèrent de rire. Celui côté passager lança :

– Elle est très bonne.

Puis tout le monde retomba dans le silence pendant une minute ou deux. Après quoi, le conducteur reprit, en jetant un coup d'œil par-dessus son épaule :

– Et celle des deux Finlandais qui pêchent ensemble, vous l'avez déjà entendue ?

– Non, répondit Anna.

– Tarmo et Tarvo sont dans un bateau sur un lac. Au bout d'un moment, il se met à pleuvoir. Une heure plus tard, Tarmo tend la main et déclare : « Il pleeeeuuuut. » Une heure après, ils rentrent chez eux, et Tarvo dit à sa femme : « Je ne peeeeuuuux pluuus aaaalleeeer pêêêêcheeeer avec Taaaaarmoooo. Il eeeest trooop baaaavaaaard. »

Anna rigola. Le flic sur le siège passager intervint :

– Et l'histoire du Finlandais qui va à Helsinki ?

– Je ne la connais pas non plus.

– Il tire une grosse charrette et demande à un autre Finlandais sur le bord de la route : « Eeeest-ceeee queeee jeeee suuuuiiiis looooiiiin d'Heeeelsiiiinkiiii ? » Son compatriote répond : « Noooon. Baaah, jeeee vaaaaiiiis t'aaaaiiiideeeer àààà poooouuuusseeeer taaaa chaaaar-reeeetteeee. » Une heure plus tard, le second Finlandais se tourne vers le premier et lui dit : « Maintenant, tuuuu eeees looooiiiin d'Heeeelsiiiinkiiii. »

Anna et le chauffeur rirent de bon cœur.

Il leur fallut environ une heure pour passer en revue toutes les plaisanteries ethniques qu'ils connaissaient. Puis ils passèrent aux blagues soviétiques.

– Savez-vous quelle a été la plus grande réussite de l'industrie communiste ? demanda le conducteur.

– Non, répondit Anna.

– Tchernobyl ! Elle a rempli son quota quinquennal de production d'énergie en quatre millisecondes !

– Hé ! coupa le flic sur le siège passager en désignant la route. C'est quoi *ça* ?

Ils roulaient vers le nord, le long de la rivière Irtysh, et la lumière rasante les empêchait de distinguer clairement la route.

– Ralentis, lui dit son acolyte.

Le conducteur eut un hoquet étranglé.

– Je crois que c'est un char.

La voiture s'arrêta et, pendant un temps, ils restèrent tous trois bouchée bée face au mastodonte de métal.

Le conducteur klaxonna.

– Qu'est-ce que tu fais ? interrogea son comparse. Bon, reste avec elle. Je vais voir ce qui se passe.

– OK.

Le policier sortit de la voiture et se dirigea vers le tank. Anna le vit détacher le mousqueton qui fermait l'étui de son pistolet.

La voiture de police s'était arrêtée à environ quinze mètres du véhicule blindé. Quand le garde du corps d'Anna arriva à une dizaine de mètres, la trappe du tank s'ouvrit. Anna ne put entendre la conversation, les voix des deux hommes étaient brouillées. Peu après, le policier revint à la voiture et reprit sa place sur le siège passager :

– Il dit qu'on l'a payé pour bloquer la route.

– Quoi ? C'est dingue.

Anna gardait le silence.

Le flic côté passager saisit la radio de la voiture. Il contacta le poste et demanda à son collègue de chercher les coordonnées d'un certain capitaine Dmitri Gregoryvich Gryshenko. Puis ils attendirent en silence pendant une dizaine de minutes, et la radio se mit à grésiller. Le policier d'Omsk avait trouvé des informations : le capitaine Gryshenko était marié, il vivait avec sa femme et ses parents, et il avait une fille adulte qui étudiait à la faculté de médecine d'Omsk.

– Bien, dit le passager-flic. Voyons s'il souhaite que ses parents, sa femme et sa fille soient arrêtés pour conspiration menaçant la sécurité nationale de la Fédération de Russie.

Il sortit à nouveau et retourna au char, où il eut un bref échange avec le tankiste. Puis ce dernier disparut dans la tourelle et referma la trappe derrière lui. Une minute plus tard, le moteur du blindé se mit en marche en faisant un boucan du tonnerre, et le blindé recula, libérant la voie. Le policier reprit sa place.

– Voilà, c'est réglé.

CHAPITRE 23

Quand Anna et son escorte policière arrivèrent à Tara le samedi, il était près de minuit. La vente aux enchères était prévue six heures plus tard. Les deux policiers l'accompagnèrent jusqu'à l'unique hôtel de Tara et, une fois qu'Anna fut installée dans sa chambre, ils montèrent la garde devant sa porte à tour de rôle. Grâce à l'argent qui lui restait, Anna les payait grassement – presque aussi bien que Petr et John la rémunéraient – mais elle avait l'impression qu'une forme de complicité s'était nouée entre eux, une sorte de lien fraternel, et qu'ils se souciaient vraiment de sa sécurité. En tout cas, leur présence la rassurait.

Malgré tout, elle ne réussit pas vraiment à dormir. À 4 heures, elle se leva, s'habilla, et constata que ses mains tremblaient trop pour qu'elle puisse se maquiller. Les nerfs ? Ou l'épuisement ? Peu importait. Après avoir rassemblé les bons et les formulaires, elle sortit de sa chambre, et tomba sur le policier qui s'était débarrassé du tank – il montait la garde et semblait plutôt alerte. Ils se saluèrent et descendirent à la réception, puis gagnèrent le parking, où le second agent de police dormait sur la banquette arrière de la voiture. Son acolyte le réveilla. Le dormeur se secoua, s'installa au volant, et prit la direction de la mairie.

Une fois qu'ils furent parvenus devant l'hôtel de ville – une autre ancienne église – l'agent côté passager alla inspecter les lieux, puis revint chercher Anna. Il resterait à ses côtés jusqu'à la fin de la vente. Son partenaire surveillerait l'entrée depuis la voiture.

Les hostilités débuteraient à 6 heures. Encore une heure à patienter. Anna jeta un coup d'œil à la salle déserte. Pas de Gazneft ni de FMI pour le moment. Ses mains ne tremblaient plus. Peut-être que l'air vivifiant de l'été sibérien lui faisait du bien, ou alors le froid ralentissait un peu son cœur. Elle informa son garde du corps qu'elle se rendait aux toilettes. Il hocha la tête et la précéda. Après s'être assuré que les toilettes étaient vides, il se recula pour la laisser entrer, puis monta la garde devant la porte.

Elle posa son volumineux sac à main sur le lavabo et sortit sa trousse de maquillage. Alors qu'elle appliquait du fard sur ses joues, il était à peu près 5 heures du matin – dans son fuseau horaire. Tara se trouvait à GMT+7. John étant à GMT+10, sa vente aux enchères était déjà terminée depuis deux heures. À Anadyr, à GMT+13, l'enchère de Petr s'était achevée il y a plus de cinq heures. Et il n'était pas venu à l'esprit de John ni de Petr – encore moins d'Anna – que cela pouvait poser un problème.

Au moment où Anna se maquillait, Gazneft savait déjà que le fait de déplacer les ventes, de les reprogrammer, de bloquer les routes et les aéroports, n'avait pas dissuadé leurs rivaux de se présenter et d'acquérir de grosses parts du capital de Gazneft. Anna, Petr ou John auraient probablement dû se douter que puisque ni les menaces ni les obstacles ne fonctionnaient, l'entreprise allait passer à des méthodes plus radicales. À 5 heures du matin, heure d'Anna, Gazneft avait eu six heures pour imaginer un moyen de pression plus efficace que de tuer des chiens.

Rien de tout cela ne traversa l'esprit d'Anna lorsqu'elle entendit des coups de feu. Étouffés et lointains, mais indubitablement des coups de feu. Elle se détourna du miroir et entendit le policier lui chuchoter derrière la porte :

– Restez là et verrouillez la porte.

Obéissante, elle s'enferma à clé, lorsqu'elle entendit deux autres déflagrations, puis le cri de douleur de son garde du corps, et un bruit sourd, comme celui d'un corps qui s'effondre par terre.

Anna se rua vers la fenêtre et la poussa de toutes ses forces. Elle était scellée. Attrapant son sac à main à la volée, elle le jeta dans la vitre pour la briser. Derrière elle, on cherchait à enfoncer la porte. Comme le rebord de la fenêtre était à la hauteur de sa poitrine, elle dut se hisser sur les coudes et se contorsionner pour passer à travers. Un éclat de verre lui entailla le flanc au moment où elle se glissa dans l'ouverture, avant d'atterrir sur le sol couvert de givre.

Elle se releva d'un bond et piqua en sprint en direction d'un bois à une vingtaine de mètres derrière la mairie. Pour forcer l'allure, elle se débarrassa de ses talons. Mieux valait perdre un orteil à cause des engelures que la vie.

Une balle siffla à son oreille juste au moment où elle se faufilait entre les arbres.

C'était une forêt de bouleaux. Le dédale de troncs blancs et les ombres immenses créaient un effet déroutant. Elle s'efforça de regarder où elle mettait les pieds, d'éviter les racines et les pierres. Au loin, elle vit un champ de blé et fonça droit dessus en songeant qu'elle pourrait facilement se cacher entre les hautes tiges. Elle resterait terrée aussi longtemps que nécessaire. Pour toujours, s'il le fallait, songea-t-elle – personne ne la trouverait là, pas avant la moisson.

Mais elle entendit des pas précipités dans son sillage. Elle s'obligea à ne pas regarder en arrière – *Continue à courir, Anna !* Le champ se rapprochait. À présent, elle dévalait une pente, gagnait de la vitesse. Le sol gelé était glissant et parsemé de branches mortes. Elle trébucha et roula sur le sol, s'égratignant les coudes et les genoux. Puis elle échoua dans une petite ravine en bas de la colline, à cinquante mètres du champ de blé. Les pas étaient tout près à présent.

Le ruissellement avait emporté la terre autour des racines d'un arbre, formant un creux où elle se glissa, se recroquevillant dans la boue glacée, les genoux remontés sur sa poitrine. Son corps était presque entièrement caché dans l'ombre, le froid lui pénétrait les os, mais elle devait être difficile à repérer. Elle pria pour être invisible. De toutes ses forces.

Les pas descendaient la colline. Au moins deux paires de pieds. Anna vit les jambes de deux hommes enjamber le ravin et marcher tranquillement vers le champ de blé. Ils la cherchaient. Et elle était toute proche. Elle se força à ne pas frissonner. L'un d'eux s'arrêta et regarda à gauche, puis à droite. Elle détourna son visage des hommes, lovée au creux des racines, en espérant que l'arrière de son crâne soit plus difficile à discerner que son visage. Et elle retint son souffle.

Soudain, elle sentit une main l'agripper par le col et la tirer brutalement hors de sa cachette. On la hissa du ravin et on la jeta face contre terre. Elle resta immobile, attendant son sort. Et fit ses prières.

CHAPITRE 24

Irkoutsk était une ville étonnante. On la surnommait le Paris de la Sibérie, et cela n'avait rien d'ironique.

Ce surnom lui venait de l'insurrection décembriste de 1825. Les décembristes étaient composés de plusieurs centaines de Russes éminents – membres de l'aristocratie, militaires, écrivains, poètes, etc. – adeptes de la nouvelle philosophie des Lumières sur les droits de l'homme et de la nécessité de l'autogouvernance. Ils voulaient renverser le système tsariste et le remplacer par une monarchie constitutionnelle fédérale. Ils imaginaient le tsar en chef de l'État, comme en Angleterre, avec la majorité des pouvoirs déléguée à un gouvernement.

Leur nouvelle constitution – et la déclaration des droits – s'inspirait de la constitution américaine, un document qui n'avait même pas quarante ans, mais qui servait déjà de modèle. En d'autres circonstances, son auteur, Nikita Mikhailovich Muravyov, aurait pu entrer dans l'histoire comme le Thomas Jefferson russe, le visage sculpté dans une montagne de l'Oural. Imaginez ce que la Russie et le monde seraient aujourd'hui si les décembristes avaient réussi leur coup !

Mais ils avaient échoué. La révolution commencée pendant la débâcle de la succession après la mort du tsar Alexandre Ier avait été tuée dans l'œuf. De nombreux conspirateurs avaient été exécutés, mais beaucoup faisaient partie de l'élite saint-pétersbourgeoise et ne pouvaient être éliminés. Leurs peines avaient dès lors été commuées en exil en Sibérie. Principalement à Irkoutsk.

C'était un acte de clémence à plus d'un titre. Par rapport au reste de la Sibérie, le temps à Irkoutsk était agréable. Le lac Baïkal, un croissant géant à l'est de la ville – de loin le plus grand lac du monde, avec un quart de l'eau douce de la planète – formait une sorte de barrière naturelle contre les tempêtes et le froid sibérien. En réalité, le climat d'Irkoutsk ressemblait plus à celui du Wyoming que de l'Alaska.

Ainsi, quand, au cours des années 1820, une ville relativement accueillante avait été soudainement envahie par des décembristes riches et épris de liberté, l'économie avait prospéré et la vie culturelle s'était développée. Et comme il s'agissait de révolutionnaires plus proches de Jefferson que de Robespierre, la ville était restée fondamentalement patriote. C'est pourquoi le gouvernement central l'avait laissée plus ou moins tranquille jusqu'à ce que, en 1920, elle devienne le dernier bastion de l'antibolchevisme.

John eut le plaisir d'apprendre tout cela pendant les deux jours qu'il passa seul à Irkoutsk, en attendant l'arrivée de Petr et Anna. Le mercredi, il commença à s'inquiéter. Petr le rejoignit le jeudi, ce qui fut un soulagement pour John, mais une source d'angoisse pour son associé, qui pensait arriver le dernier. En son for intérieur, John se demandait si Anna s'était enfuie avec l'argent ou si elle avait passé un accord avec Gazneft.

Personnellement, il appréciait Anna. Et il avait sincèrement cru qu'elle se présenterait avec un gros paquet d'actions pour le fonds Kovac-Mills. Mais le jeudi, son absence semblait prouver qu'il s'était trompé sur son compte. Il n'en parla pas à Petr, qui nourrissait probablement les mêmes soupçons, et pour qui la pilule était sans doute bien plus difficile à avaler.

Même si tous deux gardaient espoir qu'Anna ait été retardée – Gazneft avait de la ressource en la matière –, ils craignaient qu'elle les ait trahis, et n'osaient envisager le pire : qu'il lui soit arrivé malheur. Petr avait parlé à John du massacre des chiens de traîneau. Son arrivée tardive à Irkoutsk était due à sa tentative d'arranger la situation avec Rul-Tyne et les Tchouktches. (Non pas parce que les nomades lui avaient demandé réparation, mais parce que sa conscience l'exigeait).

John avait rassemblé des bons dès son arrivée et Petr se joignit à son effort. L'espoir que cela détournerait leur attention du sort d'Anna était vain (et totalement irréaliste). Le vendredi, toujours sans nouvelles de la jeune femme, Petr réussit à persuader une succession d'opérateurs téléphoniques de le connecter au bureau de Kovac-Mills à Moscou. Quand la sonnerie retentit, Petr tendit l'appareil à John. D'une part, parce qu'Andrei, qui dirigeait le bureau, considérait John comme son véritable patron – Petr faisant figure d'adjoint – et d'autre part parce que Petr avait besoin d'un moment pour se calmer. Les appels russes longue distance pouvaient vous rendre fou. Regarder Petr se débattre pour établir la connexion, c'était comme regarder un de ces fameux moines plonger la main dans l'eau bouillante pour éprouver sa volonté.

Andrei répondit et John lui demanda des nouvelles des opérations.

– Un gars, un dénommé Menshikov, n'arrête pas de téléphoner et s'est pointé ici plusieurs fois. Je lui ai dit que je ne connaissais rien au business des bons, mais rien n'y fait.

– Menshikov ? Le journaliste de *Forbes* ? s'étonna John.

Il tenait le téléphone légèrement éloigné de son oreille pour que Petr puisse suivre leur conversation.

– Oui, George Menshikov. Le journaliste *américain* de *Forbes* au nom russe.

– Dis-lui d'aller se faire foutre ou bien on le bute, gronda Petr.

– Vous voulez vraiment que je lui dise ça ?

– Non. C'était une blague, grommela Petr, passant au russe.

Puis il donna la traduction anglaise à John.

– Oublie Menshikov, dit John. Parle-nous des affaires.

– Les affaires sont bonnes. Tout le monde travaille très dur. On a acheté beaucoup de bons de la liste de Petr et on les a enregistrés avec l'aide des employés de Benny. L'entrecôte chez Guilly's est la meilleure de tous les restaurants de Moscou réunis. Franchement, j'ai connu pire dans ma vie, mais ça ne va sûrement pas durer.

– Ne jamais vendre la peau de l'ours avant de l'avoir tué, Andrei, répliqua John.

– Je suppose que c'est un proverbe amusant.

– Plus ou moins. Autre chose ?

– Un certain colonel Krylenko est venu deux fois. Très amical, il voulait connaître le détail de nos opérations. Il a affirmé que vous travailliez pour lui en Sibérie. Je n'ai pas voulu lui donner de données commerciales. Il est devenu nettement moins amical et je lui ai dit d'aller se faire foutre. Si je suis assassiné, dites à ma famille que je ne les ai jamais aimés.

– ... Euh...

– C'était une blague, renchérit Andrei. Quoi, y a que Kovac qui a le droit de faire de l'humour ?

– Non, bien sûr que non. Bon, c'est vrai qu'on travaille avec Krylenko, mais tu as bien fait de ne pas lui donner de précisions. Il nous interrogera directement. On devrait être de retour la semaine prochaine.

– D'accord. Faites-moi signe quand je dois venir vous chercher.

– Merci Andrei, honnêtement, je ne sais pas ce qu'on ferait sans toi.

– Je ne sais pas non plus.

– On se rappelle bientôt, conclut John. *Do Svidaniya.*

– Bye bye, dit Andrei.

John raccrocha et regarda Petr.

– Et maintenant ?

Ils étaient dans le hall d'un hôtel au bord de la rivière Angara, près du centre-ville d'Irkoutsk. C'était devenu leur quartier général *de facto*, l'endroit où les gopniks venaient vendre leurs bons. Petr paraissait nerveux.

– Je ne sais pas.

Pendant un moment, ils restèrent près du téléphone de courtoisie du hall. (« Courtoisie » au sens où il était non pas gratuit – il ne l'était pas –, mais à la disposition des clients).

– Je vais aller vérifier encore une fois ma boîte vocale, déclara Petr au bout d'un moment.

Il s'éloigna tandis que John, avec un haussement d'épaules mental (combien de fois Petr allait-il écouter sa messagerie ?), se dirigeait vers le bar. Le décor offrait un curieux mélange de bois lambrissé et de linoléum – entre la salle de restauration pour cadres et la cafétéria de lycée. John commanda deux pressions au comptoir. Le temps que Petr le rejoigne enfin, il avait fini la première et, renonçant à attendre son partenaire, il avait entamé la seconde.

– Désolé, dit-il en voyant la mine préoccupée de son associé. Je bois ta bière.

– Pas de message. J'ai demandé à un gars d'appeler tous les hôtels d'Irkoutsk, mais il n'y a aucune trace d'elle.

– Écoute, c'est une fille forte, je suis sûre qu'elle va…

– J'ai appelé Krylenko pour savoir s'il avait des contacts à Omsk.

– Et il en a ?

– Oui. Il connaît des gens. Il va se renseigner et il me recontactera dès qu'il aura des infos.

John hocha la tête. Petr retomba dans le silence. John termina sa deuxième bière et regarda l'horloge murale d'un air perplexe. L'horloge interne de John avait rendu l'âme depuis un bon moment, comme celle de Petr. La plupart du temps, ce problème était résolu en Russie par un cadran de vingt-quatre heures, mais il s'agissait d'une horloge bourgeoise ancienne. L'aiguille indiquait quinze minutes avant le chiffre 12. Cela signifiait-il *midi* moins le quart ou *minuit* moins le quart ? John consulta sa propre montre. Elle fonctionnait sur douze heures, mais au moins il pouvait vérifier si on allait passer au samedi. Il loucha sur la date et réalisa que sa vision était floue.

– Tu devrais dormir un peu, dit-il, songeant que quelle que soit l'heure, c'était un bon conseil. Va te reposer, Petr. Je vais garder un œil sur les gopniks.

– Non, répondit son associé en secouant lentement la tête. Je préfère attendre ici. Krylenko pourrait appeler. Prends quelques heures de sommeil et reviens quand tu seras d'attaque.

John acquiesça. Vu son état d'épuisement, il n'avait pas l'intention de discuter. Et même s'il était terriblement inquiet pour Anna, c'était à Petr de veiller. Une manière de reconnaître la priorité des sentiments de Petr pour Anna. Le lien romantique l'emportait sur le lien fraternel. Pour être honnête avec lui-même, John espérait – très sincèrement – qu'elle s'était juste envolée avec l'argent.

Ce serait le meilleur dénouement pour tout le monde.

– D'accord, lâcha John en se levant. Viens me chercher si tu as besoin d'une pause.

– OK, répondit Petr, en levant le verre vide de John pour commander une autre bière.

CHAPITRE 25

John fut réveillé par un tambourinement à la porte de sa chambre. Il s'empara de la montre à côté de son lit. Samedi, 6 heures. Avait-il dormi six heures ou dix-huit ?

La prochaine fois que je ferai une course contre la montre en Sibérie pour acheter une compagnie gazière post-soviétique dirigée par une bande de Russes véreux, je prendrai une montre numérique, se dit-il en s'extirpant de son lit. Il alla ouvrir la porte en souriant à sa propre plaisanterie.

Petr se tenait sur le seuil. Le visage impassible, d'une blancheur slave. Aucune émotion, aucun indice de son humeur.

– Salut, dit John. J'ai dormi combien de temps ? Tu veux que je prenne la relève ?

– Oui. Je vais me reposer un peu. J'ai eu des nouvelles de Krylenko. Anna a disparu, tout comme notre argent et nos bons.

– Bon Dieu.

– Je suis désolé, John.

– C'est mieux que d'avoir son sang sur les mains, j'imagine.

– Ouais.

John aurait voulu remonter le moral de son ami, mais il ne savait pas comment. Comme il réfléchissait, Petr ajouta :

– Je me suis trompé sur elle.

– Ça arrive. Quand tout sera terminé, on sera richissimes. Perdre une enchère ne fera pas une grande différence.

– Ouais.

Petr se retourna et se dirigea vers sa chambre.

– Oublie ça, ajouta John.

– Réveille-moi quand tu seras fatigué.

Petr déverrouilla sa porte sans un regard à son associé.
– D'accord, dit John. Essaie de dormir un peu.
– OK, répondit Petr en fermant la porte derrière lui.

CHAPITRE 26

Pendant que Petr se reposait, John passa à la réception pour savoir si on était le matin ou l'après-midi. Il était 6 heures du matin. Vingt-quatre heures avant la vente aux enchères finale à Taïchet.

Les deux associés avaient déjà trouvé un moyen de transport : ils avaient acheté une Lada Niva, l'une des rares voitures soviétiques qui fonctionnait correctement, aux dires de Petr. C'était un petit véhicule tout-terrain à quatre roues motrices, la réponse des Russes à la Jeep et au Land Rover.

Que ferait Gazneft pour se mettre en travers de leur chemin cette fois ? Au moins, ils n'auraient pas à s'inquiéter des obstacles sur les routes et les pistes d'atterrissage. Ils allaient remplir le coffre de la Niva de jerricans d'essence, suffisamment pour faire deux fois l'aller-retour. Si nécessaire, ils quitteraient simplement la route et progresseraient à travers la toundra. John faisait confiance à Petr, mais s'attendait au pire. La tromperie d'Anna était un coup dur. Un trajet de huit heures les attendait. À l'arrivée, ils iraient directement à la vente aux enchères. Pas question de s'attarder. Quand bien même, ils se donnaient seize heures pour faire le trajet, en cas de problème technique. Départ dans huit heures. Cela laissait à Petr le temps de récupérer, et à John l'occasion de rassembler d'autres bons, à ajouter aux dizaines de milliers qu'ils possédaient déjà.

Même sans compter le travail d'Anna à Omsk, John estimait qu'ils détenaient désormais près d'un quart de Gazneft. Il suffisait de conserver les actions jusqu'à ce qu'elles soient cessibles sur le tout nouveau marché boursier russe. Il fonctionnait déjà au Moscow Interbank Currency Exchange, l'autorité centrale à qui on pouvait acheter et vendre des roubles à l'époque soviétique. Il leur suffisait de conserver les titres jusqu'à ce que Gazneft soit cotée en Bourse sur le MICEX pour empocher des milliards de dollars. Littéralement, des milliards de dollars.

Pourtant, le moral était au plus bas. L'affaire Anna avait laissé à John un amer sentiment de trahison. Petr, quant à lui, était complètement sonné. Se pouvait-il qu'il soit tombé amoureux d'elle ? C'était le risque quand on pensait avec sa queue.

Le trajet vers Taïchet se déroula pratiquement en silence. Petr trouva une station de radio qui passait des tubes pop occidentaux et Bach.

Pourquoi Bach ? marqua le départ de l'une de leurs rares conversations. Petr lui expliqua que, bien que non officiellement interdite, la musique classique avait tout simplement disparu à l'époque du réalisme socialiste – qui imposait un style dépourvu de complexité et de sous-texte, où tout devait passer au crible de la police secrète, et évidemment faire l'éloge du système socialiste soviétique.

Puis, en 1957, le légendaire pianiste Glenn Gould avait été le premier occidental à faire une tournée en Russie depuis la Révolution. Son programme variait, mais le cœur de ses concerts et sa spécialité, c'était Bach. Une musique pure, divine, qui fit vibrer l'âme russe pour la première fois depuis quarante ans. Les jeunes ne l'avaient jamais entendue. Les gens s'accrochaient aux rideaux, grimpaient sur les épaules les uns des autres, pressaient l'oreille contre les vitres pour avoir une chance d'entendre Gould jouer Bach.

– Depuis lors, conclut Petr, il est un symbole important de la contre-culture.

John hocha la tête. La radio termina la *Quatrième suite anglaise*, et commença à jouer « Back in the USSR ».

Petr prit le premier tour de conduite pendant que John dormait, quand soudain, il le secoua.

– Hé, John, réveille-toi ! Réveille-toi !

Sa voix était pressante.

– D'accord, je suis réveillé, qu'est-ce qui ne va pas ?

– Regarde, dit Petr en pointant du doigt le pare-brise. C'est quoi ce bordel ?

Petr n'avait pas encore ralenti. Une longue route plane s'étirait devant eux avant de rencontrer un obstacle – qui ressemblait à un immense feu de joie.

– Un feu ?

– Je sais que c'est un putain de feu ! Qu'est-ce qu'on fait ?

– On le contourne ? suggéra John. C'est le but de cette voiture, non ?

– Oui, mais si je voulais tirer sur quelqu'un, je l'obligerais à ralentir et à contourner un obstacle, et ensuite je lui tirerais dessus.

– On doit beaucoup ralentir d'après toi ?

– Aucune idée. À quelle vitesse peut aller une Jeep dans la boue ?

– Plus vite qu'une Jeep à travers des flammes. On va fondre, putain !

– Et si on passait à travers à toute vitesse ? proposa Petr.

– Et si un tank nous attend de l'autre côté ?

– À mon avis, c'est juste un tas de pneus qui flambe.

– Eh bien, à moins de pneus transparents, on ne sait pas ce qui se cache derrière.

– Alors tu penses que je devrais faire le tour ?

– Oui, oui, fais le tour.

– Merde, dit Petr.

Ils n'étaient plus qu'à une centaine de mètres du brasier à présent.

– OK.

Petr ralentit et quitta la route. La toundra était complètement gelée. Il perdit de la vitesse, mais bientôt, il accéléra de nouveau. Ils dépassèrent l'obstacle pas la gauche – John put le voir distinctement.

– Tu avais raison, Petr. Des pneus en feu.

– Et rien derrière ?

– Non, rien.

– Donc on aurait pu passer à travers.

– Oui, peut-être. Mais je suis plutôt content qu'on ne l'ait pas fait.

– Je n'ai pas entendu de coups de feu, fit remarquer Petr.

– Moi non plus.

– Bon. Je fais encore cent mètres et je regagne la route.

John leva le pouce et Petr laissa échapper un gros soupir de soulagement.

– Tu penses qu'on est paranos ? interrogea John.

Petr tourna la tête et regarda John avec insistance avant de reporter son regard sur l'horizon.

– Bordel, dit John. Non, tu as raison, bien sûr que non.

CHAPITRE 27

La vente aux enchères proprement dite fut particulièrement morose. Après avoir soumis les pièces justificatives et les documents, le fonds d'investissement de John et Petr obtint 30 % de l'émission d'actions d'Irkoutsk. L'enchérisseur de Gazneft arriva au dernier moment et s'éclipsa sans attendre son reste. Petr lui courut après pour lui parler, mais l'homme pressa le pas pour sortir de l'hôtel de ville et s'engouffra dans une Mercedes noire, qui démarra en trombe.

John suggéra qu'ils passent la nuit à Taïchet plutôt que de refaire huit heures de route, mais Petr voulait repartir sans attendre – retourner à Irkoutsk, à Moscou, retirer du liquide, et regagner Prague. John ne discuta pas. Petr conduirait la première partie du trajet, pendant que John se reposerait. Mais Petr ne le réveilla pas pour lui donner le volant. Il gara la Niva à l'hôtel, puis secoua John et lui suggéra d'aller faire ses valises pendant qu'il réservait le premier vol pour Moscou. John hocha la tête en grognant et suivit Petr à l'intérieur. Il le laissa au téléphone de courtoisie et monta faire ses bagages. Désormais vide, son sac ressemblait moins au barda d'un soldat qu'au baluchon d'un clochard. Comme John n'avait pas pu faire de lessive les deux semaines précédentes, il fut tenté de tout jeter à la poubelle et d'acheter de nouvelles affaires à Moscou. Mais trouverait-il autre chose à Moscou qu'un pyjama en satin et un survêtement ? Il était en train de serrer les lanières de son sac, quand on frappa à sa porte.

– Entrez.

C'était Petr.

– J'ai appelé l'aéroport et je nous ai réservé un vol sans escale pour Moscou. Sur un vrai avion de ligne.

– Super. Je ne pense pas que je pourrais supporter une autre folle virée dans la brousse. Et j'ai eu ma dose de train pour la semaine.

– Ouais, c'est sûr. Il décolle dans environ six heures. On part dès que tu es prêt.

– Je suis prêt.

– Bien. Je vais chercher mon sac et on y va.

John acquiesça et Petr se dirigea vers sa chambre.

– J'ai aussi parlé à Krylenko, ajouta-t-il en ouvrant sa porte. Il avait laissé un message à la réception alors je l'ai rappelé et je lui ai raconté ce qui s'était passé. Il viendra nous chercher à l'aéroport.

– Très bien. Ça évitera à Andrei de se déplacer.

Petr eut un pâle sourire.

– Oui, en effet.

À l'aéroport, ils s'enregistrèrent auprès de la compagnie aérienne, puis s'installèrent à la cafétéria pour prendre une boisson chaude en attendant l'embarquement. La cafétéria servait du café – un luxe trop rare, selon John – qui leur remonta le moral. Après sa deuxième tasse, Petr lâcha :

– Qu'est-ce qui ne va pas chez moi ? Quand on vendra ces actions, je pourrai m'offrir toutes les putes d'Europe. Celle-là n'était pas franchement une affaire.

– Hé ! Le cœur a ses raisons... Mais tu t'en remettras. L'adrénaline et l'aventure rapprochent les gens. Ça n'aurait pas marché de toute façon. Tu te serais toujours demandé si elle était avec toi pour l'argent. Ce qui aurait probablement été le cas.

Petr rit pour la première fois de la semaine.

– Tu ne te demandes jamais si ta femme n'est pas avec toi pour l'argent ? interrogea Petr.

– Non. Quand on s'est mariés, je gagnais déjà un salaire à sept chiffres, mais elle aussi.

– Elle est dans la finance aussi ?

– Non, son père était un des premiers à investir dans le papier bulle.

– Le papier bulle ?

– Ouais. Ces petites bulles d'air emprisonnées dans du plastique qu'on utilise pour envelopper des objets fragiles.

– Ah ! C'est bien. Se marier sur un pied d'égalité.

– Ouais.

– Comme dans les romans de Jane Austen.

– Hum. Ouais, si on veut.

Ils sirotèrent leur breuvage en silence un moment, puis Petr lança :

– Merde, on devrait fêter ça ! Quel est notre compte final ? Je nous ai eu environ un tiers des actions cette fois.

– Alors... Quatorze milliards en jeu sur cinq ventes. Deux virgule huit milliards par enchère. Nous avons obtenu 61,6 % à Baïmak et 34,1 % à Taïchet. J'ai remporté 45,9 % à Kysyl-Syr et toi...

– Quarante-deux virgule six pour cent à Anadyr. Ce qui nous fait une moyenne de... 36,84 % sur les cinq ventes. Trente-six virgule quatre-vingt-quatre pour cent de 14 milliards...

John prit un stylo pour terminer son calcul sur une serviette en papier.

– Cinq milliards, cent cinquante-sept millions, six cent mille dollars d'actions Gazneft. Si on se base sur la valeur de vingt milliards de Krylenko.

Petr émit un long sifflement.

– Eh bien, c'est plutôt un bon mois de boulot.

John hocha la tête et reprit :

– La moitié revient à Krylenko, la moitié de la somme restante à nos investisseurs, de sorte que nous empochons...

À présent, Petr faisait un calcul mental.

– Eh bien... six cent quarante-quatre millions, sept cent mille dollars chacun ?

John sourit.

– Ouais. J'obtiens le même résultat.

– Avant impôts, ajouta Petr.

John éclata de rire.

*

L'avion – un Ilyushin Il-62 – était à moitié plein. À part la moquette d'une épaisseur inhabituelle, rien ne le distinguait d'un Boeing ou d'un Airbus. De sorte que l'intérieur plastifié était aussi exigu et désagréable que n'importe quel autre avion de ligne moderne.

John et Petr prirent place au fond de la cabine de première classe – et John s'étonna, comme pour le train, que les avions de l'ère soviétique disposent d'une « première classe ». Après une dizaine de minutes dans la file d'attente, l'avion décolla. Peu après le décollage, une hôtesse de l'air s'approcha, une enveloppe à la main.

– Êtes-vous Petr Kovac et John Mills ? interrogea-t-elle en russe.

– Oui, répondit Petr.

– Ceci vient de Moscou : on nous a demandé de vous remettre cette lettre et de vous préciser que vous pouvez utiliser le téléphone satellite de l'équipage à l'avant de l'appareil.

– Qu'est-ce qui se passe ?

– Je n'en sais pas plus, monsieur, répondit l'hôtesse de l'air en lui tendant l'enveloppe.

– Merci, dit Petr, avant de résumer l'échange à John.

Alors que l'hôtesse s'éloignait, Petr déchira l'enveloppe.

À l'intérieur, un contrat avec des copies en russe et en anglais, et un mot – « Appelez-moi » – avec un numéro de téléphone. Signé Krylenko.

– C'est quoi ce bordel ? marmonna Petr en donnant à John la version anglaise.

Tous deux parcoururent les documents.

– C'est un accord, dit John, spécifiant le transfert de toutes les actions du fonds Kovac-Mills… au colonel Semyon Sergeyevich Krylenko. Rien que ça !

– C'est quoi ce bordel, répéta Petr.

Ils se levèrent et gagnèrent l'avant de l'appareil, où l'hôtesse leur remit un gros téléphone satellite jaune et les laissa seuls.

Petr composa le numéro et écarta le téléphone de son oreille pour que John entende la conversation.

– Golokova, répondit une voix de femme.

Petr monta le volume au maximum pour couvrir le bourdonnement de l'avion.

– J'ai reçu un message du colonel Krylenko qui me demandait d'appeler ce numéro.

– Oui, répondit la femme.

– Vous parlez anglais ?

– Oui, répéta la femme, en anglais cette fois.

– À qui ai-je l'honneur ?

– Irina Fydorovna Golokova, directrice financière de Gazneft.

– Où est Krylenko ? demanda John.

– Le colonel Krylenko n'est plus parmi nous.

– Il *n'est plus parmi vous* ? s'étonna John. Qu'est-ce que ça veut dire ? Vous l'avez renvoyé ou il est mort ?

– Il a tenté d'enregistrer une grande partie des actions de l'oblast d'Omsk à son nom. Alors maintenant, il n'est plus dans nos services.

– Les actions d'Anna, souffla Petr.

John acquiesça.

– OK, dit Petr, quel rapport avec nous ?

– Comme lui, vous avez illégalement tenté de vous approprier une part importante des titres Gazneft.

– Non, pas comme lui, intervint John. Notre opération n'avait rien d'illégal, et ce n'était pas une simple tentative – ces parts nous appartiennent. C'est dans les registres du FMI.

– Cette transaction n'a aucune valeur. Vous allez nous rendre le portefeuille dès votre atterrissage à Moscou. Les contrats sont prêts. Je sais ce que Krylenko vous a envoyé. Ce sera pratiquement le même document, si ce n'est que son nom sera remplacé par « Les Représentants des travailleurs de Gazneft ».

– Comment avez-vous su où nous étions ?

– Quelle importance ? Krylenko nous l'a dit avant d'être éliminé.

– *Éliminé*…, répéta John. Ah.

– Vous savez comment il a récupéré nos actions d'Omsk ? demanda Petr.

– Il les a acquises auprès d'une jeune femme à Tara.

– Et il a précisé où elle était maintenant ?

– À Istanbul, répondit Golokova. (Petr secoua la tête.) Nous aurions aimé lui parler, mais au final, cela n'a pas été nécessaire. Ce qui l'est en revanche, c'est que vous nous cédiez vos parts dès votre arrivée à Moscou.

– Sinon quoi ? lança John. Vous allez nous *éliminer* ?

– Non, dit Golokova. Je vous ferai disparaître.

– Ah.

– C'est votre « partenaire », Krylenko, qui a mis tout cela au point. Nous ne faisons que reprendre son plan d'investissement. Il semblerait que, depuis le début, c'était l'issue inévitable. Faites-vous une raison. Je vous retrouve à l'aéroport pour contresigner les contrats en présence d'un notaire.

La ligne fut coupée.

– Combien de temps dure le vol ? s'enquit John.

– Cinq heures.

John hocha la tête.

– Je crois qu'on est foutus.

CHAPITRE 28

– Il doit y avoir un moyen de s'en sortir.

– Je ne sais pas, soupira John.

– Quelle contre-proposition peut-on faire à une personne qui menace de nous *faire disparaître* ? On pourrait lui demander de se contenter de nous estropier et de partager à cinquante-cinquante ?

– Et si on lui proposait cinquante-cinquante justement, comme avec Krylenko ?

– Pourquoi elle accepterait ?

– Pour ne pas avoir à nous tuer ?

– Eh bien, même si c'était un inconvénient pour eux – ce qui n'est pas certain – et qu'ils préfèrent ne pas nous éliminer, ils savent que nous savons qu'ils en sont capables. Oui, il est évident qu'avec des canons braqués sur nos têtes, nous allons céder. Pour eux, l'équation est simple.

– Mais s'ils nous tuent, tout le monde est perdant. Si on meurt, les actions appartiennent toujours au fonds Kovac-Mills. L'argent ira à nos investisseurs, héritiers et cessionnaires. On pourrait peut-être les persuader qu'on préfère mourir et laisser l'argent à nos enfants plutôt que de vivre avec cette humiliation.

– Tu n'as pas d'enfants, hein ?

– Non. Pas à ma connaissance, en tout cas. Mais ta femme est enceinte.

– Ouais, et c'est une bonne raison pour ne pas se faire tuer. Et ça aussi, ils le savent.

– À moins que tu leur dises que subvenir au bien de ton enfant est plus important que le voir grandir.

– Mais je suis déjà riche, ce n'est un secret pour personne.

– En effet. Tu as raison.

Ils retombèrent dans le silence.

Petr avait renversé la tête. Il observait le plafond plastifié d'un air absent.

– On doit bien avoir un moyen de pression. Déjà, on possède une grande partie des titres. Ça, ils ne le contestent pas.

– Ouais, mais on est sur un marché d'acheteurs agressif.

– C'est vrai.

– On ne peut pas les négocier hors de la Russie, à cause des accords avec le FMI.

– Exact.

– Et on ne peut pas les vendre en Russie, parce que l'acquéreur aurait droit au même ultimatum – « les actions ou la vie » – que nous. Gazneft finit toujours par récupérer nos parts et nous par mourir.

– Toujours aussi exact.

Un nouveau silence.

– Et si on les menaçait de *donner* nos parts ? suggéra John. Refiler le bébé à quelqu'un d'autre ?

– C'est la même chose que les laisser à nos héritiers, objecta Petr. Et qui en voudrait ?

– Ouais, c'est sûr. (Après une pause, il reprit :) Qui n'aurait pas peur de Gazneft ?

Petr se gratta le front.

– Kursk Tobacco ?

John éclata de rire.

Une nouvelle pause.

– Attends, dit John. En fait, ça pourrait marcher.

– Quoi, faire cadeau de nos parts à la mafia russe ? Non, c'est une très mauvaise idée. En plus d'être morts, on serait associés aux plus grands méchants de la planète.

– D'accord. Mais si on les donnait à quelqu'un qui pourrait faire peur à Gazneft ?

– De qui Gazneft aurait peur en dehors de la mafia ?

– Du FMI. Il pourrait annuler l'appel d'offres à l'international. Sans les capitaux étrangers – des États-Unis, de l'Europe et du Japon –, les actions de Gazneft ne vaudront rien en dollars, en livres, en francs… toutes les devises fortes. Si la société ne peut pas faire d'offre publique en dehors de la Russie, elle est fichue. Ce serait comme le pétrole en Libye. Une chose n'a de valeur que si tu peux la vendre.

– Ça pose deux problèmes, dit Petr. D'abord, on ne peut pas transférer nos parts au FMI parce que ce sont des titres réservés aux Russes. Ensuite, si le FMI était prêt à s'impliquer, il n'aurait pas fermé les yeux quand Gazneft a voulu truquer les enchères.

Après un nouveau silence lourd de réflexion, John déclara avec un soupir :

– C'est vrai. Ouais, tu as raison.

Les deux hommes se murèrent à nouveau dans le silence. L'hôtesse de l'air de première classe leur servit le thé dans des tasses en plastique orange-brun hideuses – sûrement volées à la cafétéria d'un hôpital. John et Petr burent leur breuvage sans un mot, jusqu'à ce que Petr reprenne la parole.

– Alors c'est fini ? On déclare forfait ?

John avala une gorgée de thé et hocha la tête.

– Oui, on dirait.

Il n'y avait rien à ajouter. L'hôtesse annonça qu'un film allait être diffusé et, deux minutes plus tard, elle déclara que finalement, la projection était annulée. Sans explication. Une ampoule du vidéoprojecteur avait dû griller et ils n'en avaient pas de rechange. John et Petr terminèrent leur thé et, peu après, les deux hommes, épuisés et vaincus, sombrèrent dans le sommeil.

*

– Petr, réveille-toi ! (John donna un coup de coude à son partenaire.) Réveille-toi !

– Quoi ? grogna Petr, visiblement irrité.

– Le FMI peut menacer Gazneft, mais il ne fera rien, et Gazneft le sait. Mais si on forçait la main du FMI ? Si on disait à Gazneft qu'on va donner nos parts à *George Menshikov* ? C'est un citoyen russe. Et ils ne peuvent pas l'éliminer, ce serait trop risqué. Il est journaliste d'investigation pour *Forbes* et il mène une enquête sur le système de privatisation par bons. Gazneft ne pourrait pas enterrer l'affaire. *Forbes* est un magazine très influent – il pourrait dénoncer l'accord du FMI, réclamer des sanctions.

– Et en tirer un super scoop, renchérit Petr. Quelle fin héroïque ! Deux hommes d'affaires, un Américain et un Tchèque, assassinés sur une piste de l'aéroport de Moscou.

– Non, mais...

– Non, tu as raison. C'est la guerre des nerfs – soit ils passent un deal avec nous, soit personne ne récupère nos titres. C'est parfait.

– Appelons Andrei. On doit parler à Menshikov.

CHAPITRE 29

Le téléphone de Menshikov sonna dans un petit bureau en cours de rénovation, futur QG incontournable de *Forbes* en Russie,

– Menshikov, lança le journaliste en décrochant.

– George Menshikov ? John Mills à l'appareil.

– John ! Merci de me rappeler !

– Avez-vous toujours envie de disséquer mon cerveau, et celui de Petr Kovac, au sujet de l'industrie des bons et des activités illégales de Gazneft ?

– Je croyais que Gazneft n'émettait pas de bons.

– C'est la version officielle. Alors, ça vous intéresse ?

– Les gars, vous possédez des parts dans Kursk Tobacco et les chocolats Babayev, non ? Ce sont deux de mes cibles principales.

John écarta le téléphone satellite pour interroger Petr :

– C'est quoi les chocolats Babayev ?

– L'une des plus grandes boîtes de bonbons au monde.

– Et on est dessus ?

– Oui. Si Andrei a réussi à acheter leurs bons.

– Oui, dit John en s'adressant à nouveau à Menshikov. On est bien sur les sociétés Babayev et Kursk.

– Génial. Oui, j'adorerais disséquer vos cerveaux, mais pourquoi ce revirement ?

– On a besoin d'une faveur

– Je m'en doutais. Qu'est-ce vous voulez ?

– On voudrait vous donner un énorme scoop que vous ne pourrez utiliser que si on se fait descendre.

– Quoi ?

– Et on va menacer Gazneft de vous donner cinq milliards de dollars en actions.

Il y eut une longue pause.

– Vous plaisantez ?

– Et ça pourrait être dangereux.

– Kursk Tobacco est dirigé par la mafia russe, n'est-ce pas ?

– Ouais, répondit John.

– Et ça pourrait être plus dangereux ?

– Eh bien… Je vais vous raconter une petite histoire…

CHAPITRE 30

George accepta de jouer le jeu. John et Petr insistèrent sur les dangers de l'opération, mais le journaliste s'en moquait. Combien de temps lui fallait-il pour faire rédiger les contrats ? Il devait en préparer deux : l'un proposait un partage à cinquante-cinquante entre Gazneft et les deux associés sous de nouvelles conditions ; l'autre cédait toutes leurs parts à George. Le journaliste aurait les documents dans les deux heures et les retrouverait à l'aéroport. Petr fit signe à une hôtesse de l'air : dans combien de temps était prévu l'atterrissage ?

– Environ une demi-heure, répondit-elle.

– S'il vous plaît, demandez aux pilotes combien cela nous coûterait de prolonger le vol de quatre-vingt-dix minutes.

– Mais…

– Allez leur poser la question, coupa Petr en sortant deux billets de cinq dollars de sa poche. S'il vous plaît.

Elle réapparut quelques minutes plus tard.

– Les pilotes ont juste assez de kérosène pour une heure supplémentaire. Et retarder l'atterrissage vous coûtera mille dollars américains.

– George, reprit John au téléphone. Pouvez-vous être à l'aéroport avec les contrats dans quatre-vingt-dix minutes ? On ne peut pas faire mieux.

– D'accord, répondit George après un temps de réflexion. Je pense que c'est jouable. Rendez-vous sur le tarmac ?

– Ça marche. On croise les doigts.

*

Quand l'avion atterrit à Moscou, John et Petr attendirent sans bouger que l'appareil se vide et que le personnel navigant leur demande de débarquer.

Depuis la plate-forme de l'escalier mobile, ils scrutèrent le tarmac, et aperçurent un grand homme en costume noir, l'air rogue, à côté d'une longue limousine. En revanche, pas de Menshikov en vue.

Ils prirent tout leur temps pour descendre les marches. Le sbire en costume noir s'approcha.

– Le voilà ! s'écria Petr en désignant une silhouette qui sortait en courant du terminal.

L'homme brandissait une grande enveloppe au-dessus de sa tête.

– Je pense que c'est lui.

– C'est lui, confirma John.

C'était plus un espoir qu'une certitude.

Au bas de l'escalier, le gorille en costume noir leur fit signe de se diriger vers la limousine.

Ils ne distinguaient toujours pas le visage du type qui courait vers l'avion et – bon sang ! – si ce n'était pas George Menshikov... Petr agita la main, et l'homme dévia sa course pour les rejoindre.

Le garde du corps leva sa paume pour l'arrêter.

– Il est avec nous, intervint Petr. Il fait partie de l'affaire Golokova.

Le sbire hésita un moment, puis haussa les épaules et s'écarta. Et George, le souffle court, se posta à côté de Petr et John.

– Ce sont les contrats ? s'enquit Petr.

– Ouaip, confirma Menshikov.

Il tendit les documents à John et Petr. Comme ils étaient écrits en russe, ils ne signifiaient rien pour John, mais Petr leva le pouce.

– C'est une Linc-mo, ajouta Petr.

– Une quoi ?

– Une limousine Lincoln, précisa-t-il en pointant du doigt la longue berline.

– Les gens l'appellent vraiment comme ça ?

– Oui. Tout le monde.

John ne savait pas si son associé plaisantait. L'homme en costume noir ouvrit la portière de la Linc-mo et leur fit signe de grimper. Il n'avait pas prononcé un mot. Cela faisait probablement partie de sa posture de grand méchant.

Comme George s'avançait, John vit un hématome violacé sur sa joue gauche et une coupure recousue sous son œil gauche.

– Qu'est-ce qui vous est arrivé, George ?

– Les chocolats Babayev...

Tous trois s'installèrent sur la banquette arrière de la Lincoln.

Irina Fydorovna Golokova était assise au fond de la limousine, à côté d'un homme aux allures d'avocat. C'était une femme d'une soixantaine d'années, mince et un peu décharnée. Elle avait manifestement été jolie dans sa jeunesse, mais on aurait dit qu'elle n'avait pas souri depuis la crise des missiles cubains. Elle buvait de l'eau ou de la vodka dans un verre en cristal et fumait une cigarette. Elle ne dit rien. Ce qui faisait probablement partie de sa posture à elle. C'était à eux de tirer les premiers. John se jeta à l'eau.

– Golokova, je présume ?

Elle hocha la tête, puis fit un petit geste de la main, ce qui incita l'homme assis à côté d'elle à se glisser maladroitement sur la banquette pour tendre à John un jeu de contrats.

– Merci. Et voici notre contre-proposition.

– Je ne suis pas intéressée par votre contre-proposition, monsieur Mills, lâcha Golokova, qui daignait enfin s'exprimer. Je vous ai déjà donné vos options. Signez ou subissez les conséquences.

– Vous savez qui c'est ? dit John en désignant Menshikov.

– Non.

– C'est George Menshikov. Du magazine *Forbes* – vous connaissez *Forbes* ?

Elle prit un air dédaigneux pour montrer que la question l'agaçait.

– Le magazine *Forbes* l'a envoyé ici pour écrire un article sur la corruption dans l'industrie des bons de privatisation. *Forbes* – comme vous le savez – est l'un des magazines financiers les plus prestigieux du monde. Ce contrat..., continua John en brandissant le document.

Petr secoua la tête. Zut, ce n'était pas le bon. John devrait vraiment apprendre le russe.

– Ce contrat..., reprit John en montrant l'autre document, transfère toutes nos parts du fonds Kovac-Mills à M. Menshikov. Sans conditions. M. Menshikov pourra défendre sa position devant les tribunaux et, si nécessaire, auprès du FMI, avec le soutien et la protection du groupe Forbes. Et si quelque chose devait arriver à M. Menshikov, cela attirerait – *via Forbes* – l'attention de la sphère médiatique du monde entier.

Golokova ne disait rien. Elle tira une bouffée de sa cigarette en gardant un air impassible.

– Et ce contrat, continua John en présentant le second, transfère à votre fonds de gestion – « les Représentants des travailleurs de Gazneft » – cent pour cent des actions actuellement enregistrées au nom du fonds Kovac-Mills. En échange, Gazneft donne au fonds Kovac-Mills des actions Gazneft d'un montant équivalent à cinquante pour cent des parts qui vous ont été transférées, ces nouveaux titres étant cessibles à l'international. Ainsi, on ne marchera plus sur vos plates-bandes et on quittera la Russie avant que quelqu'un d'autre ne veuille nous faire la peau.

Golokova prit une autre longue bouffée de sa cigarette.

– Donnez-les à mon avocat, lâcha-t-elle enfin.

John remit les deux versions à l'homme en costume, puis regarda Petr, qui lui fit signe qu'ils feraient mieux d'attendre dehors. John acquiesça.

– Nous vous laissons en discuter en privé, déclara Petr en passant par-dessus George pour ouvrir la portière.

Le journaliste descendit de la limousine, suivi de Petr et John.

Une fois dehors, tous trois allumèrent une cigarette.

– Vous êtes sûr que vous ne voulez pas qu'on vous inclue dans l'accord final ? demanda John à George.

– Oui. Je ne peux pas m'enrichir grâce au sujet de mon reportage.

– Vous savez, si on vous donne juste quelques pourcents, vous n'aurez plus jamais besoin de faire de reportages.

George sourit et exhala une bouffée de fumée bleue.

– Merci, Kovac, mais je ne fais pas ce travail pour l'argent. Soit on a des reporters honnêtes et la démocratie, soit on a des reporters malhonnêtes et la tyrannie. (Il jeta son mégot.) C'est ma vision des choses, en tout cas.

Petr hocha la tête, l'air grave. Entre eux trois s'installa la gêne que les hommes ressentent lorsqu'ils éprouvent de l'admiration les uns pour les autres. John brisa le silence.

– Vous êtes un type bien, George. Appelez-moi si à l'avenir vous avez besoin de quoi que ce soit.

– Moi aussi, dit Petr.

– Merci, répondit George.

Ils cherchèrent vainement un nouveau sujet de conversation.

En pointant la joue de George de sa cigarette, Petr demanda :

– Qu'est-ce qui s'est passé ?

– Les chocolats Babayev. J'ai été attaqué par un confiseur masqué.

Petr gloussa et secoua la tête.

Une des portières de la Linc-mo s'ouvrit et l'avocat de Golokova en sortit.

– Elle veut vous parler, dit-il laconiquement.

Dans la limousine, Golokova, l'air toujours aussi imperturbable, toisa John et Petr l'un après l'autre, puis, après une longue pause, déclara :

– Je vais en discuter avec mes associés. Dans l'intervalle, nous vous surveillons. Ne quittez pas Moscou.

– D'accord, répondit Petr.

– Sortez de ma voiture.

Petr descendit du véhicule, suivi de George. John jeta un dernier coup d'œil à Irina Fydorovna Golokova avant de sortir. Il cherchait un indice de sa colère sur son visage. Mais l'expression de la femme resta de marbre. John referma la portière derrière lui et, un instant plus tard, la limousine s'éloignait.

Retenant son souffle, John la regarda disparaître au loin. Puis il prit une profonde inspiration.

– Eh bien… (Il s'interrompit pour prendre une autre grande inspiration.) Putain de merde.

– Ouais, marmonna Petr.

– Vivre pour se battre un autre jour, hein ? lança John.

– Ouais.

– Alors, qu'est-ce qui est le plus excitant ? interrogea George. Ne pas perdre une fortune ou ne pas se faire tuer ?

John se mit à réfléchir. C'était une bonne question.

– Ne pas se faire tuer ? répondit-il en regardant Petr. D'une courte tête.

Petr se mit à rire. Un rire franc, rempli de soulagement.

– On est passés près, ajouta-t-il. Très près. Qu'est-ce que ça veut dire « d'une courte tête » ?

– C'est une expression de course de chevaux. Quand un cheval gagne une course, ce n'est parfois que d'une tête.

– Très utile, comme expression, commenta Petr. (Il se tourna vers George.) John est originaire du Texas.

George gloussa.

Petr se gratta la nuque.

– Et maintenant on fait quoi ?

– Vous pensez qu'ils vont accepter ? interrogea George.

– Je ne sais pas, répondit John. On devrait peut-être quitter la ville et se mettre au vert ?

– Ce n'est pas une bonne idée, à mon avis, répliqua George. Quand ils disent qu'ils nous surveillent, ils ne plaisantent pas.

– George a raison, renchérit Petr. Le mieux à faire maintenant, c'est de rentrer à l'hôtel et d'attendre.

– OK, dit John. Bon sang. J'ai le cœur qui bat à cent mille.

– Alors peut-être qu'en fait, reprit Petr, le mieux à faire est de rentrer à l'hôtel et de se soûler.

John rit malgré lui.

– Vous deux, vous me devez une interview, fit remarquer George.

– Demain matin ?

– À la première heure, répondit George.

John lui tendit la main.

– Merci, George. Je le pense sincèrement. Vous nous rendez un fier service. Quoi qu'il arrive, je vous suis redevable.

– Moi aussi, ajouta Petr en serrant la main du journaliste à son tour. On ne serait pas sortis d'ici vivants sans vous.

George haussa les épaules d'un air entendu.

– Tout le plaisir est pour moi. Je vous ramène en ville ?

*

George Menshikov déposa John et Petr à l'hôtel Metropol, où ils renoncèrent à un dernier verre pour rattraper un peu de sommeil en retard. Petr disparut de son côté de la suite, pendant que John appelait Marsha. Il était rentré à Moscou et, pour l'instant, tout se passait bien, lui assura-t-il. Il préféra passer sous silence les menaces de mort qui pesaient sur lui. À quoi bon ? Inutile de l'inquiéter pour le moment. Il lui dit simplement qu'il l'aimait et qu'il espérait rentrer très bientôt. Elle lui répondit qu'elle l'aimait aussi, et qu'elle l'attendait avec impatience. Comment se sentait-elle ? Tout allait bien à la maison ? Quoi de neuf au Texas ? Elle se sentait bien, tout allait bien au Texas, et Jim Schultz, qu'elle avait croisé à une petite réunion entre amis – avait demandé de ses nouvelles. Ils avaient discuté du fonds et Jim les avait invités à dîner – quand John reviendrait aux États-Unis et que Jim serait au Texas et non à Washington. Ce qui semblait être de plus en plus fréquent ces derniers temps, avait ajouté Schultz, l'air satisfait.

– C'est gentil de sa part, répondit John. Vraiment, j'espère rentrer vite.

– Formidable, dit Marsha, avant d'ajouter plusieurs *Je t'aime*. Bonne nuit, John.

– Je t'aime aussi, Marsha.

Après leur échange, John se coucha et dormit paisiblement jusqu'à 2 heures du matin. Un grand coup à la porte le réveilla. Petr avait sans doute un sommeil agité, car cette fois, il surgit de sa chambre avant John et ouvrit la porte de la suite à la volée.

Un grand gaillard baraqué se tenait sur le seuil, dans un pardessus gris foncé cintré. C'était la caricature d'un agent de la Gestapo.

– Votre offre a été rejetée, déclara l'homme en ouvrant la paume et lâchant une pluie de confettis – le contrat Menshikov – aux pieds de Petr. Voilà la contre-proposition de Gazneft. Elle est identique à l'originale. Vous avez une heure pour la signer. J'attends dans le couloir.

Petr se tourna vers John, puis vers l'homme de la Gestapo, et referma la porte.

– J'imagine qu'au final, ils n'ont pas vraiment peur de *Forbes*, déclara Petr.

John s'était assis sur un des fauteuils de la suite. Petr piétina les morceaux du contrat déchiré.

– On pourrait tenter de fuir, proposa-t-il.

– Avec le gorille de Gazneft devant notre porte ? Même si on arrivait à tromper sa vigilance, quelle chance on aurait de s'en sortir ?

Petr réfléchit un moment.

– Aucune. Je ne suis même pas sûr qu'on atteindrait le hall.

Il se laissa tomber dans un fauteuil doré de style impérial et soupira.

– Alors c'est fini…

John secoua la tête.

– On a une dernière carte à jouer.

– Ah oui ? s'étonna Petr, l'air franchement sceptique.

– On pourrait les dénoncer.

– Les dénoncer ? Comment ça ?

– Eh bien, les dénoncer à une autorité supérieure. Déposer une plainte.

– Déposer une plainte auprès de qui ? À côté d'eux, on n'est personne.

– C'est vrai, dit John en saisissant le téléphone sur la table basse, mais on n'a rien à perdre.

*

Pour la deuxième fois cette nuit-là, John appela le Texas. Dans sa maison près de Dallas, Jim Schultz prit l'appel.

– Schultz ! aboya-t-il, à la manière brusque d'un homme qui n'aime pas être interrompu.

– Jim, c'est John Mills. Je te dérange en plein dîner ?

– Non, ne t'inquiète pas. John Mills. Ça fait plaisir de t'entendre. J'ai parlé à Marsha l'autre jour, j'aimerais vous inviter tous les deux au ranch.

– Oui, elle me l'a dit. Mais ce n'est pas pour ça que j'appelle. J'ai un petit problème avec les bons d'achat russes.

– Quel genre de *petit problème* ?

– On a réussi à obtenir une participation importante dans Gazneft. Quand on pourra la monétiser, on devrait empocher – enfin, le fonds d'investissement – plusieurs milliards de dollars.

– Plusieurs milliards... ? répéta Schultz. C'est du bon travail, Mills. Du très bon travail. Même si je n'ai jamais douté de toi, ajouta-t-il, avec un léger accent texan. Alors, c'est quoi le hic ?

– Gazneft va nous tuer dans une heure, Petr Kovac et moi, si on ne leur donne pas nos parts.

– Ah. Oui, c'est un problème, en effet. D'une petitesse difficile à évaluer.

– Tu peux nous aider ? Tu connais le gouvernement russe mieux que personne. Et Eltsine te doit une faveur, non ? Depuis l'affaire du tank ? Le coup d'État ?

– Non, répliqua Schultz. Boris Eltsine *ne me doit aucune faveur*. Et si tu me demandes d'appeler le président de la Russie à – quoi ? – 2 heures du matin pour lui suggérer d'interférer dans une affaire privée... ce n'est tout simplement pas possible, John. Cet homme a un grand pays à diriger.

– Bien sûr, bien sûr. C'est juste qu'il y a un gros baraqué campé devant ma chambre d'hôtel qui va nous occire si on refuse d'obtempérer.

– Ah, merde. Tu as tenté de faire une contre-proposition ?

– Elle a été rejetée, répondit John, en regardant les fragments de contrat par terre. On leur en a offert la moitié. Ou plus précisément, on leur a proposé d'échanger nos actions contre la moitié de leur valeur marchande à l'international. Et ensuite, on débarrasse le plancher et ils n'entendent plus jamais parler de nous.

– Bon sang ! Et vous avez combien de temps ?

– Une heure.

– Bordel ! (Il y eut un long silence, puis Schultz reprit :) D'accord. Tiens bon. Je vais voir ce que je peux faire. Donne-moi le numéro auquel je peux te joindre... Et reste près du téléphone.

Il raccrocha sans attendre la réponse de John.

*

Jim Schultz n'était pas le genre d'homme à tergiverser. À Washington, les employés terminaient déjà leur journée de travail. Il devait mettre la main sur les gars du département d'État qu'il connaissait avant l'arrivée de l'équipe de nuit. Et comme il n'était pas toujours facile d'obtenir quelqu'un sur une ligne directe, il contacta le bureau du numéro deux, un certain Rob Landau.

– Rob, il s'agit d'une affaire urgente, alors j'irai droit au but. J'ai besoin de savoir si le nouveau premier ministre russe, Tchernomyrdine, a bien été ministre de l'énergie. Il me faut aussi un résumé de sa carrière. Peux-tu aussi me mettre en relation téléphonique avec Tchernomyrdine ? Je dois absolument lui parler dans les vingt minutes. Dix, ce serait mieux.

– Je m'en occupe tout de suite, répondit Landau.

Sur ces mots, il raccrocha. Schultz posa son téléphone et prit son mal en patience.

*

Viktor Tchernomyrdine attendit que son garde du corps déverrouille la porte de son appartement. C'était l'un des privilèges du Premier ministre, mais parfois, en fin de soirée, son agent de sécurité n'avait plus les idées très claires. Heureusement pour ce dernier, il avait un patron conciliant.

Au bout d'un moment, levant les yeux au ciel, Tchernomyrdine bougonna :

– Donne-moi ça, espèce de cosaque ivre. Et va prendre une douche froide.

Le garde du corps marmonna des excuses et tendit la clé au Premier ministre. Il attendit que le Premier ministre soit dans ses quartiers pour s'éclipser.

L'appartement avait précédemment été habité par le chef adjoint du service de la sécurité du Parti communiste russe. C'était un avantage de ce poste, dont profitait maintenant Tchernomyrdine. Somptueux n'est pas le mot juste pour le décrire – il n'était pas comparable aux immeubles modernes et récents de Moscou – mais il était très confortable. Tout en bois et en cuir, datant d'une époque où la plupart des Moscovites considéraient le cuir synthétique comme un luxe. Le jour, il offrait une vue splendide sur la cathédrale Saint-Basile. Comme il faisait nuit, Tchernomyrdine se servit un verre et se prépara à regarder une série américaine sur cassette vidéo. Il était tard, mais il n'avait pas d'horaires à respecter, et personne ne pouvait l'empêcher de faire une sieste au bureau s'il en avait envie.

Avant le début du premier épisode de *I Love Lucy*, son téléphone sonna.

– Allô, répondit-il d'un ton irrité.

– Monsieur, vous avez un appel du département d'État américain. Le secrétaire adjoint Bowles. Il précise qu'il s'agit d'une affaire pressante, mais en aucun cas officielle, et serait honoré que vous acceptiez de le prendre en ligne.

– Oui d'accord, grommela Tchernomyrdine, qui trouvait en réalité la demande plutôt originale.

Il attendit que la connexion se fasse dans un dédale de centraux téléphoniques, puis M. Bowles se confondit en excuses, dans un russe fortement accentué, pour son appel tardif.

– Oui, oui, bon, venez-en au fait, répondit Tchernomyrdine.

– Monsieur le Premier ministre, le fait est qu'un ami du gouvernement américain et du gouvernement russe, M. James Schultz, fait face à une urgence – de nature non officielle, je le répète – et sollicite quelques minutes de votre temps. Je l'ai sur l'autre ligne, si vous voulez bien lui parler.

– Schultz, Schultz ! Pourquoi ne m'a-t-il pas appelé lui-même ? Bien sûr, passez-le-moi, passez-le-moi !

– Merci, monsieur, merci beaucoup.

– Oui, oui, d'accord, marmonna Tchernomyrdine.

Quelques secondes plus tard, la voix de Jim Schultz s'éleva.

– Monsieur le Premier ministre, je vous remercie de prendre mon appel. Veuillez m'excuser de vous déranger à cette heure.

– Ce n'est pas grave, ce n'est pas grave. Ça fait un bail, Jim. Je crois que je ne vous ai pas vu depuis que *Georgi* Bush était encore votre président.

– Oui, je crois que vous avez raison, monsieur le Premier ministre.

– Il est un peu tard pour les titres ronflants, Jim. Gagnons du temps et appelez-moi Viktor.

– Merci, monsieur. Viktor. J'ai une faveur à vous demander. Quand vous étiez ministre de l'Énergie, et avant cela, je suppose que vous avez travaillé avec Gazneft.

– Bien sûr. Gazneft, Rosneft, Gazprom, Northgaz, Lukoil. Tous... Pourquoi ?

– Des amis à moi ont acheté des actions de Gazneft. Pas mal d'actions, en fait.

– Comment ont-ils fait ? Ils sont russes ?

– Leur société est russe, précisa Schultz. Mais les dirigeants de Gazneft veulent, euh, récupérer ces titres.

Tchernomyrdine ricana.

– Je ne suis pas surpris. Ces salauds avides.

– Mes amis leur ont proposé de leur donner leurs parts en échange de l'équivalent en actions négociables à l'international.

– D'accord. Et les Gaz-niks ont répondu « non » ?

– Exactement. S'ils leur rendent les actions, ils auront la vie sauve.

Tchernomyrdine éclata de rire.

– Oui, oui, c'est tout eux. Et vous préféreriez que vos amis ne soient pas assassinés, hein ?

– Voilà, conclut Schultz. Je dois ajouter que j'ai des intérêts propres dans cette affaire. Donc, c'est une faveur personnelle que je vous demande, et pas franchement altruiste. Juste pour vous donner tous les faits.

– Bien sûr que vous êtes intéressé. Bien, bien, laissez-moi appeler Voroshilov, leur PDG. Je vais lui dire qu'il bousille l'investissement d'un ami de la Fédération. On va sûrement trouver un arrangement.

– Merci, Viktor. Merci beaucoup. Si je peux me permettre : Gazneft leur a donné un ultimatum d'une heure, et ça fait déjà quarante minutes. Si vous voyez ce que je veux dire...

Tchernomyrdine rit de nouveau aux éclats. Quand il raccrocha, il se tenait les côtes. Puis il composa le numéro de sa secrétaire de nuit.

– Réveillez Vyakhirev et passez-le-moi ! ordonna Tchernomyrdine.

– Oui, monsieur, tout de suite.

– C'est ça, tout de suite. Je veux lui parler dans les cinq minutes.

Le Premier ministre raccrocha et lança un épisode de *Lucy*.

*

– Je suppose que notre heure est passée, dit Petr, quand le sbire de Gazneft tambourina à leur porte.

– On dirait bien, soupira John.

Les deux hommes avaient pris place sur leurs canapés impériaux respectifs de la suite du Metropol. Petr marmonna qu'il n'avait pas l'intention de mourir en caleçon et fila dans sa chambre, pour revenir peu après vêtu d'un pantalon et d'une veste. John l'imita. Puis ils fumèrent une cigarette en attendant d'affronter leur destin.

Bien sûr, ils allaient céder leurs actions, s'ils n'avaient pas le choix. Dans une situation où c'était « la bourse ou la vie », tu donnes même ta chemise. Sans hésiter. Mais s'en tireraient-ils vivants pour autant ? Difficile à dire. Et même si le prix de leur survie n'était que la perte d'une fortune colossale – qui changerait leur existence pour toujours –, ce serait une défaite arrachée aux mâchoires de la victoire, ce qui avait de quoi vous mettre le moral à zéro. C'était mieux que mourir, mais c'était quand même sacrément frustrant.

Le martèlement à la porte, qui s'était arrêté, reprit de plus belle.

– C'est peut-être juste le service d'étage, lâcha Petr.

– On pourrait barricader la porte, proposa John.

– Ou faire semblant de ne pas être là.

Mais l'humour noir ne les rendait guère plus optimistes. Les coups continuaient. Avec un soupir, John se leva et se dirigea vers la porte.

– Tu as une bonne insulte russe ? demanda-t-il à Petr avant d'ouvrir.

– *Kozel*.

– Qu'est-ce que ça veut dire ?

– C'est une chèvre qui est incapable de faire son travail d'animal de ferme.

– Vraiment ?

– Oui.

– Un mot utile, commenta John en ouvrant la porte. Va te faire foutre, *kozel* !

L'homme de Gazneft ignora l'insulte, regarda Petr et John tour à tour, et déclara :

– Bien, vous êtes déjà habillés. Venez avec moi.

– Ah oui ? interrogea Petr.

– Oui. Il est dans votre intérêt de ne pas compliquer la situation.

– Où allons-nous ? interrogea John.

– À une réunion avec Gazneft.

John regarda Petr, lequel haussa les épaules. *Est-ce que ça pourrait être pire ?*

John secoua la tête. *Probablement pas.* Puis il leva les sourcils. *À moins qu'il ait l'intention de se débarrasser de nous ?*

Petr secoua la tête. *Ils ne nous tueront pas tant qu'on n'aura pas signé.*

John espérait qu'il avait raison.

*

Cinq minutes plus tard, ils étaient assis sur la banquette arrière d'une autre Linc-mo, en route vers la banlieue de Moscou. Au bout de vingt minutes, ils comprirent qu'ils laissaient la ville derrière eux. L'homme de main de Gazneft avait verrouillé les portières et relevé la vitre de séparation. Lorsqu'ils voulurent l'abaisser, le chauffeur l'enclencha à nouveau. À présent, ils attendaient juste de connaître leur destination.

Une datcha au cœur de la forêt.

Le chauffeur se gara devant la porte d'entrée, coupa le moteur, et garda le silence. Au bout d'un moment, John et Petr descendirent du véhicule et gagnèrent le porche de la datcha.

Une musique lancinante s'échappait de l'intérieur. John frappa à la porte – fort. Il était sur le point de recommencer quand une femme ouvrit la porte. Elle avait l'air d'une prostituée. Une prostituée passablement énervée.

– Ah, vous êtes là ! dit-elle d'un ton glacial.

Petr fit la traduction à John. La femme s'éloigna et retourna à l'intérieur sans rien ajouter. John et Petr la suivirent. Elle se dirigea vers une cuisine. Par la porte ouverte, John vit des sandwiches empilés sur un comptoir à côté de bouteilles de vodka.

– Où allons-nous ? demanda Petr.

– Au bout du couloir, répondit-elle platement.

– Vous allez nous présenter ?

– Jamais de la vie. Il est furieux.

John et Petr suivirent la musique jusqu'à une grande chambre, où un homme vêtu d'un simple pantalon de survêtement faisait les cent pas. Deux autres travailleuses du sexe étaient perchées sur le lit, l'air vaguement dégoûté.

Le dégoût était très clairement dirigé vers John et Petr. Puis l'homme qui tournait en rond les aperçut. Torse nu, bedonnant, mais costaud, la poitrine et le ventre poilus. Il faisait penser à un ours.

– Ah, vous êtes là, grogna-t-il en anglais.

Il tapa sur le haut d'une boombox pour éteindre la musique.

– Où sommes-nous ? interrogea John.

– La ferme ! Fermez vos gueules, tous les deux, je n'ai pas envie de vous parler. Tchernomyrdine dit qu'on doit trouver un compromis, alors voilà les papiers. Ils sont signés. Vous les signez. Polina les certifiera. (Il désigna du pouce l'une des filles en tenue légère sur le lit, qui hocha la tête.) Maintenant, dégagez et ne fouinez plus jamais, *jamais*, dans mes affaires. Car vos amis haut placés ne pourront pas vous aider.

Petr voulut parler, mais l'homme le coupa.

– Signez. Tout de suite.

Les contrats étaient en russe. Petr les lut rapidement : il s'agissait bien de l'accord « cinquante-cinquante » que George Menshikov avait apporté à l'aéroport. Ils étaient déjà signés par le PDG de Gazneft – sans doute le type auquel ils parlaient, mais ils ne cherchèrent pas à en savoir plus.

Quand ils eurent apposé leur signature, l'une des employées sortit de son sac une paire de lunettes et un tampon de notaire. Elle contresigna les deux exemplaires, les tamponna et les tendit à l'ours.

Ce dernier les parcourut, puis donna une copie à John et Petr.

– Allez. Foutez-moi le camp.

Il parlait à nouveau russe. Petr traduisit à John sa dernière phrase, et s'empara du contrat. Voilà. L'homme remit la musique en route, et John et Petr quittèrent la chambre. Dans le couloir, ils croisèrent la fille qui leur avait ouvert la porte, les bras chargés de barres chocolatées, une bouteille de vodka en équilibre dessus, qu'elle maintenait en place avec son menton. Elle passa devant eux comme s'ils n'étaient pas là. John et Petr furent heureux de retrouver la Linc-mo garée devant et s'engouffrèrent dans la voiture, d'où ils entendaient encore la musique, mais en sourdine. Aucun des deux ne voulait crier victoire avant d'être de retour au Metropol, sains et saufs.

CHAPITRE 31

Il fallut environ une semaine pour effectuer le transfert d'actions. Dans l'intervalle, John et Petr avaient fait à George un compte rendu des opérations de Kovac-Mills. Mais en réalité, comme ils étaient concentrés sur Gazneft, au quotidien, c'était Andrei qui faisait tourner la boîte. Bien que peu désireux de se confier à un journaliste – une méfiance probablement héritée de son enfance soviétique – Andrei avait fini par accepter d'expliquer leur fonctionnement à George. En particulier, comment exploiter le système – du côté des acheteurs, des vendeurs comme du gouvernement.

Alors qu'Andrei n'avait que deux mois d'expérience dans le domaine des bons d'achat, il avait très rapidement compris le processus (comme quelqu'un capable d'apprendre l'anglais en écoutant une série télévisée à la radio).

À la fin de la semaine, l'affaire étant réglée, John avait encaissé son argent. Les premières ventes de titres Gazneft en Europe avaient rapporté un joli pactole lors de cessions privées avec des banques d'investissement et des sociétés de courtage européennes.

Parmi les nouveaux propriétaires de Gazneft, seul John avait vendu ses parts. Petr, Jim Schultz, Donny Deitrich et Soichiru Yamamura (et Andrei) préféraient laisser leur investissement fructifier. John convenait que selon toute vraisemblance, les actions allaient prendre de la valeur – mais il était temps pour lui de quitter l'aventure. Il avait envie de rentrer au Texas, auprès de sa femme enceinte, d'élever ses enfants et, si un jour il remontait une affaire, ce serait avec ses fonds propres.

De retour à l'hôtel Metropol, après son interminable périple transsibérien, John put enfin appeler sa femme pour avoir des nouvelles. Comment se passait sa grossesse ? Parfaitement bien, répondit Marsha. John lui assura qu'il serait à la maison dans quelques jours. Voulait-il qu'elle lui cuisine un plat en particulier ? Il allait y réfléchir. Il resta vague sur la conclusion de la transaction – seulement qu'elle n'était pas encore officielle. Ils parlèrent essentiellement de la vie domestique au Texas et de la fin du voyage de John en Russie.

Petr avait racheté les parts de John dans le fonds Kovac-Mills, qu'il avait payées en actions Gazneft, et ils s'étaient quittés bons amis, presque comme des frères, alors qu'ils ne se connaissaient que depuis quelques mois. C'était le genre d'amitiés qui se forgeaient dans le Far West. Ils se jurèrent de se revoir bientôt, quand Petr aurait confié la gestion du fonds à Andrei et serait rentré à Prague, et que John ne serait plus dans les couches. À l'époque, ils ne se doutaient pas qu'ils ne se reverraient pas avant vingt-cinq ans.

Avant de quitter la capitale russe, John était passé au Hungry Duck pour remercier Doug Steele. Le Canadien lui demanda s'il savait ce qui était arrivé à Krylenko, et John lui raconta toute l'histoire.

– Je suppose que je vais devoir me terrer dans mon club jusqu'à ce que je trouve un nouveau garde du corps, soupira Doug.

– Désolé, mon vieux, dit John.

Doug haussa les épaules.

– *C'est la vie.* Passe me voir la prochaine fois que tu veux faire des folies.

John sourit et lui promit de s'en souvenir. Ils se serrèrent la main et John lui demanda de passer le bonjour aux masseuses et à Asdrubal. Doug l'informa qu'Asdrubal avait quitté le pays le lendemain de son altercation avec les Tchétchènes. Comme John ne sut pas quoi répondre à cela, ils en restèrent là.

Enfin, John rendit visite à Benny Sheldon, pour le remercier lui aussi, et pour prendre les dernières dispositions financières.

– Tout l'argent est sur vos comptes. Et tout est en règle. Merci de ne pas avoir retiré vos liquidités ici, sans quoi vous auriez pu provoquer une panique à la banque. Voilà, vous pouvez partir l'esprit tranquille.

John sourit.

– Eh bien, en effet, je vais y aller. Maintenant que tout est réglé, combien ai-je gagné avec cette affaire ?

Benny consulta les documents sur son bureau.

– Cinq cent vingt-deux millions, quatre cent quarante-quatre mille six cent dix-neuf dollars. Et douze cents.

John hocha la tête. Plutôt une jolie somme.

– Ne dépensez pas tout d'un coup, ajouta Benny en se levant pour lui serrer la main.

Tous deux éclatèrent à rire et, une heure plus tard, John était sur un vol sans escale pour le Texas.

CHAPITRE 32

Seize heures après l'embarquement à Moscou, le vol de John atterrit à Dallas-Fort Worth. Et vingt-cinq ans plus tard, la vie lui avait plutôt souri.

John avait pris ses cinq cents millions et les avait transformés en plusieurs milliards. Son premier enfant allait avoir vingt-cinq ans, et il en avait deux autres. Une fille et un second fils. La fille venait de se marier et son premier petit-enfant était en route. Il vivait toujours au Texas, dans la même maison, entouré du même cercle d'amis. Sa cave à vin était un peu plus fournie qu'avant Gazneft, mais c'était l'une de ses rares concessions à une richesse immense, difficile à concevoir. Les autres étaient une superbe résidence d'été aux Bahamas et un jet privé pour transporter ses amis et sa famille.

Leur propriété aux Bahamas se trouvait dans une communauté sécurisée appelée Lyford Cay, au nord-ouest de l'île de Nassau, célèbre pour avoir servi de décor à plusieurs films de James Bond. En fait, elle se situait non loin de la piscine de requins du film *Thunder Ball*, ainsi que de la propriété du célèbre acteur écossais Sean Connery. John habitait sur la plage. Sean sur le parcours de golf.

Lorsqu'ils étaient aux Bahamas et que Marsha n'avait pas envie de jouer au tennis, John faisait quelques trous tôt le matin, profitant de l'air vif et du green désert, en dehors d'une volée d'oiseaux migrateurs. En ce matin d'hiver (la saison n'avait d'« hiver » que le nom), John joua au milieu de quelques canards indifférents et, après le neuvième trou, entama une marche d'un kilomètre pour rentrer chez lui. Il était à peu près à mi-chemin lorsqu'il rencontra

Robin Shand, l'épouse de l'autre James Bond de Lyford Cay, un vétéran du Special Air Service britannique.

Robin et John étaient des amis de longue date, liés par leur réussite dans le domaine de la pétrochimie. Avant de se consacrer à des œuvres caritatives, Robin avait été l'une des plus féroces négociantes en pétrole du monde, s'appropriant le marché irakien, *via* la Russie, pour le compte d'une société énergétique néerlandaise.

Comme Marsha, l'âge ne semblait avoir aucune prise sur Robin. Elle faisait quarante ans, si bien qu'elle aurait vécu l'apogée de l'industrie pétrolière lorsqu'elle était petite, ce qui paraissait peu probable. En revenant du golf, John ne l'entendit pas approcher – elle arriva derrière lui dans une petite voiture (ironiquement électrique) à toit ouvert et lança :

– Salut étranger, je te dépose ?

– Salut, dit John en se retournant. Bon sang, ce truc est vraiment silencieux !

– Je sais. C'est terrible, j'essaie de ne pas écraser trop d'enfants.

Jean rit de sa plaisanterie, posa ses clubs sur le siège arrière et grimpa à côté d'elle.

– Des nouvelles de ton futur petit-enfant ? J'imagine que Marsha est impatiente !

– Elle était au téléphone avec Marguerite quand je suis parti, pour lui donner des conseils sur la grossesse, alors j'en saurai plus bientôt.

Robin s'arrêta dans l'allée en forme de coquillage de John.

– Dis-lui de venir prendre le thé si elle veut papoter.

– Passe à la maison maintenant, proposa John en récupérant ses clubs. Ça lui fera plaisir d'en discuter avec toi.

– Je ne peux pas, j'ai un brunch avec le SAS et je vais être en retard.

– Juste une tasse de thé ? Ensuite tu couperas à travers le parc de Sean Connery. Je suis sûr que ça ne le dérangera pas.

– Tu sais que sa maison s'appelle *Out of Bounds* ? Hors limites !

– Qui ne tente rien n'a rien, Robin !

– Haha, bien sûr. Bon, je te laisse. Et dis bien à Marsha de passer quand elle veut.

– Compte sur moi.

Un peu plus tard, il déposait ses clubs de golf dans son vestiaire en se demandant si, deux heures après son départ, Marsha était encore au téléphone, en train de discuter avec leur fille des préparatifs de la naissance.

– John ?

La voix de sa femme venait de la buanderie, contiguë au vestibule.

– Ouaip. Comment va Marguerite ? Robin te passe le bonjour, au fait, et aimerait avoir des nouvelles.

– Elle est inquiète. Marguerite, je veux dire.

– Inquiète de quoi ? interrogea John, sentant sa poitrine se serrer.

– Rien de particulier. C'est juste, tu sais, l'angoisse de la future maman. J'aimerais aller la voir.

– D'accord, je vais affréter l'avion. Laisse-moi juste prendre une douche rapide.

– Non, non, tu as un dîner ce soir, il est prévu depuis des semaines.

– Oh, alors tu vas aller voir notre fille pendant que je reste ici pour faire la conversation ?

– Exactement, répondit Marsha en lui plantant un baiser sur la joue.

John soupira.

– Bon. Il y a du café ?

– Oui, tout frais.

Marsha traversa la cuisine avec son panier de linge propre pour se rendre dans leur chambre. John était en train de se servir une tasse de café quand sa femme lança :

– Et n'oublie pas, c'est cravate blanche ce soir !

– Quoi ? s'étrangla John.

Marsha repassa la tête dans la cuisine.

– Ha ! Je t'ai bien eu !

John roula des yeux.

– J'espère que notre petit-fils n'héritera pas de ton esprit caustique.

– Notre petite-*fille* ! corrigea Marsha, qui avait à nouveau disparu dans l'autre pièce.

– Ouais, ouais, continue à te dire ça !

John entendit Marsha rire. Tout en sirotant son café, il se demanda s'il devait vraiment se mettre sur son trente-et-un pour la soirée. D'un côté, on était aux Bahamas, l'île de la décontraction. De l'autre, il dînait chez l'un des hommes les plus puissants de Lyford Cay, le gouverneur d'un État du Midwest. Mais c'était un homme plutôt discret, tout bien considéré. Une simple veste ferait l'affaire. La cravate serait de trop.

Après le dîner, John prit la voiture pour aller acheter des cigarettes en ville (il n'en avait pas en réserve, car Marsha s'inquiétait de savoir s'il vivrait assez longtemps pour assister à la remise de diplômes de ses petits-enfants. *Les femmes*, songea-t-il en secouant la tête.) Il n'était qu'à un saut de puce du casino-hôtel Baha Mar, qui appartenait en partie au gouverneur du Midwest qu'il venait de quitter, alors autant s'amuser un peu.

Il demanda une table de black jack privée, joua pendant environ une heure, et abandonna alors qu'il détenait quarante-neuf mille dollars de gain. Il alla prendre un dernier verre au Rosewood, l'un des bars qui bordaient les salles de jeu, avec les restaurants étoilés.

Le Rosewood était (à première vue) entièrement lambrissé de bois de rose, avec des banquettes en cuir rembourré. Un vieux jukebox diffusait un air de Louis Armstrong. On se serait cru dans un club select de Londres à l'époque de la guerre. John commanda un *Old fashioned*, leur cocktail signature. Il était préparé en versant le whisky dans une carafe remplie de fumée de bois fraîchement brûlé. Le barman lui demanda si du bois de pommier ferait l'affaire, et John lui répondit par l'affirmative.

À l'aide d'un pistolet, le barman souffla une bouffée de fumée dans un verre en cristal taillé, ajouta une rasade de whisky, un amer, puis remua le tout (sans le secouer) jusqu'à ce que la boisson ait absorbé la fumée. Puis il versa la préparation sur une pelure d'orange en spirale et un énorme glaçon parfaitement cubique.

John s'installa dans l'un des canapés confortables avec son verre, et le sirota d'un air pensif, en écoutant Louis Armstrong chanter « Do You Know What It Means to Miss New Orleans ? » – Sais-tu combien la Nouvelle-Orléans me manque ?

Bien que John s'efforçât d'afficher une tranquille assurance à l'approche de l'accouchement de sa fille, il vérifiait son téléphone toutes les deux minutes depuis que Marsha était partie. Il venait de glisser son portable dans sa poche et s'apprêtait à boire une gorgée d'*Old fashioned* quand un visage familier, surgit de son passé, entra dans le Rosewood.

Petr Kovac, qu'il n'avait pas vu depuis vingt-cinq ans.

Il n'avait jamais eu l'intention de perdre Petr de vue – c'était arrivé, voilà tout. De temps à autre, John voyait le nom de Petr dans le journal. Son ancien associé avait amassé une énorme fortune, l'une des plus importantes d'Europe de l'Est. Mais de manière générale, comme John, il faisait profil bas. Pas de yacht tape-à-l'œil ni d'exploration spatiale.

Depuis qu'il était revenu au Texas, John ne faisait plus beaucoup d'affaires en Europe, alors que les transactions de Petr étaient presque toutes européennes (même si John se rappelait avoir entendu dire qu'il s'étendait maintenant à la Chine).

John ne pensait plus tous les jours à Gazneft, même si ces derniers temps, il y songeait davantage. Gazneft alimentait aujourd'hui la majeure partie de l'Allemagne et Trump était réticent à payer l'OTAN pour défendre l'Allemagne contre la Russie – l'Allemagne qui utilisait le budget qu'elle ne dépensait pas pour sa défense pour acheter du gaz non pas américain, mais russe. Et Gazneft jouait un rôle beaucoup plus important qu'on ne l'imaginait dans le financement du mouvement « vert », aussi paradoxal que cela puisse paraître.

Car bien sûr, plus l'environnement avait une influence sur la politique d'un pays, moins ce dernier exploitait les énergies fossiles. Pour autant, comme ce pays ne réduisait pas ses besoins énergétiques, au lieu de forer son propre pétrole et d'exploiter son propre gaz, il payait la Russie pour le faire.

Il ne fallait pas oublier le puissant lobbying, à travers le globe, contre l'énergie nucléaire. La décision de l'Allemagne de fermer ses centrales nucléaires avait été la plus grande victoire de Gazneft. Dans une remarquable démonstration d'aveuglement politique (ou peut-être d'efficacité de la corruption), les « énergies vertes » de remplacement du nucléaire n'avaient pas réellement été développées.

Avant la dénucléarisation, la fission fournissait un sixième de toute l'énergie allemande. Un ami de John lui avait décrit la situation ainsi : « L'Allemagne a sauté d'un avion avec une bobine de fil et un manuel intitulé *Comment fabriquer un parachute.* » Au bout du compte, l'énergie russe avait été leur seule option.

L'ami de John spécialisé dans l'analogie avec les parachutes était d'avis que soit la Russie allait finir par posséder l'Allemagne, soit l'Allemagne allait devoir reconstruire son armée anémique d'après-guerre. Dans un cas comme dans l'autre, une guerre allait éclater en Europe dans un futur proche. Pour que l'OTAN continue d'exister, les pays membres européens devaient mettre la main à la poche, ou trouver un moyen de persuader les électeurs américains de continuer à subventionner les pays riches du vieux monde qui avaient préféré financer un système de santé gratuit plutôt qu'une armée.

La première option n'était pas acceptable, ni pour l'Europe ni pour le complexe militaro-industriel américain (sans parler des politiciens subventionnés par ce complexe). Dès lors, l'Europe accepterait-elle de payer le gaz américain plus cher ? Ou continuerait-elle à se fournir en gaz russe en espérant que les États-Unis couvrent ses arrières ? Cet ami (lui-même allemand) pensait que l'Europe allait tenter le coup – et perdre son pari.

Bien sûr, ce type s'était déjà trompé. Il avait confié à John avec assurance que Vladimir Poutine avait un cancer du côlon en phase terminale. Pour résumer, John était heureux que sa période européenne soit derrière lui.

Et pourtant, son passé venait d'entrer dans le Rosewood, et John en était ravi.

– Petr ! s'écria-t-il en se levant d'un bond. Petr Kovac !

Petr se retourna et, en voyant John, son visage s'éclaira d'un sourire jusqu'aux oreilles. Il ouvrit les bras.

– John ! Ça alors, que je sois pendu !

– Donnez-lui la même chose, lança John en montrant son *Old fashioned* au barman, lequel hocha la tête.

– Petr, mon Dieu, ça fait un sacré bout de temps. Un quart de siècle, bon sang ! Qu'est-ce que tu fiches ici ?

Ils se donnèrent une chaleureuse poignée de main.

– J'ai rendez-vous avec l'ami d'un ami pour une affaire de terrain. Je fais juste un saut, par courtoisie. Je pars faire du ski dans le Montana.

– C'est génial. Bon sang ! C'est tellement étrange de te revoir après tout ce temps.

– Oui, quelle est l'expression déjà ? Du baume au cœur !

John hocha la tête.

– Oui. C'était quand la dernière fois ?

– Eh bien, après la parution de l'article du *Wall Street Journal*, je n'ai pas osé t'appeler. Donc on ne s'est pas parlé depuis, il me semble.

– Argh. Cette sale histoire. (Petr secoua la tête.) C'était une belle connerie. Pas la moindre vérification des faits. Ils ont écrit que j'ai grandi à Moscou, que mon père était un diplomate tchèque en poste là-bas. Mon père travaillait en Inde et j'ai grandi à New Delhi ! Petite erreur, non ?

– Eh bien, ils se sont trompés sur toute la ligne parce que les seules personnes qui savent vraiment ce qui s'est passé – l'ultimatum de Gazneft « les actions ou la vie » – ne parleront jamais. Pas après ce qui est arrivé à George Menshikov.

– Mon Dieu ! soupira Petr. George…

– Ouais, dit John en finissant son verre. Ne parlons pas de ça. À quel hôtel es-tu descendu ?

– Ici même.

– Viens chez moi. Ma femme s'est absentée, j'ai toute la place du monde. On pourra parler du bon vieux temps.

Petr prit le verre que le barman lui apporta.

– Merci.

Il le fit tinter contre le verre vide de John et en but une gorgée.

– Bien sûr, pourquoi pas ? Tu habites où ? J'ai une réunion à Lyford Cay demain.

– Lyford Cay.

– Pratique, commenta Petr.

– Parfait. Tu es seul ?

– Ouais. Ma femme est à Prague avec les enfants.

CHAPITRE 33

Quand les articles de George Menshikov sur les délits d'initiés des oligarques russes dans la privatisation par bons étaient parus, le journaliste avait reçu des menaces de mort. À la fin des années 1990, il s'était résigné à engager des gardes du corps à plein temps. Et au bout d'un moment, *Forbes* l'avait rapatrié du pays du froid chez lui, à New York.

Dans son grand et élégant appartement, il organisait des soirées avec des émigrés russes et des intellectuels new-yorkais. Vodka, caviar, Tchaïkovski... et les conversations sur Tolstoï, Tchekhov et Pouchkine allaient bon train.

L'arrière-arrière-grand-père de George, un ami de Pouchkine, faisait partie des décembristes exilés à Irkoutsk. Son grand-père, officier dans l'Armée blanche, avait lutté contre les bolcheviks pour défendre le rêve d'une démocratie libérale en Russie. George était né et avait grandi à New York, mais au fond de lui, il était un patriote russe. Lorsqu'il courait le marathon de New York, il donnait de l'énergie à ses compagnons (et les divertissait) en entonnant d'anciennes marches militaires tsaristes en anglais : « Nous courons pour la Mère Russie. »

En 1999, Poutine avait été élu président et la Russie semblait se remettre sur les rails. Eltsine avait fait un premier pas essentiel pour affranchir le pays du communisme, mais la corruption de son gouvernement avait eu raison de son républicanisme. Cinq ans après le début de l'administration Poutine, George restait optimiste. Fin 2003, *Forbes* lui avait demandé de retourner en Russie pour prendre la direction de la nouvelle édition russe du magazine. Sa femme avait insisté pour qu'il refuse. Elle se souvenait des menaces de mort. Mais il était important pour lui de se battre pour une Russie libre. Au début de l'année 2004, il passait trois semaines par mois à Moscou.

Le lancement du nouveau magazine occupait la majeure partie de ses journées, mais dans le peu de temps libre qui lui restait, il se faisait des ennemis partout. Il avait lancé une campagne pour reconstruire les églises transformées en bâtiments municipaux et pour restaurer le christianisme orthodoxe qui constituait autrefois l'épine dorsale du pays. Il combattait les promoteurs immobiliers de Moscou et de Saint-Pétersbourg qui détruisaient le patrimoine architectural de la Russie. Surtout, il dénonçait les hommes d'affaires et les politiciens corrompus. Il avait repris là où il s'était arrêté dans les années 1990.

Le 9 juillet 2004, un vendredi, il avait travaillé tard dans les bureaux de *Forbes*. Sa journée enfin terminée, vers 22 heures, tous les employés étaient rentrés chez eux. Les seules personnes encore présentes dans le bâtiment étaient quelques journalistes de l'édition russe de *Newsweek*, qui partageaient une partie des bureaux de *Forbes*. George leur fit un signe de la main et sortit. Il était si optimiste à propos de la Nouvelle Russie qu'il avait congédié ses gardes du corps.

Lorsqu'il vit une Lada aux vitres teintées rouler dans sa direction, il regretta peut-être ce choix. La fenêtre du conducteur s'ouvrit, et George Menshikov écopa de quatre balles. Il s'effondra, sans toutefois perdre connaissance, et rampa jusqu'à la porte. Un journaliste de *Newsweek*, Alexei Fisher, accourut dès qu'il entendit les coups de feu. Il appela les secours et, pendant les quinze minutes d'attente, un rédacteur de *Newsweek* demanda à Menshikov s'il savait ce qui s'était passé.

– Non, répondit George. On m'a tiré dessus.

– Vous ne savez pas de qui il s'agit ?

– Non.

L'ambulance arriva, mais George avait besoin d'oxygène, et elle n'en était pas équipée. Ils appelèrent une deuxième ambulance. Quand le véhicule arriva, George fut hissé sur un brancard et chargé à l'arrière. Fisher monta avec lui. Le chauffeur contacta le central pour savoir à quel hôpital emmener le blessé. Ils stationnèrent devant les bureaux de *Forbes* pendant un quart d'heure en attendant la réponse. Personne ne semblait pressé, à l'exception de Fisher, dont l'insistance fut royalement ignorée. Les forces de George l'abandonnaient peu à peu.

Lorsqu'ils parvinrent à l'hôpital, des infirmiers poussèrent George dans l'ascenseur pour qu'il soit opéré à un étage supérieur. Fisher n'eut pas le droit de les accompagner et grimpa les marches quatre à quatre pour le rejoindre à l'étage. Mais l'ascenseur n'était pas là. Fisher se renseigna auprès d'une infirmière, qui l'informa que l'ascenseur était bloqué au rez-de-chaussée. Le journaliste de *Newsweek* dévala les escaliers pour regagner le rez-de-chaussée, mais il ne parvint pas à ouvrir les portes de l'ascenseur. Il supplia les soignants de garde de l'aider. Pas un ne vint lui prêter main-forte. Fischer cassa une chaise et se servit d'un des pieds pour faire levier. Il réussit à passer les portes extérieures, mais ne put ouvrir les portes intérieures. Enfin, un homme de la maintenance arriva avec des outils magiques et les battants intérieurs s'ouvrirent.

Menshikov était mort.

La Lada des assassins fut retrouvée abandonnée à quelques kilomètres du lieu de la fusillade. En 2023, son meurtre n'est toujours pas élucidé.

CHAPITRE 34

Dans la véranda, d'où on voyait la piscine et l'océan au-delà, John servit à Petr un dernier verre après le coucher du soleil.

– Alors, dit John en tendant à Petr un verre de slivovitz, tu as fait quoi pendant un quart de siècle ?

– Oh ! Deux ou trois trucs.

– J'ai entendu dire que tu t'en sortais plutôt bien.

Petr sourit.

– Je gagne ma vie.

John eut un gloussement.

– Tu sais, je vois ton nom dans les journaux parfois, en lien avec toutes ces personnalités qui font bouger les lignes dans l'Union européenne, et je me demande toujours pourquoi tu ne fais pas de politique.

Petr secoua la tête.

– Je me suis investi dans la politique en République tchèque, mais je ne peux pas me présenter aux élections.

– Pourquoi ? (John s'alluma une cigarette et tendit le paquet à Petr.) Tu avais peur d'être sous le feu des projecteurs ?

Petr accepta une Camel.

– Un *think tank* tchèque se réunit chaque année pour discuter du monde, de l'avenir de la République tchèque, de l'Europe, etc. Il y a quelques années, on parlait de l'Ukraine, et un fonctionnaire tchèque haut placé de l'UE a soutenu que l'Europe devait encourager la scission entre l'Ukraine et la Russie. J'ai objecté que la Russie versait trois milliards et demi de dollars par an à l'Ukraine : « L'UE va-t-elle prendre le relais ? » Le bureaucrate s'est mis en colère et a répondu que non, bien sûr que non, on n'allait pas lui verser cette somme, mais être libéré de l'influence russe, se rapprocher de l'Europe et conclure de nouveaux accords commerciaux compenserait largement la perte des revenus russes. « Et en attendant, elle fait quoi, l'Ukraine ? » lui ai-je lancé. Il a répondu que je ne savais pas de quoi je parlais et ne m'a plus adressé la parole. Le lendemain, j'ai reçu un appel d'un ami du ministère des Affaires étrangères...

– Le ministère des Affaires étrangères tchèque ?

– Oui. Le haut fonctionnaire tchèque venait de réclamer une enquête sur moi, au motif que je pouvais être un agent russe.

– Tu plaisantes ?

Petr secoua la tête.

– Alors ils ont mené l'enquête. Ils ont lu tous mes e-mails, mes textos, ils ont épluché mes données bancaires. Ils ont probablement écouté mes appels téléphoniques. Peut-être qu'ils le font encore. Bien sûr, le but n'a jamais été de trouver quoi que ce soit, cela faisait juste partie du processus de dénigrement des gens qui comme moi n'étaient pas d'accord pour se débarrasser du président ukrainien Ianoukovytch.

– Ça s'est passé il y a un bout de temps, non ?

– Oui, mais à partir du moment où les gens pensent que tu es un espion russe, quelle que soit la nationalité d'ailleurs, il est impossible de les convaincre du contraire. Les gens se souviennent du communisme. Quelle ironie ! Quand on pense que ce genre de « dénonciation » était la forme numéro un d'élimination des ennemis politiques sous le régime communisme. Mais ce n'est pas nouveau. Ici aussi, aux États-Unis, vous avez des « campagnes de dénigrement ».

– Bah, commenta John en tirant une longue bouffée de sa Camel. C'est mieux que de se faire tuer.

Petr rigola.

– Oui. Mais attention, ce risque n'est pas écarté. Enfin, après ce qui est arrivé à George... Et au gars de Bill Browder, l'avocat Magnitsky. Tu savais qu'on avait essayé d'assassiner mon comptable ?

– Qu'est-ce qu'il avait fait, ton comptable ?

– Rien, bien sûr. C'était... Oh ! À la fin des années 1990. J'étais de droite, mais le parti conservateur tchèque était extrêmement corrompu. Et il était au pouvoir depuis trop longtemps. Alors j'ai décidé de faire un don anonyme au candidat de gauche. Une très grosse somme d'argent, surtout à l'époque, mais j'avais les moyens. C'était peu de temps après l'accord avec Gazneft.

« Mais je voulais rester discret. Et ne pas avoir l'air de changer de camp pour étendre mon influence. Alors j'ai fait cette donation par l'intermédiaire de mon comptable. C'était parfaitement légal, et totalement anonyme. Même pour le bénéficiaire. Le candidat de gauche a gagné, en grande partie grâce à mes fonds, et il est allé trouver mon comptable : "Je veux savoir d'où vient cet argent. C'est dangereux pour moi de ne pas le savoir." Mon comptable a refusé de lui répondre.

« Pour la petite histoire, continua Petr en pointant sa cigarette sur John, mon comptable s'était fait enlever une tumeur au cerveau un an plus tôt. Il est resté dans le coma pendant des mois. Tout le monde disait qu'il ne se réveillerait jamais et puis un jour, il a repris connaissance. Comme par miracle, il est redevenu parfaitement normal. Il s'est remis à travailler, a géré la donation, et a expliqué aux représentants du nouveau président tchèque qu'il ne divulguerait aucune information personnelle sur son client. Le lendemain, un homme s'est approché de lui sur le trottoir, lui a braqué un pistolet sur la tempe et... Bang !

– Bon Dieu !

– Ouais... Mais il n'est pas mort ! Il est passé sur la table d'opération : on lui a retiré la balle et refermé le crâne, mais il est tombé une deuxième fois dans le coma... Et puis, quelques mois plus tard, il s'est réveillé à nouveau comme une fleur. (Petr rit.) C'est un homme hors du commun, mon comptable.

– Il devrait jouer dans un film de superhéros.

– Oui. Heureusement, ce genre de choses n'arrive pas souvent en République tchèque. Mais ça peut se produire n'importe où. Tu te souviens, l'année dernière, ou il y a deux ans, l'empoisonnement au Novichok au Royaume-Uni ? C'était quand déjà ?

– C'était en mars dernier, je crois.

– Ça a été orchestré – supervisé, je veux dire – par le responsable du GRU, le renseignement russe, Igor Korobov. Tu sais, utiliser une arme chimique, un agent neurotoxique, dans un pays étranger – c'est un acte de guerre. Or le général Korobov a donné l'ordre d'assassiner Sergei Skirpal, un agent double. Skripal travaillait pour le GRU mais aussi pour les services secrets britanniques, le MI-6. Korobov a pris cette décision sans consulter Poutine. De son propre chef. Une arme chimique pour éliminer un espion dans une petite ville de l'ouest de l'Angleterre. Korobov est mort soudainement quelques mois après l'incident de Salisbury.

– Ça alors !

– Les gens ont cru que c'était parce qu'il avait mal supervisé l'opération, mais pas du tout. Du moins, pas d'après mes sources. Son erreur, c'était de croire qu'il pouvait perpétrer un acte de guerre contre un pays étranger de sa propre autorité.

– Ça alors... répéta John.

– Ouais. C'est dangereux d'être à la tête du GRU. Je ne connais pas tous les détails, mais après l'annexion de la Crimée, il y a eu une tentative de coup d'État dans laquelle le prédécesseur de Korobov, le général Igor Sergun, était impliqué.

– Le GRU n'engage que des « Igor », hein ?

– On dirait bien, s'esclaffa Petr, en allumant une autre cigarette.

– Alors, que lui est-il arrivé ?

– Il a eu une crise cardiaque en Syrie, quand il a été poussé d'un hélicoptère.

– Waouh. Les Russes ne font pas dans la dentelle.

– Non. Et tu es bien placé pour le savoir.

Il tira une longue bouffée de sa cigarette et écouta le bruit des vagues qui s'écrasaient sur la plage. Puis il se tourna vers John.

– Tu te souviens des chocolats Babayev ?

John éclata de rire, manquant s'étrangler avec la slivovitz. Quand il réussit à déglutir, il articula :

– Bon sang, je les avais oubliés, ceux-là.

– L'un des plus grands fabricants de bonbons de Russie ! lança Petr en riant. Ou le plus grand ? Je ne sais plus. On avait obtenu la participation majoritaire dans l'entreprise grâce aux bons. Mais quand on est allés à la première réunion avec la direction…

– … le seul type de Babayev qui s'est pointé, enchaîna John, portait un tablier de boucher couvert de sang.

Petr rit si fort qu'il se mit à tousser.

– Lève tes mains au-dessus de ta tête, lui suggéra John.

– Il a posé un contrat sur la table, continua Petr, ignorant le conseil. Il voulait qu'on lui cède toutes nos parts contre une somme d'argent ridicule. Moins que ce qu'on avait dépensé pour les bons. Et toi, tu as dit : « Et puis merde, j'ai déjà mon billet de retour ! » Tu m'as donné tes actions et tu m'as souhaité bonne chance.

– Dingue, j'avais complètement oublié cette histoire. Tu as fait quoi au bout du compte ?

– J'ai tout vendu à ce type que j'ai rencontré sur la mer Caspienne. Tu t'en souviens ?

Ils furent pris d'un fou rire qui dura un bon moment. Quand les deux vieux amis eurent recouvré leur souffle, ils allumèrent une autre cigarette.

– Alors comme ça, tu as une femme et des enfants à Prague ?

Petr eut soudain un drôle d'air.

– Oui. Et devine qui j'ai épousé ?

– Svetlana Staline ? plaisanta John.

– Anna.

– Qui ?

– Anna. Anna… tu sais, notre traductrice ? La fille du train ?

John cligna des yeux et se leva d'un bond. Une colère sourde bouillonnait en lui.

– Quoi ? *Quoi ?!*

– Tu ne me félicites pas ?

– Putain, pourquoi tu ne me l'as jamais dit ?

– Je ne sais pas… On s'était perdus de vue. Quand je l'ai retrouvée, on ne s'était pas parlé depuis des années. Toi et moi, je veux dire. Et, eh bien, je croyais que tu ne l'appréciais pas beaucoup. Je ne pensais pas que tu voulais savoir ce qu'elle était devenue.

John vida son verre d'un trait, se retourna et lança le verre – son penchant légèrement alcoolisé pour le mélodrame avait pris le dessus. Le verre chuta dans sa piscine. Moins dramatique que le bruit du verre brisé auquel il s'attendait.

– Pardonne-moi, John. J'aurais dû te le dire.

– Oui, maugréa John. Enfin… Félicitations. C'est génial, vraiment. Je suis juste un peu sous le choc.

– Prends un autre verre, dit Petr en sortant son portefeuille. Voici une photo de nous à Berlin, pendant notre lune de miel.

John saisit la photo et l'étudia. C'était bien Anna. Une jolie fille, guère plus âgée que la dernière fois qu'il l'avait vue. Ni que la première fois qu'il l'avait vue, dans son accoutrement de vendeuse de cigarettes dans le train. Elle avait une vingtaine d'années à l'époque, la trentaine sur la photo, la quarantaine, sans doute, dans la vraie vie. John et Petr avaient une cinquantaine d'années aujourd'hui. Petr était le même – exactement le même, comme s'il n'avait pas vieilli d'un jour. John se demanda de quoi il avait l'air aux yeux de Petr.

– Qui va passer sa putain lune de miel à Berlin ? dit-il en lui rendant la photo.

Petr gloussa.

– Il y avait un défilé de mode, c'était très chic.

John secoua la tête, s'efforçant de comprendre la situation.

– Alors, c'est quoi, le reste de l'histoire ? demanda-t-il en allant se servir un nouveau verre. Que s'est-il passé à cette vente aux enchères ? Où était-ce ? À Tara ? Comment l'as-tu retrouvée ?

– Oui, c'était à Tara. Dans l'oblast d'Omsk.

CHAPITRE 35

À Tara, lieu de la vente aux enchères d'Omsk, Anna avait été arrachée de sa cachette par les hommes qui avaient abattu ses gardes du corps, puis traînée dans la rue, et jetée dans le coffre d'une voiture. Ils la trimballèrent dans le coffre pendant ce qui lui parut une éternité – il faisait trop sombre pour qu'elle puisse lire l'heure à sa montre.

Enfin, ses ravisseurs s'arrêtèrent dans une sorte d'entrepôt, où ils la laissèrent aller aux toilettes, avant de lui donner un peu d'eau et de nourriture. Elle leur demanda ce qu'ils lui voulaient, mais n'obtint aucune réponse. C'étaient sans doute les deux hommes qui l'avaient traquée et kidnappée, mais elle n'avait aucun moyen d'en être sûre. Tous deux portaient des masques de ski et gardaient un silence buté. Si Gazneft n'était pas la bande à Badeer, ces hommes auraient pu en faire partie !

Elle mangea lentement, effrayée à l'idée de ce qui se passerait quand elle aurait terminé. Mais l'un des kidnappeurs rouvrit le coffre de la grosse berline allemande noire et lui fit signe de reprendre sa place.

Son instinct de survie lui soufflait de ne pas retourner dans cette prison minuscule, froide et sombre. Mais le deuxième homme la poussa vers la voiture et, comprenant que d'une manière ou d'une autre elle allait finir dans le coffre, elle obtempéra, en prenant l'air blasé. Elle s'allongea, et le coffre se referma sur elle. Pendant plusieurs minutes, elle lutta contre la panique. Elle n'était pas claustrophobe – du moins, elle ne l'avait jamais été – mais qui ne le serait pas, enfermé dans une boîte en métal de la taille d'un cercueil par deux meurtriers en puissance ?

À un moment donné, elle s'endormit. Puis la voiture fit une nouvelle halte. Le coffre s'ouvrit. Toujours les deux hommes aux masques de ski. Même passage aux toilettes, même nourriture insipide, et retour dans sa prison métallique.

Cette routine semblait infinie. À tel point qu'elle eut plusieurs crises de panique. Elle martela l'intérieur du coffre, supplia ses ravisseurs de la libérer, leur offrit tout ce qu'ils voulaient, poussa des cris, des gémissements, se mit à hyperventiler, tomba dans les pommes. Aucune réaction de leur part.

Pendant tout ce temps, Anna songea que le suicide était le seul moyen de s'en sortir et chercha dans le coffre un objet contondant pour en finir. Elle avait reçu l'éducation athée de tous les communistes ruraux. Les bribes de religion qui avaient survécu à l'éradication de l'État étaient les traditions folkloriques orthodoxes des paysans.

Le suicide était strictement interdit par Dieu, elle le savait. Incapable de trouver un moyen de se tuer, elle se mit à prier – des phrases absurdes réclamant la délivrance, la mort et le salut. Puis l'interminable voyage reprit. De temps à autre, elle s'assoupissait.

Par moments, on la faisait sortir pour lui donner à manger et à boire. Tout espoir lui semblait si vain qu'elle était devenue catatonique.

Son calvaire se poursuivit jusqu'à ce qu'on lui braque le faisceau d'une lampe torche dans les yeux. Après qu'on l'eût longuement examinée – peut-être pour s'assurer qu'ils détenaient la bonne fille – la lumière s'éteignit. Enfin, elle faisait face à son ravisseur. Il s'agissait d'un troisième homme, vêtu d'un costume coûteux et d'un masque de ski. Il la regarda en secouant la tête.

(Là, Petr intervint : « D'après sa description, c'était Krylenko. Mais on n'en sera jamais sûrs, car il n'a pas montré son visage. Cela pouvait aussi être un de ses hommes de main. » John acquiesça, et Petr reprit son récit).

– Si seulement vous aviez accepté les offres très raisonnables qui vous ont été faites à Omsk, déclara l'homme qui était peut-être Krylenko, vous n'en seriez pas là.

– J'ai eu le temps de reconsidérer ces offres, répondit Anna. Et je suis toute prête à les accepter.

Elle ne cherchait pas à faire de l'humour, elle était bien trop déboussolée pour cela. Son seul désir était de rentrer chez elle.

L'homme eut un gros rire.

– C'est un peu tard, hélas. Nous avons repris possession de vos bons, vous n'avez donc plus aucune monnaie d'échange. De plus, on m'a demandé de vous retrouver, de découvrir ce qui vous était arrivé. J'ai dit à cette personne insistante que vous étiez morte. Et j'ai bien peur de devoir me montrer à la hauteur de cette déclaration.

Anna ne répondit pas.

– Sortez de mon coffre, ma chère, déclara l'homme en la tirant par le bras.

Depuis combien de temps était-elle dans cette position ? Trois jours ? Cinq jours ? Une semaine ? Elle n'en avait aucune idée, mais ses jambes la soutenaient à peine.

L'homme l'entraîna vers un mur en béton et lui ordonna de s'asseoir. Elle se laissa glisser le long du mur, ramena ses jambes sur sa poitrine et posa sa tête sur ses genoux.

Puis son ravisseur sortit un Polaroid et fit deux pas en arrière, cherchant le bon angle.

– Lève le menton, chérie. Je veux voir distinctement ton visage.

Anna avait dépassé le stade de la résistance. Elle obéit en espérant que ce serait moins pénible.

– Bien.

Il tira un Makarov de sa ceinture, ôta la sécurité et le pointa sur le visage d'Anna, qui pâlit.

– Bah, non, t'inquiète pas, c'était juste une blague.

Il pointa le canon sur le crâne d'Anna et pressa la détente. Elle fut prise de violents tremblements.

– Tu vois ? dit-il en appuyant plusieurs fois sur la gâchette.

Un staccato effroyable. Anna frissonna de plus belle.

– Non, je veux juste que tu prennes la pose.

Il s'approcha, plaça le pistolet dans sa paume, puis referma sa main sur la crosse et leva son bras de sorte qu'elle pointe le canon sur sa propre tempe.

– Voilà, approuva l'homme. Ne bouge pas.

L'appareil photo clignota, et un cliché s'imprima. L'homme en costume l'agita, attendant qu'il se développe. Puis il l'examina.

– Bien. Tu es parfaite. C'est fini, ma chère, tu peux lâcher cette arme maintenant.

Anna posa le pistolet par terre avec précaution, le canon dirigé loin d'elle.

– Alors, reprit son ravisseur. Je veux m'assurer qu'on s'est bien compris. Tu connais l'expression espagnole *plata o plomo* ? Ceci est la photo que je vais envoyer à ta famille, avec celle de ton cadavre, si tu ne me dis pas exactement ce que je veux savoir.

Anna hocha la tête.

– Je ne voudrais pas paraître sans cœur. Mais je n'ai plus besoin de tes bons. Ce que je veux savoir, c'est avec qui tu collabores, pour qui tes associés travaillent, quel banquier ils utilisent, comment ils sont organisés – tout. Et si tu me réponds sincèrement, tout ira bien. Mieux encore. Je t'emmènerai à l'aéroport et je t'achèterai un aller simple pour le pays de ton choix – du moment que c'est loin de la Russie. Histoire de ne plus t'avoir dans mes pattes.

Anna fixait le sol d'un air absent.

– Et comment savoir que vous ne me tuerez pas après ?

– Même ici, tuer des gens est gênant. Et cela ne m'apporterait rien. Tu ne sais pas qui je suis, ni pour qui je travaille – même si tu crois le deviner. Ton seul espoir, c'est que je dise la vérité. Heureusement pour toi, c'est le cas.

– Vous avez assassiné mes gardes du corps.

– Pas moi personnellement, mais, oui. Les tuer me donnait un avantage. Te kidnapper. Ta mort, en revanche, est sans intérêt, d'autant que certaines personnes pourraient vouloir vous venger. Et tu connais sûrement le proverbe : « Ne te fais pas d'ennemi sans une bonne raison. »

– D'accord, dit Anna. Posez-moi vos questions.

*

– Comment as-tu découvert tout ça ? interrogea John, coupant court au récit de Petr.

– Grâce à Golokova.

– Quoi ? Tu as revu Golokova ?

– Oui. J'ai été convoqué dans son bureau après la parution de l'article dans le *Wall Street Journal.*

– Bon sang ! Pourquoi ?

– Parce que la source de l'article était un jeune gars de mon équipe. Un gars pas très fûté.

– C'est pas vrai ! Qu'est-ce qui s'est passé ?

– Après ton départ de la société, comme tu le sais, on a continué à travailler en Russie pendant des années. Enfin, on avait toujours un bureau là-bas et, avant l'affaire du *Wall Street Journal*, j'allais y travailler régulièrement. Je faisais des allers-retours entre Moscou et Prague.

« J'étais à Prague quand un journaliste du *Journal* a appelé le bureau. Il avait des questions et comme je n'étais pas là, notre jeune réceptionniste a eu l'idée de transmettre l'appel du journaliste américain au seul Américain de notre bureau. Un gars aussi jeune que stupide. Le neveu d'un ami. Son oncle m'avait demandé de lui donner du travail et je lui ai fait faire des recherches sur les actifs sous-évalués en Asie centrale, tu vois le genre. Un simple boulot de documentation.

« Le journaliste lui a demandé comment nous avions acheté Gazneft, et le gamin – qui était entré dans la boîte trois ans après notre périple en Russie – en 1997, je crois – avait sûrement entendu une partie de l'histoire à la machine à café. Cet imbécile a tout répété au reporter ! Il a précisé qu'il s'agissait d'informations indirectes, mais le journaliste n'a pas mentionné ce détail.

« Quelques jours plus tard, sans être courant de cet échange, je me réveille à Prague, j'ouvre le *Wall Street Journal*, et qu'est-ce que je découvre, en première page de la section économique ? Je lisais l'article pour la troisième fois quand j'ai reçu un appel de

Gazneft : Golokova m'attendait à son bureau à 15 h 30, heure de Moscou. J'ai répondu que j'étais à Prague. Le messager a simplement répété : "Elle vous attend dans son bureau à 15 h 30, heure de Moscou", et a raccroché.

« J'ai appelé le bureau pour savoir ce qui s'était passé, je me suis précipité à l'aéroport et j'ai pris le premier vol pour Moscou, avec un changement à Amsterdam. Je suis arrivé une demi-heure en avance. Elle m'a fait poireauter environ deux heures, puis m'a fait venir dans son bureau :

« "Comment est-ce arrivé ? Cela viole nos accords de confidentialité."

« – C'est cet imbécile de gamin américain. C'est pour ça qu'ils se sont trompés sur tant de détails. Mais qu'est-ce que je peux faire maintenant ? L'éliminer ?

« – Non, pas lui

« – Quoi, vous voulez que je me *suicide* ?

« – Non, mais si cela se reproduit, si un seul mot de plus est publié dans la presse sur cette affaire, c'est terminé pour vous. Et ce ne sera pas une disparition en douceur, comme celle de votre petite copine.

« – De qui parlez-vous ?

« – De la fille que Krylenko a récupérée à Tara et envoyée à Istanbul.

« J'étais… sans voix. J'ai fait amende honorable, je lui ai promis que ça n'arriverait plus. Elle a réitéré ses menaces, puis j'ai pris le premier vol pour Istanbul.

– Bon Dieu de bon Dieu, Petr ! Putain, pourquoi tu ne m'en as rien dit ?

– Comme je n'ai pas eu de tes nouvelles après la parution de l'article dans le *Wall Street Journal*, j'ai pensé que tu étais en colère toi aussi.

– Je n'étais pas en colère, non. J'étais loin, et je voulais rester en dehors de tout ça.

Petr acquiesça.

– Je ne peux pas t'en vouloir… Être convoqué dans le bureau de la directrice n'a pas été une partie de plaisir.

– Je frémis rien que d'y penser. Alors que s'est-il passé à Istanbul ? Tu l'as retrouvée ?

*

À l'aéroport, en attendant son vol, Petr demanda à son bureau d'embaucher un détective privé pour retrouver Anna Lydiovna Scherbatskaya à Istanbul. Et aussi de lui réserver une chambre au Pera Palace Hotel et d'envoyer une voiture le chercher à l'aéroport.

L'avion atterrit au coucher du soleil. Le Bosphore se jetait tel un ruban argenté dans la corne d'or, clairsemée de points noir. Des cargos allaient et venaient de la mer Noire à la mer de Marmara.

Petr avait acheté une cartouche de Camel dans une boutique de l'aéroport et s'était mis à fumer à la chaîne, jusqu'à ce qu'il s'endorme dans sa chambre d'hôtel, trois heures plus tard. Il séjournait en face de la chambre où Agatha Christie avait écrit *Le Crime de l'Orient-Express*. Lorsqu'il s'assoupit, la cigarette tomba de sa bouche et fit un trou dans son maillot de corps.

À son arrivée, il avait demandé au réceptionniste de l'appeler dès qu'il recevrait un message. Il se réveilla naturellement en milieu de matinée. Aucun appel. Il contacta la réception pour s'en assurer et, quand le concierge confirma qu'il n'avait pas de messages, Petr demanda qu'on lui envoie un tailleur. Il n'avait pas apporté de vêtements avec lui en partant à Moscou, de sorte qu'il n'avait pas d'affaires de rechange à Istanbul.

Pendant que le tailleur préparait son costume – Petr lui avait donné cinq cents millions de lires (environ deux mille cinq cents dollars américains) pour accélérer le processus – il prit son mal en patience. Las d'attendre, il alluma la télévision turque et, la programmation se révélant très décevante, il demanda à la réception un exemplaire du *Crime de l'Orient-Express*, qu'il n'avait jamais lu. Ils n'en possédaient pas. Alors il demanda un exemplaire de tous les journaux européens et américains – sauf le *Wall Street Journal*. Puis, à la réflexion, il insista pour avoir aussi le *Wall Street Journal*, pour voir si rien d'autre n'avait filtré sur l'accord avec Gazneft. Non, rien dans le journal. Il l'éplucha du début à la fin en enchaînant les cigarettes.

Son costume fut livré en fin de soirée. Toujours pas de message. Il rappela le bureau pour s'assurer qu'on avait bien engagé un détective privé – c'était bien le cas. Désabusé, il commanda à dîner, vida une bouteille de vin à lui tout seul, et s'endormit.

Le téléphone le réveilla à 10 heures le lendemain matin. Ce n'était pas le concierge, mais le détective privé en personne, qui se présenta en russe.

– J'ai localisé Mlle Scherbatskaya. Elle enseigne le russe et les langues turques orientales à l'école chrétienne autrichienne du quartier de Karaköy, la Sankt Georg Avusturya Lisesi. C'est une école réputée, un taxi saura où vous déposer, mais si vous avez un stylo, je vous donne l'adresse exacte. Mlle Scherbatskaya habite dans un petit appartement à quatre pâtés de maisons de là. J'ai aussi l'adresse. Elle est célibataire et vit seule.

Petr nota les informations, remercia l'enquêteur et raccrocha. Il se doucha, se rasa et, avant 11 heures du matin, il observait la façade en béton ocre de l'école – ornée d'un drapeau turc et d'un drapeau autrichien – en s'interrogeant : devait-il entrer et chercher Anna ? Ou demander si elle enseignait aujourd'hui et, le cas échéant, à quelle heure elle finissait sa journée ?

Il fuma une demi-douzaine de cigarettes avant de se décider. Enfin, il entra et s'approcha d'un petit bureau doté d'une lucarne, comme dans une salle de cinéma. Il demanda à quelle heure se terminait la classe et si les enseignants sortaient par l'entrée principale. L'employée ne parlait pas russe. Petr répéta la question en allemand et elle lui confirma que les enseignants sortaient par l'entrée principale et que l'école finissait à 15 heures.

Petr s'installa dans le café de l'autre côté de la rue pour patienter. Il goûta à peine le vrai café turc, dont pourtant il raffolait.

Il essaya plusieurs fois de lire le journal, mais il n'arrivait pas à se concentrer.

La radio du café diffusait de la musique américaine. Le nouvel album de Weezer, *Pinkerton*. Petr repensa à son excursion ahurissante en mer Caspienne à la recherche d'esturgeons. La voix légèrement nasillarde du chanteur de Weezer répétait en boucle : « Salut, je suis là, je t'attends. Je pense que je suis fait pour toi et que tu es faite pour moi. » Dans la chanson suivante, le refrain scandait « Que je suis bête, elle est lesbienne ». Puis le café changea de station pour mettre de la musique traditionnelle turque.

Petr entendit la cloche de l'école sonner à 15 heures et regarda les enfants en uniforme sortir de l'école. Certains prirent le chemin de la maison ; d'autres s'attardèrent pour bavarder ; quelques-uns entrèrent dans le café. Et puis, soudain, elle apparut. Marchant droit vers lui, vers le café. Elle était aussi belle que dans son souvenir, même dans sa robe formelle, un peu sévère. Probablement pour s'adapter au corps enseignant qui comprenait beaucoup de nonnes.

Elle poussa la porte du café et passa devant Petr sans le remarquer. Puis elle fit la queue pour passer commande au comptoir. Petr plia son journal, essuya discrètement ses paumes moites dessus, et se dirigea vers elle. Il lui donna une petite tape sur l'épaule. Elle fit volte-face, s'attendant à voir un de ses élèves.

Leurs regards s'accrochèrent. La bouche d'Anna s'entrouvrit. Un moment, elle l'observa bouche bée. Puis elle se jeta à son cou et se mit à pleurer contre sa poitrine.

Il ne s'attendait pas à une telle réaction. Il lui caressa les cheveux et lui souffla que tout allait bien. La respiration saccadée d'Anna s'apaisa progressivement.

Tous les écoliers les regardaient en chuchotant entre eux. Petr embrassa Anna sur le haut du crâne. Elle leva la tête et l'embrassa sur les lèvres, le pressant contre lui de toutes ses forces. Il lâcha les journaux et la serra dans ses bras. Les enfants se mirent à rire.

– Viens, dit-il. Sortons d'ici.

Elle acquiesça d'un signe de tête.

Ils passèrent les trois jours suivants dans sa chambre d'hôtel.

*

– Nous avons vécu ensemble un an à Prague, dit Petr. Puis on s'est mariés. Et on a eu trois enfants.

CHAPITRE 36

Le lendemain – avec une légère gueule de bois – Petr se rendit à sa réunion. Ensuite, John et Petr firent un parcours de golf, au cours duquel John envoya une balle dans la piscine de Sean Connery. Ils ne s'étaient pas enrichis au point de ne pas plaisanter sur le montant absurdement élevé du green-fee. Ensuite, ils déjeunèrent au restaurant du club en front de mer, puis John conduisit Petr à l'aéroport. Ils se serrèrent la main et promirent de rester en contact. John souhaita bonne chance à son ami et Petr souhaita bonne chance à John avec son premier petit-enfant.

Marsha était déjà sur le chemin du retour, aussi John l'attendit-il à l'aéroport, assis sur le capot de sa Honda. Comme au Japon, on conduisait du côté gauche de la route aux Bahamas, mais les voitures de l'île étaient américaines, avec le volant à gauche, ce qui n'était pas simple. La Honda japonaise était une idée de Soichiro Yamamura – suggérée lors de leur dernière conversation, avant la mort de l'industriel quelques années plus tôt. John regrettait de pas lui avoir demandé la traduction de certaines fonctionnalités du tableau de bord de la Honda. L'interface indéchiffrable de la voiture lui conférait un air mystérieux.

Jim Schultz était décédé lui aussi. Il y a quelques années, à l'âge de 95 ans. Le dernier des titans de la diplomatie de l'après-guerre. (Ou l'avant-dernier – John était pratiquement certain que Kissinger était encore en vie.) John songea à appeler Donny Dietrich. Petr l'avait rendu nostalgique. Donny était toujours à Hollywood, en train d'amasser une nouvelle fortune – il avait été l'un des premiers à se lancer dans les films en streaming à gros budget. Il avait déjà remporté plusieurs Golden Globes, mais la dernière fois que John l'avait vu, Donny était surtout fier d'être le seul lauréat de la cérémonie des Golden Globes à apprécier les blagues vaseuses de Ricky Gervais. Il avait précisé à John avec humour que contrairement au reste d'Hollywood, le seul squelette dans son placard était le dinosaure qu'il avait acheté à Nicolas Cage.

Quarante-cinq minutes plus tard, Marsha atterrit à l'aéroport international Lynden Pindling (le nom le plus difficile à prononcer de tous les aéroports internationaux) et, quinze minutes après, ils étaient de retour chez eux. Et la vie reprit son cours normal – pendant onze jours.

Douze jours après le départ de Petr des Bahamas, le téléphone de John sonna. Comme c'était un numéro inconnu, il ne décrocha pas. La personne le rappela deux fois dans l'heure suivante. John prit le troisième appel. C'était Anna, la fille du train. Elle se présenta comme Anna Kovac. John reconnut immédiatement sa voix et perçut son désespoir. Un frisson lui parcourut l'échine. *Petr a eu un accident de ski*, se dit-il, en pensant aussitôt à l'affaire Michael Schumacher. Un jour, le plus grand pilote du monde, le lendemain, une chute sur une piste non balisée, et le voilà réduit à l'état végétatif, soumis à des traitements expérimentaux à base de cellules souches.

– Qu'est-ce qui se passe, Anna ? Tu vas bien ?

– Petr m'a dit qu'il t'avait vu et m'a donné ton numéro. Il voulait t'inviter avec ta famille à Prague.

– Il y a un problème ?

– Petr est mort.

– Mon Dieu…

Alors qu'il venait juste de le retrouver. Petr. En pleine forme. La cinquantaine, mais l'air d'avoir dix ans de moins. Une jeune femme, de jeunes enfants. Toute sa vie devant lui.

– Que s'est-il passé ?

– Il a eu un accident.

– Oh, Anna. Mon Dieu. Un accident de ski ?

– Un crash d'hélicoptère. Il allait faire du ski en Alaska. Il y a eu une alerte météo, et tous les autres hélicoptères sont revenus, sauf le sien…

Elle s'interrompit et un long silence s'installa.

– Il a été pris dans une tempête ? interrogea John.

– Non. Le temps était clair. Pourtant, tous les autres hélicoptères de la station ont été rappelés.

John médita ses paroles un moment.

– Anna, tu penses qu'il a été assassiné ?

– Personne ne veut rien me dire. Pour des raisons légales, apparemment. Mais un ami de Petr m'a appelée pour me présenter ses condoléances, et il m'a donné des informations…

John laissa Anna poursuivre.

– Il n'a pas été tué par… un coup… ou un traumatisme, bredouilla-t-elle, luttant contre les larmes. Il n'est pas mort à cause de la chute. Il a été… étouffé… par la neige. C'est ce que dit le rapport officiel. Un des patins de l'hélicoptère a heurté une crête et l'appareil a basculé, et glissé sur le flanc de la montagne. La neige s'est engouffrée dans l'habitacle et a étouffé tous les passagers.

« Il y avait cinq autres personnes à bord, dont le pilote. Quatre sont décédées. Je n'ai pas réussi à obtenir le nom du survivant. Qui que ce soit, il ne s'est pas manifesté. La météo le jour du crash, à l'heure de l'accident, était bonne. Et entre le moment où le GPS de l'hélicoptère s'est éteint, ce qui a fait comprendre aux gens de la station qu'il y avait un problème, et le moment où les secours ont été alertés, deux heures se sont écoulées. Puis il a fallu encore quatre heures pour qu'une équipe arrive sur le lieu du crash. À ce moment-là, les corps avaient déjà été évacués sans l'intervention de la police ni même de… euh… des experts. D'un légiste.

– Seigneur, dit John.

Pendant une éternité, ils restèrent silencieux.

– Toute cette histoire sur l'énergie européenne… Quand il était ici, nous en avons parlé de façon assez vague. Il ne m'a pas dit s'il était impliqué ou non.

– Aujourd'hui, le gouvernement tchèque va expulser soixante-trois diplomates russes du pays. Un homme m'a appelé pour me prévenir. Il n'a pas voulu me donner son nom. (Elle fit une nouvelle pause et ajouta :) Mais je ne sais pas si Petr a été assassiné. Je suppose que tout ce qu'on peut faire, c'est attendre de voir ce qui se passe. Mais j'ai pensé que tu devais connaître toute l'histoire. Juste au cas où.

John résista à l'envie de demander : *Juste au cas où quoi ?*

CHAPITRE 37

Le 22 avril 2022, soixante-trois diplomates russes ont été expulsés de la République tchèque.

Un peu moins d'une semaine plus tard, en mai 2021, « John » a commencé à me raconter cette histoire.

COMPOSITION ET MISE EN PAGES
NORD COMPO À VILLENEUVE-D'ASCQ

CET OUVRAGE A ÉTÉ ACHEVÉ D'IMPRIMER
SUR ROTO-PAGE
PAR L'IMPRIMERIE FLOCH À MAYENNE
EN AVRIL 2023

N° d'impression : 102390
Dépôt légal : mai 2023
Imprimé en France